U0023942

歡迎光臨

愛貓社區

金絲眼鏡　著

愛擁有多種意涵，謹以此書獻給尋找愛的人。

主要人物介紹

樹爾溫・哈雷（Sherwin Halley）：
外號「明尼蘇達壞男孩」（Minnesota Bad Boy）的職籃選手，因禁藥與槍擊案而失業中。

戴爾・道蘭・霍特伍德（Daire Dolan Hautewood）：
樹爾溫的大學室友，道蘭—霍特伍德企業董事長，業餘驅魔師。

咪咪（Huss Huss）、喵喵（Wuss Wuss）：
戴爾的寵物貓。

阿爾弗雷德・希金斯（Alfred Higgins）：
退役軍人，霍特伍德莊園的管家鬼魂。

迪亞哥・維加（Diago Vega）：
戴爾的司機，綽號蘇洛（Zorro）。

愛琳・歐哈拉（Elyn O'Hara）：
專欄作家，愛貓社區住戶，與父親和寵物貓莎夏（Sasha）同住。

伊本以舍・歐哈拉（Ebenezer O'Hara）：
退休裁縫師，愛琳的父親，愛貓社區住戶，飼有寵物貓斑西三世（Banshee III）。

珍妮佛・「珍妮」・特伯雷（Jennifer “Jenny” Tremblay）：
電視台主播，榭爾溫的前妻，戴爾的表妹。

約翰生・華特（Johnathan Walter）與黛博拉・品區・華特（Deborah Pinch Walter）：
退休文學教授夫妻，愛貓社區住戶，飼有寵物貓小藍（Sapphire）。

雅各・哈定（Jacob Harding）：
退休建築師，愛貓社區住戶，與三隻寵物貓休伊、度伊和路易（Huey, Dewey, and Louie）以及看護同住。

瑪麗安娜・杜立德（Mariana Doolittle）：
哈定的看護，飼有寵物貓金金（Gin Gin）。

費艾加（Edgar Fairbank）：
圖書館員，熱愛研究犯罪事件。

費凱莉（Kelly Davis Fairbank）：
獸醫，費艾加的妻子。

亨利・洛文（Henry Lowen）：
偵辦連續殺人案的警官。

詹姆士・金（James Kim）：
綽號宅詹（Nerd Jam），電腦工程師與超自然生物愛好者。

CONTENTS

歡迎光臨愛貓社區

第一章　飯店驚魂

（紐約，2003年）

自從禁藥事件和槍擊案後，我便倒楣地加入失業運動員的行列，雖然許多人出手救援，但球隊還是把大名鼎鼎的明尼蘇達壞男孩，也就是在下不才小人我榭爾溫・哈雷，給踢出籃壇了。

「不妨考慮這個社區，或許寧靜是你目前的最佳處方。」戴爾・道蘭・霍特伍德用修剪完美的手指戳著那張質地高級的房地產廣告。

「我喜歡貓但不代表就要跟一堆整天靠代步車移動沒事只會替貓梳毛的老人家一起在郊區腐爛吧？」我不滿地瞪著他。

「你有太多成見了，榭爾溫，反正你現在已經走投無路，不妨休養一下遠離紛擾。」

「我可不像你，戴爾，我不是那種整天窩辦公室的人，那地方準會把我逼瘋。」只要是有良心的人都不會試著把獵犬關在狹小的家裡，就算是我那缺乏同理心的老友戴爾也不會忍心這麼做吧？

「老實說你的運動生涯已經結束了，你需要的是重新開始。」戴爾轉身看著落地窗外曼哈頓的街景。「就像重建被摧毀的高樓一樣。」

「我來找你可不是為了重聽電視台報過的新聞。」

「你需要的只是老友陪伴還是有意義的忠告？還是來借錢的？」

「三者皆是。」

「那就請你接受吧，我在那買了棟房子，正好需要人去管理。」

「但那裡不是……」

「愛貓人限定的社區，不一定全都是老人家喔，他們也許會需要瑜伽教練。」戴爾聽起來在憋笑。真是夠了，不要再拿我做復健的事取笑我了好嗎？我知道我以前很愛嘲笑做瑜伽的人但也不要這樣嘛。

「愛貓人限定？我記得你一向對動物沒轍。」怪了，他大學時連經過池塘都會被鴨子追殺，這黃蜂[1]小子明明跟動物超不對盤啊。

「人類是很好欺騙的動物，榭爾溫，況且人類也是善於趨炎附勢的動物。」戴爾轉頭露出微笑。

「所以我要住在那兒然後宣稱我是你的度假別墅管理員？他們肯定會羨慕死，有前職籃選手替你整理花園。」我聳肩說。

「是的，當然你想順便當瑜伽教練我也沒意見啦，至少職業生涯會比籃球員長久。」

「你到現在都還不相信我？關於禁藥那件事？」

「時間會證明一切。」

「你覺得難堪？你的摯友竟然選擇這種卑鄙手段？」

「我不相信你會這麼做，但我不是球隊老闆，我也沒興趣和他們瞎攪和。」

「看得出來，雖然你也能成為高手……」如果戴爾願意成為運動員，那許多擊劍選手大概會

[1] 黃蜂（WASP）是白種盎格魯薩克遜新教徒美國人（White Anglo-Saxon Protestant）的縮寫。

因此失去獎牌吧，不過比起收集獎牌，這傢伙寧願跟人鬥劍鬥到全身是血。

「我還有祖業要繼承。」

「是的，韋恩老爺。」我模仿麥可・高[2]的語調答腔。

「知道就好，總之你可以開始打包了，我會派人送你到那邊。」戴爾收起笑容尋找客房電話。「你有看到電話機嗎？」

「要回去了？才剛見面就要走人？都不知道你事業做這麼大。」

「我是要幫你退房，榭爾溫。」他嘟起嘴巴。

「啥？」

「還有我們上次見面是在鹽湖城，你比賽的時候，別跟我說你忘了。」

「但退房……」

「我總得盡地主之誼吧，把你扔在這實在太不厚道了。」

勞斯萊斯已在飯店門前停好，經理畢恭畢敬在一旁跟戴爾握手順便白我一眼好像看見什麼髒東西。（「你知道那傢伙在用體育活動賭錢嗎？他鐵定不知道押你會輸這麼慘。」戴爾無視我的瞪視解釋道。）

「老實說我不相信你的地主之誼說法，戴爾。」我在勞斯萊斯（不是戴爾的常見選項，而且司機竟然換人了）後座東翻西找想從背包裡挖出皮夾，天知道那東西下飛機後跑哪去了。

「當然。」他優雅地舉起香檳杯看著我。

---

2 麥可・高（Michael Gough，1916-2011）為英國演員，以飾演蝙蝠俠的管家阿福著名。

「告訴我真相。」

「你通常會笑到肚子痛。」

「拜託！」我開始感到寒意從尾椎湧上。

「唉，我怎麼知道你會訂到那間飯店，你打給我的時候我差點嚇暈。」戴爾的句子和表情完全搭不起來，他看起來心神愉快有如剛上完廁所的小梗犬。

「你該不會還在幹你的『副業』？」

「那裡發生嚴重的騷靈現象，在聘請所有專業人士處理無效後經理只好打給我，可靠名單上的最後一名。」

「因為沒人想得到能找大公司老闆來抓鬼。」

「嗯哼，不過你進去後什麼都沒發生對吧？我進你房間時那裡氣氛好到不行連隻小妖精都沒有，你簡直是會走路的質子裝備（proton pack）[3]。」

「感謝你的讚美，聽起來真不錯。」

「你是我碰過最遲鈍卻又具備對超自然事物最有反彈之力的人，榭爾溫，不過這大概就是命運吧，命運總是把看似兩極之物湊合在一塊。」

「所以你今天本來打算到那兒抓鬼……」

「既然你來了我就暫時忘記煩人工作吧，反正那棟旅館還只是小麻煩，或許他們看幾遍《魔鬼剋星》就會自行找到答案了。」

---

[3] 電影《魔鬼剋星》（*Ghostbusters*，1984）裡的抓鬼裝備，能減弱鬼魂的力量

「可是那裡在鬧鬼耶，戴爾。」

「但願所有房客都跟你一樣遲鈍。」戴爾揚起那對顏色過淺的眉毛繼續啜飲香檳。「還有別翻了，你的皮夾在背包側邊的袋子裡。」

看來我欠了這個華爾街的通靈師一筆諮詢費。

不幸的是那些房客都沒我遲鈍，因為我們還在吃飯時經理就打來了，這讓戴爾一臉不快地掏出手機。

「他們受不了了？」我用叉子指著他。

「是啊，看來你真是個遲鈍到不行的房客，想跟我一起去『工作』嗎？」戴爾手指交扣滿心期待地看著我。

「你不怕我造成妨礙嗎？你不是說我……」

「我想不會，畢竟大學時處理那堆事情有你在旁也沒發生什麼事。」

「老實說我毫無感覺，尤其是處理附身的案子時。」其實多半時間我只能看到戴爾跨坐在別人身上念東念西，讓那些不知是真附身還是發神經的傢伙安靜下來。

「那就好，如果有東西想攻擊你我也不會讓他們好看。」戴爾解決他的食物然後用餐巾抿抿嘴唇。「走吧，去幹那種『我來我見我打爆』[4]的工作了。」

4 「我來我見我打爆」（We came, we saw, we kicked its ass.）是《魔鬼剋星》裡的台詞。

回到飯店時已接近黃昏，經理狼狽地衝出來替我們開門。

「這實在不行啊霍特伍德先生！已經不能再拖延下去了！我還有事業要經營啊！」他看起來快哭了。

「我也想說一樣的話，不過現在情況如何？有人受傷嗎？」戴爾把公事包扔給我並跟著經理往大廳快步走去。「不跟上來嗎？」他對我翻了個白眼。

「好啦！」我不情願地跟上他們，最後停在舞廳半掩的大門前。

「裡面已經一團亂了！我們沒人敢進去！聽那可怕的乒乓聲！」

這下可好，連我都聽見碗盤破裂桌椅被胡亂敲打的聲音了。

「是的我聽見了，帕克（Parker）先生，」戴爾不耐煩地回應經理。「這些小傢伙只是在玩鬧，若要造成損害早就衝出舞廳了。」

「那你是否可以……」

「走吧，榭爾溫。」

「需要我一起進去嗎？」我擔心地盯著大門。

「跟我保證你不會嚇到尿出來。」

「這很難說。」我開始擔心了，戴爾不曾這樣警告我。

打發飯店經理後我跟在戴爾背後走進舞廳，裡頭已安靜無聲，只剩滿地碎裂的杯盤、酒瓶和翻倒的桌椅。

「真調皮。」戴爾露出輕蔑的笑容。

「你看得見他們嗎？」我的聲音正在顫抖。*天啊振作點榭爾溫‧哈雷，你這懦夫！我實在很*

想賞自己一巴掌。

「在舞台上，他們似乎對我們打斷這個小小派對感到不快。」他輕快地回應我。

「他們……長成什麼樣子？」

「一般無害的靈體真的就像《魔鬼剋星》裡那坨綠色玩意一樣，不過有好幾坨的話倒是頗惱人。」

「聽起來還真惹人厭。」

「不，榭爾溫，他們這樣其實很可愛，比起會讓你看到生前樣子的那種好多了，那種比較麻煩。」

「那我們該怎麼辦？」我開始想像一群大吃大喝的史萊姆（slimer）[5]了。

「當然是把他們抓起來啊。」戴爾走到我面前蹲下。

「你要幹嘛？」這高度實在引人遐想。

「公事包。」他似乎聽見我內心的想法而皺起眉頭。「變態。」

「抱歉！」我真該賞自己一巴掌。

戴爾從公事包掏出一束乾鼠尾草和打火機，點燃乾草轉身走向舞台，四周雜物浮了起來，一個菸灰缸朝著他的腦袋飛去。

「小心！」我衝向前推開他，菸灰缸在牆上砸了個粉碎。

「這真的很不禮貌，各位，看你們把這裡搞得多亂，清潔人員薪水可是很低的。」戴爾無視

5《魔鬼剋星》中一位綠色凝膠狀幽靈的名字。

歡迎光臨愛貓社區

我的存在對舞台說，彷彿在跟員工訓話般毫無情感。

吧檯椅朝我們飛來，我連忙抓住戴爾往地上倒臥，那東西現在把一面玻璃牆撞穿，接著是個直撲而來的酒瓶蘭盆栽，但這次我們沒閃過它。

我痛苦地縮成一團，手臂傳來劇痛，戴爾搖晃著起身，緊抓鼠尾草束像匕首般揮舞，我看見一些帶有顏色的膠狀物在乾草揮舞過的空中冒出。

「我不得不動用暴力了，各位。」戴爾依然毫無抑揚頓挫地揮舞那束燃燒的乾草，鮮血沾染他的臉頰。

「你沒事吧？」我使盡吃奶力氣爬起來。

「沒事，我的公事包裡有顆圓形土球，把它拿出來。」戴爾對我吩咐道，接著突然睜大眼看著我，我這才注意到那些是我的血，它們正從擦傷的手臂流出。

「然後呢？」我拿出一個約莫蘋果大小的球狀物並成功閃過一個破酒瓶。

「你有看見那根在天花板上飄的鼠尾草嗎？把土球往那裡扔！」戴爾指著天花板一根上下跳動的乾草。

「我試看看！」我可沒在比賽時碰過會亂跑的籃框啊！

「快點！」戴爾的聲音聽起來有點緊張，這不是什麼好事。我吸口氣忽略疼痛然後把小球朝那根乾草扔過去，在小球接觸乾草時，幾坨橘色黏稠物憑空浮出並快速墜地。

戴爾衝向那堆鬼東西將鼠尾草束用力插入，橘色不明物體紛紛發出尖叫，最後化為煙霧消散在空氣中。

「我本來只需抓住靈體將他們送到人煙稀少的地方，但看到你受傷我就失去控制了。」他起身看著我。

「我好像變成妨礙你工作一樣。」我滿心歉意地回應他。

「不，我得好好感謝你，你剛才救了我兩次，不然早就被砸死了。」他拿出手帕幫我按住仍在流血的傷口。

帕克先生沒多久就帶著清潔人員趕到舞廳，他們面露驚駭看著滿地狼藉。

「處理完了，我的祕書會告知你匯款帳號，還有……」戴爾高傲地注視滿身大汗的帕克先生。「請替哈雷先生準備醫藥箱。」

帕克先生對我露出嫌惡的神情。

「別擔心，那個老傢伙沒在醫藥箱裡加料，我知道帕克先生在想什麼，他只是賭輸錢很不高興而已。」戴爾神態自若地窩在勞斯萊斯後座，我則是一臉哀怨全身散發碘酒味。

「他要是耍詐你該不會殺了他吧？」

「當然，我是個異常執著的人，況且再繼續揮霍下去帕克先生的飯店也會不保，根本不用我出手就會落得比死還悽慘的下場。」

「我還真擔心身邊所有人的安危。」畢竟有個對你異常執著而且絕不吝於動用暴力的朋友不是件值得羨慕的事情，因為你隨時會感受到龐大壓力。

「放心，我不會忌妒你那堆女友。」戴爾笑了出來。

「這一點也不好笑。」我實在不想告訴他我最近做夢都會夢見他一臉擔憂地看著我。

「不過讓你掛彩真的很不好意思。」他瞄了我的手臂一眼。

「沒關係，而且我這次終於見識到你那神祕工作的真貌了。」我總覺得之前那些驅魔儀式根

歡迎光臨愛貓社區

本只是演戲。

「其實我很少接這種案子，一般都不用動手動腳就能解決，所以這次才會搞得如此狼狽。」戴爾嘆口氣半躺在座椅上。

「對了，為何我這次看得見那些鬼？」我突然想起這件事。

「那顆球。你可以把它想成信號彈加上麻醉槍，如果看不見靈體在哪的時候，朝他們搗亂的地方扔過去就能確認位置順便把他們砸下來。這次我還得感謝你的球技讓我們能馬上逮到那群到處亂跑的傢伙，但比起籃球，你的身手還更像個橄欖球員啊。」他從公事包掏出小土球把玩。

「那鼠尾草呢？」

「靈體害怕會散發香氣的植物，但乾香草束在多數時候能像利劍一樣造成傷害，我很少這麼使用。」戴爾看著手中的小土球繼續說明。「這顆球是用我先祖的墓土製作的。」

「呃……」我又感到一陣寒意。

「他們移居新英格蘭後曾經遭受迫害。因為擁有一般人無法理解的古老知識，他們在撒勒姆（Salem）遭遇相當悲慘的命運。」

「你過去從未告訴我這些。」我不知該如何面對這些關於老友身世的新訊息，在經歷過剛才的事件後。

「你那時正努力成為明日之星，不需知道太多這種會影響心情的事，但現在……」

「我能東山再起。相信我，戴爾，我做得到。」

「我不希望你再次離我遠去。」戴爾坐直身體看著我。「我需要你的幫助，榭爾溫。」冰藍色雙眸讓我無法移開視線，如同被蛇蠱惑的鳥。

抵達位於市郊的霍特伍德莊園後，戴爾一語不發地走進浴室，沖水聲和沐浴乳香氣沒多久就從門縫溢出。

「你要我明天就出發到那個愛貓社區嗎？」我敲了敲浴室門。

「沒錯，帶些簡單衣物就行了，那裡該有的都有。」他的聲音聽起來有些急促。「還有向我保證你會好好照顧你的新寵物。」

「什麼寵物？」

「咪咪和喵喵。」

當我正要反駁時，一聲貓叫從背後傳來。

一隻像加菲貓的金吉拉端坐壁爐上瞪著我。

「好胖！」

「那是咪咪。」穿著浴袍的戴爾走了出來。「喵喵在那兒，不過你得花些力氣才能成為牠的朋友。」他指指客廳一角。

「那裡什麼都沒……等等，你的意思是……喔不……」天殺的我才不要帶幽靈貓去愛貓社區！

「牠是值得信賴的好朋友，也是我的第一隻寵物。」

「戴爾，我看不見喵喵是要怎樣跟牠互動？」

「展現你的誠意，或許喵喵會想讓你看見牠的可愛模樣。」戴爾歪嘴笑著。

洗完澡後我頂著滿身疼痛爬回客房大床，咪咪跳上床頭櫃彷彿牠的王座般自然，最後是一臉疲倦的戴爾溜進來和我窩在一起看電視。

「你在摸喵喵嗎？」我驚恐地看著戴爾的手指正在摩娑床單上方的空氣。有隻幽靈貓躺在我床上。我那個照理說和動物絕緣的老友非常理所當然地在跟牠玩。天啊我好想念麥迪遜廣場花園。

「當然，這一點都不可怕，牠還覺得你大驚小怪呢。」戴爾對著那團名為喵喵的空氣撥弄一陣就爬下床尋找錄影帶。「來點亞當・韋斯特[6]？」

「如果配上垃圾食物更好。」我感到飢餓，顯然魔鬼剋星是種極度消耗熱量的工作，搞不好比打籃球更容易維持身材。

「如果你願意打通電話叫外賣。」戴爾把手機扔給我。

錄影帶和外賣紙盒在幾小時後堆積如山（還得不時防範咪咪偷吃東西），我把最後一份雜碎解決時看著快要睡著的戴爾發愣。

「我不介意你睡這啦，但有兩隻貓在床上很難睡覺，我可不想壓到幽靈貓被牠的幽靈爪子抓花臉。」我一邊把外賣紙盒精準拋進垃圾桶一邊對他說。

「習慣牠們吧，反正你之後也要跟咪咪喵喵共處一室。」戴爾鑽進棉被把自己裹在裡面。

「你還記得在鹽湖城的那場比賽嗎？」他探頭出來看著我。

「當然記得，那次表現好極了，但我幾乎想不起你那次有來看比賽。」

「你當然想不起來，你在比賽後喝個爛醉，等我找到你的客房時你正抱著馬桶嘔吐，床上的裸女姿色不錯你竟然都錯過了。」

「我回房間時只想吐。」我只記得隔天在床上痛苦醒來時只有桌上的水杯和幾顆阿斯匹林陪

6 美國演員亞當・韋斯特（Adam West，1928-2017）以飾演60年代的《蝙蝠俠》電視劇著名。

伴在旁，連件胸罩都沒留下來。

「那小妞扭著屁股走掉後我只好把你拖回床上，還得確定你沒被嘔吐物嗆死。」他幸災樂禍地回憶那晚的事情。

「你那天沒留下來？」

「我想其他球員不會想看到他們的大英雄一大早和另一個男人踏出房間。」

「別這樣，戴爾，現在是二十一世紀。」我感到睡意逐漸壟罩意識，連朱莉・紐瑪[7]的貓女也無法提振精神。

「我會想念你和咪咪喵喵的，榭爾溫。」戴爾睡意濃重的聲音從床鋪另一頭傳來。

「我也是，希望你能常來渡假。」我瞬間有種不知從何而來的失落感。「需要瑜伽教練記得提早預約。」

「非常期待。」

7 美國演員朱莉・紐瑪（Julie Newmar，1933-）飾演過一九六〇年代《蝙蝠俠》電視劇中的貓女。

第二章　不祥的別墅

霍特伍德莊園的老管家阿爾弗雷德・希金斯（以下簡稱阿福，每個老爺都要有個阿福）拉開窗簾讓陽光灑落在過於華麗的地毯上。

「老爺已經在樓下等你了，哈雷先生。」阿福了無生趣地提醒我。

「喔好……謝了阿福……欸？」我頓時失去所有睡意然後連滾帶爬逃出客房。

「三年前你在我的葬禮上還能嘻嘻哈哈摟著前妻，我當時就應該好好鞭打你的小屁股才對。」阿福一臉愜意靠在門框上。

「你你你！等一下！我為什麼……」

「雖然你像顆石頭一樣遲鈍，不過我如果想讓你看到的話你還是能瞧見我喔。」

「可是你為什麼還在他家？」我快要過度換氣了。

「阿福還在這兒工作，榭爾溫。」戴爾抱著咪咪走來。

「這到底是怎麼回事我怎麼能看見他？」我對他哀號。

「阿福和我擁有類似能力，不過這不重要，你今天就要出遠門不是嗎？」戴爾伸手撫平我衣領上的皺褶，雖然馬上就被抱在他胸前的咪咪抓皺了。

「戴爾，阿福在看我們……」

「他昨晚也在客房外晃來晃去。」

「我的晨勃嚇到軟掉了。」

「很好，那就快去吃早餐。」

咪咪在餐桌旁和空氣打鬧，我和戴爾一言不發地瞪著早餐，阿福則是如記憶中熟悉，一派輕鬆拖著吸塵器吸地板。

「他還是很喜歡自己做那些雜事。」我試圖打破沉默。

「家裡有阿福不能再請其他傭人，你知道的。」戴爾啃著梨子回應我。

「準會上新聞。」

「聽起來真不妙。」

「對了，珍妮又回洛杉磯去了。」我轉頭望著窗外修剪整齊的樹籬。

「你是指特伯雷小姐？」

「……對。」我那美若天仙的主播前妻珍妮佛・特伯雷連我都還沒出院就跑了，這除了讓大學以來的積蓄通通化為烏有還多了一屁股債。命運真不饒人。

「看來我得多付點薪水給你。」

「戴爾。」

「或是你真的要兼差瑜伽教練了。」

「你還在為那件事生氣？」

「你認為呢？」

「拜託別這樣。」

「我早跟你說過，這遲早會發生，大學時就跟你警告過了。」戴爾無奈地看著我，他鐵定忘記我跟珍妮的婚事之所以能成功還得感謝他出手相助。

「你是用你那『魔法』預知的嗎？」我展開反擊。

「你心知肚明。」

「天啊你簡直像我媽一樣！」

「不，哈雷太太的蘋果派是人間極品，我一點也比不上她。」

「這樣的你就很好了，我不需要兩位老媽。」

「我實在不想打擾兩位，但你們也該上路了。」阿福突然從桌面竄出把我嚇得差點摔下椅子。

「天殺的阿福不要嚇人！」

「看來哈雷先生已經開始習慣我了。」阿福對他的寶貝老爺露出滿意笑容。

戴爾開著白色朋馳（據說原是他過世的父親所有，看來他還是相當念舊）離開後，我只好站在霍特伍德莊園門口乾等載我的車子。

「老爺要我提醒你，抵達別墅記得打電話。」阿福在一旁飄著。

「我知道。不過話說回來我這樣是不是像在對空氣說話？」我頭也不回地答腔，如果在大街上和阿福聊天鐵定會被當神經病。

「多數人就像你一樣缺乏慧根。」

「在我看來你們比較不正常，就像《鬼店》[8]裡的小男孩一樣。」

---

[8]《鬼店》（*The Shining*，1977）是史蒂芬・金（Stephen King，1947-）的驚悚小說，1980年由史丹利・庫柏力克（Stanley Kubrick，1928-1999）翻拍成同名電影，由傑克・尼克遜（Jack Nicholson，1937-）主演。

「說到《鬼店》，哈雷先生，你對電影評價如何？」

「無聊至極，花幾小時看傑克・尼克遜發神經一點也不值得，雖然小時候被嚇到半夜不敢起床尿尿。」

「我非常推薦原著。」阿福把咪咪連籠帶貓交給我。

「或許我在修剪籬笆之餘會想看看。」我看見一台黑色豐田轎車駛來。

一切就定位，黑色豐田便載著我往長島出發，咪咪在後座發出不耐煩的呼嚕聲。我打開背包尋找隨身聽，但就在我準備把錄音帶塞進去時，隨身聽裡掉出一段紙條。

「這什麼……」我狐疑地拉出它，上面的字跡毫無疑問是戴爾的。

海濱老嫗身披岩袍，頭戴冠冕，眼透火光守護一切

這應該是戴爾的文字遊戲，通常會出現在他的大學筆記本上，內容不外乎沒啥邏輯的文字，不過他總說這只是呈現當下心情，他大概真的很不希望我再次離他遠去。我把紙條塞進皮夾繼續尋找耳機，卻馬上翻出一本平裝版《鬼店》。夠囉阿福，我不需要這種餞別禮物。

「看來你這次走了狗屎爛蛋的霉運啊，哈雷。」霍特伍德家那位素行不良的前司機迪亞哥・維加，綽號蘇洛[9]的傢伙轉頭看我一眼。這個有巴西和紐奧良血統的傢伙是街頭撿來的小混混，

---

[9] 蘇洛（Zorro）是20世紀初美國小說雜誌*All-Story Weekly*（1882-1978）中的角色，日後亦出現在漫畫與影視作品中，迪亞哥的綽號得名自其姓名與蘇洛的本名Diego de la Vega相似。

當時我和戴爾剛進大學沒多久，有天散步時被他打劫，結局是小混混被戴爾海扁一頓拖進警局。比起鬼魂，戴爾對活人一點也不留情。幸好阿福那時需要助手，不然這傢伙大概就會繼續在街頭高唱〈幫派天堂〉[10]了。

「超大的霉運，我現在像個廢人又破產，只能替你們家老爺修剪籬笆。」我把耳機拔下來回應他。不過說真的，你要怎麼叫一個身敗名裂又被當靶子打過的菜鳥球員東山再起？「也許戴爾是對的，我需要重新開始。」

「老爺沒勸你去當瑜伽教練就不錯了。」

「戴爾是不是跟他身邊所有人開過這玩笑？」我垮下臉。

「差不多。」

「話說你怎麼不幹了？」

「希金斯過世沒多久我就遞了辭呈，這次只是剛好來還人情順便欣賞可憐的落魄籃球員而已，況且……」蘇洛吞了口口水繼續說。「沒人喜歡在鬧鬼的大宅裡工作吧？希金斯已經管我管了快十年，我可不想被他繼續纏身。」

「你也看得見阿福？」

「我可不是你這石頭，這堆護身符可不是戴假的。」他順手從襯衫裡拉出一串叮叮咚咚的吊飾。「我祖母說我出生時臉被胞衣裹著，那代表我能看見妖魔鬼怪。」

---

10 〈幫派天堂〉（"Gangsta's Paradise"，1995）是美國歌手庫利奧（Coolio，1963-）的歌曲與同名專輯，亦在電影《危險遊戲》（*Dangerous Minds*，1995）中出現。

「這是什麼南美鄉野奇談嗎？」

「欸別這樣你這個種族主義者，很多地方都有這種傳說，希金斯告訴我的，他說就連老爺也是。」

「戴爾？」

「對呀，據說莊園裡還保留當時的胞衣，就像我祖母把我的胞衣收藏起來一樣。」

「這真是詭異……」我聳了聳肩繼續聽音樂。

經過一番折騰，我們終於抵達長島老園村[11]。蘇洛丟下我和咪咪與行李便揚長而去，只剩我拎著抄有地址的便條紙往傳說中的愛貓社區前進。當我沿著卵石道路找到社區大門時，管理亭空無一人，但有個褐髮辣妹倚在附近的大樹旁對我露出笑容。

「新來的？你看起來頗眼熟。」她瞄了行李和貓籠一眼。

「我是霍特伍德別墅的管理員。」我在心底歡呼一陣，這裡除了整天梳貓毛的老人家還有值得期待的事物。

「原來，需要我帶路嗎？」她愉快地湊上前用手指逗弄咪咪。

「如果妳不介意。」但願我悽慘的人生真能重新開始。

「當然。」褐髮辣妹幫我提起貓籠往遠處一棟紅褐色別墅前進。「我是愛琳・歐哈拉，住在

11 老園村（Old Field）位於長島北部，人口不多，以富裕白人為主要組成。

你的別墅附近，走幾分鐘就到了，另外我最近才剛分手。」

「我也是。」我對她露出招牌微笑。

愛琳走遠後，我打開陳舊大鎖進入霍特伍德別墅，扭開電燈看著過於華麗的鑲金桃花心木裝潢發出讚嘆，要是沒身敗名裂大概沒多久就能買下整座社區吧。不過真奇怪，這裡不是新社區嗎？為何大鎖是舊的？

咪咪從貓籠裡漫步出來，似乎相當熟悉這兒般閒晃，不過最後又趴在壁爐上打盹。我想牠只是單純喜歡壁爐而已。

至於喵喵，我想牠應該有跟來。

我把所有電器測試過便坐下來看電視順便播通電話給戴爾，不過就在電話接通前，我的視線被一捲《巴斯克維爾的獵犬》錄影帶吸引，這東西看起來屬於漢默影視[12]的老古董，屬於彼得・庫欣和克里斯多福・李的年代，那真是被人遺忘的黃金歲月，現代小孩還記得他們演過《星際大戰》[13]就不錯了。

「榭爾溫？」戴爾的聲音從話筒傳出彷彿撫過臉頰的絲質手帕。

「我到了，你的郊區小窩還真是個罪惡之地。」

「看起來所費不貲對吧？」我幾乎能看見他的微笑。

---

12 英國漢默影視在20世紀初生產許多驚悚與懸疑片，包含第一部彩色福爾摩斯電影《巴斯克維爾的獵犬》（*The Hound of the Baskervilles*，1959），由彼得・庫辛（Peter Cushing，1913-1994）、克里斯多福・李（Christopher Lee，1922-2015）與安德烈・莫雷爾（André Morell，1909-1978）主演。

13 李與庫辛皆飾演過《星際大戰》系列電影中的要角。

「是啊，早該聽老媽的話到華爾街工作。」

「那裡不是你的歸宿，老友，你屬於……你鍾愛的地方。」

「已經開始想念我了？」我把錄影帶倒出來把玩。

「才不，我正在欣賞你那漂亮前妻的報導。」

「珍妮還是一如往常魅力四射？」

「當然。不過沒有你，外賣食物就會變得特別難吃。」

「那就試著忍受這一切然後週末過來晃晃。」我邊講電話邊把錄影帶塞進錄影機。

「我可以開始期待瑜伽課了嗎？」

「記得自備瑜伽墊，我可不是喜歡分享的人，還有本教室不開設雙人瑜伽課。」

「真是愛挑逗的傢伙。」

「可不是？」我笑著說。「話說你塞在隨身聽裡的紙條是怎麼回事？」我想起稍早那件事。

「好玩而已，很久沒寫那種東西了。」戴爾輕笑一陣。「記得修剪草坪，我可不想在別墅門口迷路。」

「知道了，快騰出時間滾過來。」

「好好好，我會想念你的。」他故意發出很大的「啾」一聲。

「噢甜心，別這麼想念哈雷大嬤嬤，老人家會受不了！」我打趣地向他道別，打開電視看老電影直到咪咪跳上大腿討飯吃。我從廚房挖出幾罐貓食順便幫自己熱了罐頭湯，正當我們一人一貓（喵喵就算了，牠應該會自己想辦法）享用午餐時，外頭傳來敲門聲。

我有些擔憂地走向大門，不過從貓眼看出去就鬆了口氣。

「嗨！帥哥！」愛琳在門外高聲喊著。

「哈囉愛琳！」我愉快地開門迎接她。

愛琳帶了愛貓莎夏過來，對霍特伍德別墅讚嘆一陣就坐上沙發和我一同欣賞老電影。

「你看起來很像一位籃球選手。」她狐疑地看著我。

「妳覺得呢？」我再次露出招牌微笑。

「我對體育競賽不太感興趣，但我確定有在電視上看過你。」愛琳歪頭努力思考著。

「對了愛琳，妳是做什麼的？」我有些魯莽地打斷她。

「專欄作家，不過現在沒啥靈感。雖然這裡是不錯的休養地但其實很無聊，我需要點刺激。」

「或許我們能找些鄰居一起到海邊走走？沙灘上的野餐？妳覺得呢？」我看著那頭大波浪褐色長髮看得入迷。

「聽起來不錯，不過這裡的居民以老年人居多，或許我們會需要代步車才能完美融入。」愛琳撫著莎夏說。

「那就失去散步的意義了！」我笑了出來，但心裡卻開始擔心起未來的可能處境。

愛琳臨走前在我的臉頰上親了一下，看來機會頗大，不過當她離開後，我就只能隻身在別墅裡四處閒逛。當我逛到主臥室時，我的視線立即被牆上的東西吸引。那是些褪色舊照片，似乎屬於霍特伍德家族，那頭金髮和高傲的眼神簡直是他們的註冊商標。我仔細觀察他們的長相，但男男女女似乎都長得跟戴爾差不多。其中最突兀的是張發霉的彩色照片，根據照片上的斑點推測。

這是幅四人合照，抱著玩具熊的小男孩可能是約莫五、六歲的戴爾，其中一位是比較年輕的阿福，但其實只有頭髮比較黑而已。戴爾曾跟我開玩笑說阿福就算埋進土裡一百年也不會有任何變化，除了頭髮，我現在大概是信了。

「或許那對男女就是戴爾的父母……」我喃喃自語，但考古慾一下就消失了，我實在沒耐性欣賞老照片，回傭人房睡午覺還比較實際。

我跳上床把一卷瑪丹娜塞進隨身聽一邊翻閱之前塞在背包底部的《好色客》[14]。你總不能期待一個年輕氣盛大男人在荒郊野外不會有荒腔走板的幻想吧。不過就在我翻閱裸女圖順便拉下拉鍊時，一張紙條又掉了出來。

海濱老嫗一向衣著保守，但終年槁木死灰總是很乏味

P.S.：你對這雜誌很死忠耶

唉，我朋友還真是個怪人。我一邊把紙條塞進皮夾一邊把趁機溜進來的咪咪請出去。

「可以去找喵喵玩嗎？」我對牠開口，隨即覺得自己像個蠢蛋。「算了，如果喵喵在這你就叫一聲吧。」

咪咪歪頭看著我然後喵了一聲，我感覺全身起了雞皮疙瘩。

我在晚餐前到社區裡認識新鄰居，果然不出所料，所有居民幾乎都是七八十歲的老人家。至

14《好色客》（*Hustler*）是美國成人雜誌。

於貓，我今天大概已經把這輩子該看的貓都看過了。

去年從波特蘭搬來的退休文學教授華特夫婦和他們的俄羅斯藍貓小藍是我認識的第一家人，他們竟然還記得我在選秀上的表現，這讓我幾乎感動落淚。接著是半年前來這裡養老的建築師哈定先生和他的三隻曼赤肯貓：休伊、度伊和路易[15]，真是童心未泯。哈定先生的看護杜立德女士則是個個性不錯的中年婦女，她那顆堪稱六零年代珍寶的爆炸頭簡直是社區活力來源，而她的布朗尼也堪稱一絕。對了，杜立德女士也有養貓，她的奶油色波斯貓金金是數年前領養的，她說金金最喜歡盯著窗外小鳥發呆，但牠現在卻一直盯著我的肩膀彷彿那裡站了什麼怪東西。

「看來金金跟你很投緣啊，年輕人。」杜立德女士遞給我一杯檸檬汁。

「也許我剛才有沾到貓食。」我笑著回應她。

還有歐哈拉先生，也就是愛琳的父親，不過現在不在家，根據愛琳的說法是開著小貨車去買菜了。歐哈拉先生的貓斑西三世是隻個性古怪、喜歡發出呼嚕聲的無毛貓，不過卻與莎夏和我的新朋友咪咪處得不錯。

「斑西是個漂亮的孩子，牠和牠的家人是我們的靈感來源。」愛琳向我展示她父親為歷代寵物貓製作的衣服。「我父親以前是個裁縫，年輕時到巴黎學過手藝，他以前最愛炫耀曾為艾森豪[16]量西裝了。」她望著牆上舊照片說道。

「真厲害！」我發現某些照片中的歐哈拉先生在長相上有些許變化。「愛琳，妳父親整形過

15 休伊、度伊和路易是唐老鴨三個姪子的名字。

16 艾森豪（Dwight D. Eisenhower，1890-1969）是美國第三十四任總統。

嗎？」

「他在我小時候發生嚴重車禍，我已經沒什麼印象，只知道他的鼻子動過幾次手術。」

「噢……我很遺憾。」

「他對年輕時的不幸遭遇並不在乎，但我母親過世後他就變得怪裡怪氣。」愛琳嘆口氣看著貓咪們發呆。「話說回來，你的貓好像很愛跟空氣打架？」

「可能……是因為我白天都不在家，咪咪覺得無聊才發明出這遊戲吧。」我故作鎮定地撒謊。

嗯，至少喵喵有跟來，大概吧。

我們在哈定先生家共進晚餐，雖然歐哈拉老先生還是沒露面，但我們都享受了愉快的夜晚，華特太太甚至誇讚我和愛琳是相配的一對，希望這會是個美好開始，我開始懷念小時候和家人住在明尼亞波利斯的愉快時光了。可惜這種光景難以重現，我那對信仰虔誠的父母在我大學畢業後就決定收起他們的小超市雲遊四海幫助活在困苦中的人們，上次收到他們的明信片是從加爾各答寄來的，看來他們實踐德雷莎修女善行的偉大志願已無法動搖。

返回霍特伍德別墅後我決定待在主臥室洗澡看電視（這裡設備比較豪華，請容我偷用吧戴爾），看看那些名嘴對出兵伊拉克有什麼看法或是哥倫比亞號事件的後續報導，沒半晌就打起瞌睡。

就在我被難得的惡夢纏身時，外頭突然傳來一陣噪音，聽起來像排氣管轟隆聲，這害我差點尖叫著摔下床。我狼狽爬下樓順便抄起掃把，窗外透進難看的霓虹車燈，似乎是幾台裝飾華麗的重型機車闖入社區。外頭傳來爭吵，難道這裡的住戶沒想像中單純？

我拉開窗簾偷窺，看到一個穿著醜陋睡袍的老頭正在和兩個騎重機的傢伙理論，更有趣的是愛琳也在其中和他們爭吵。那兩人一陣子後揚長而去，不過醜睡袍老頭和愛琳卻跑來敲我的門，我只好拎著掃把迎接他們。

「你就是那個被開除的籃球員對吧！」老頭指著我大吼。

「爸爸別這樣……」愛琳頓時漲紅臉。

「他們根本不該同意讓這帶霉運的人渣住這兒！」

「爸爸！」

「到底怎麼了？」我看著一臉焦慮的愛琳。

「別擔心，我父親只是有點歇斯底里……」

「帶霉運的傢伙住該死受詛咒的房子裡！真是相配！」老頭再次指著我咒罵。

「這位……呃，歐哈拉先生，這指控不太恰當耶。」

「總之你會嚐到報應！」醜睡袍老頭啐了一口轉身離開。

「我真的很抱歉！」愛琳用一副快要哭出來的樣子向我頻頻道歉。

「沒關係，我最近簡直像過街老鼠。」我根本無處可逃，連休養生息也不可得。

「你真的是霍特伍德別墅的新主人？你不是來當管理員嗎？」愛琳不安地瞄著別墅。

「這也算是我住在這裡吧？」

「唉，也是……」

「妳父親說『該死受詛咒的房子』是什麼意思？」怪了，戴爾不是說這兒是新買的嗎？我不禁看著陳舊大鎖猜測起霍特伍德別墅的年紀。

「我不知道，我們也才搬來沒多久，但越來越不懂我父親在想什麼，他一聽到我跑進霍特伍德別墅就暴跳如雷。」
我想起主臥室裡的舊照片。
這到底是怎麼回事？

歡迎光臨愛貓社區

第三章　業餘考古

「我認為你有事瞞著我。」隔天一早我便火速打給戴爾，咪咪在腳邊繞來繞去討食物吃。

「啥……誰？什麼東西？」戴爾意識不清地對話筒咕噥。他聽起來應該還躺在霍特伍德莊園的大床上，我彷彿能看到那件該死的酒紅色法蘭絨睡袍（和閒不下來在一旁吸地板撢灰塵的阿福）。以前我們總是用敬畏的神情目送他和那件睡袍，身心正常的大學生不會穿那鬼東西在宿舍裡閒晃。

「是我，老友。別墅不是你新買的，是你們家的老房子對吧？」

「喔，你是指那個……是也不是……」

「什麼意思？」命運之神真是無情的傢伙。

「那裡曾經是我父母的度假別墅，後來變成愛貓社區的一部分，我只是把它買回來而已。」

「那個愛貓社區到底是怎麼一回事？」我繼續追問。

「幾年前有群退休老人把霍特伍德別墅和附近的土地買下來成立一個新社區，你一定已經見過他們的頭頭歐哈拉先生了。」

「……你該不會指的是個穿醜睡袍的瘋裁縫吧？」我開始懷念戴爾的酒紅色睡袍了。

「伊本以舍・歐哈拉的確是個退休裁縫，他與他的鄰居就是愛貓社區住戶。」戴爾聽起來有點焦躁，顯然我的指控已經超越他的能耐。「榭爾溫……」

「怎麼了？」我感到一陣寒意。

「如果你對我沒把事情說清楚而感到憤怒的話，我真的很抱歉。」

「不是這樣，我只是被那個怪裡怪氣的歐哈拉『拜訪』過而有些疑問，我才要為我的口氣向你道歉，你是唯一願意幫助我的人但我卻……」

「我週末會去找你，這樣可以嗎？」戴爾的聲音帶有一絲鼻音。

「呃……你該不會哭了吧？」喔不看看你做了什麼你這豬頭。

「並沒有，我只是在想如果裝哭會不會讓你感到愧疚。」

「該死！拜託不要嚇我！」

「我要去公司了，如果歐哈拉先生再打擾你就別對他客氣。」戴爾那頭傳來衣物窸窣聲。「還有記得帶咪咪找獸醫做例行檢查，亨普斯特德[17]那邊有位姓費的獸醫。」

「好，我們週末見。」我清了清喉嚨回應他。「還有，戴爾……」

「怎麼了？」

「你知道我愛你，老友。」

「我知道。」

我放下電話倒回床上，試圖梳理來到長島後發生的所有事情，還有這下得好好思考該如何向戴爾道歉，我實在欠他太多了。

幾分鐘後我再度爬起來到客廳尋找電話簿，跟那位姓費的獸醫約好時間就帶著咪咪出門。

17 亨普斯特德（Hempstead）是長島人口最集中的都會區。

呃，也許還有喵喵，根據咪咪在後座和空氣打鬧的情況來看。更幸運的是，愛琳相當樂意把她的老福特借我，而她則要繼續與逐漸枯竭的靈感和歇斯底里而且搞不好是個小氣鬼[18]的老爸纏鬥，因此我便順利帶著咪咪和購物清單往亨普斯特德駛去。

先來說說我的惡夢好了，自從昨天在主臥室打瞌睡做了惡夢後，那些夢境便糾纏整晚，直到早上還是心有餘悸。或許你會說我只是因為昨天看了老恐怖片才會這樣，但我得先告訴你我從小就是個不會做惡夢的人，想夢也夢不到，就算被戴爾抓去處理那堆鳥事也從無任何副作用，然而昨晚夢境卻不斷在腦中上演：

> 那是個黑暗的地方，可能是地窖，只有一盞光線微弱的燈泡在天花板擺盪。到處都是血。牆上、地上、天花板都是，但那些血跡似乎是種圖案，很像有人拿拖把將整個空間都用鮮血亂塗一通。有些狀似內臟的塊狀物散落在地，我甚至看到一截腸子。如果在夢裡嘔吐不知會不會一併在現實發生？我可不想在睡夢中被嘔吐物嗆死。我想我是在那個只有微光空間的角落，中央有張圓型大桌，周圍站了一群人背對我，桌上有團被白布罩住的東西正在蠕動。有個戴動物面具的人把白布掀起，這時我的心跳幾乎停了下來。
>
> 白布之下的人是被五花大綁的珍妮。

18 榭爾溫想藉機開愛琳父親名字的玩笑，因為狄更斯（Charles Dickens，1812-1870）《聖誕頌歌》（*A Christmas Carol*，1843）中小氣財神的名字就是伊本以舍。

他們強暴了珍妮。

我無法發出聲音也無法阻止他們的獸行，四周伸出黑色人手將我抓住，我只能眼睜睜看著珍妮被所有人玷汙。

戴面具的人拿起菜刀從珍妮的脖子劃下，黑色人手突然消失，我衝向前想阻止一切，但其他人卻轉過頭朝我開槍。

所有人都戴著動物面具，我看不見他們的長相。

當我倒臥在地時，映入眼簾的只有一隻掉在地上的玩具熊。

🐾

「咪咪只是太肥而已，得幫牠控制飲食。」費凱莉捏著她的老花眼鏡對我說。

「真是太感謝您了。」我從沉思中被猛然拉回現實。

「不過話說回來，哈雷先生，你住這附近嗎？」她狐疑地盯著我。

「才剛搬來，我最近在長島休養，目前借住老園村那一帶。」

「不幸的孩子，我還挺喜歡看你們球隊比賽，我那小孫子是尼克隊球迷，也許等會可以跟你要個簽名。」

「希望他不會嫌棄，我已經不幹了。」

「你傷成這樣大概也回不了體壇吧。」費凱莉搖搖頭，順便把咪咪遞給我。

「差點變成蜂窩，腳也因此快瘸了，我看我還是回去念書好了。」我苦笑著對她說。

「對了，你在老園村住得還習慣嗎？」

「如果妳有養貓，那裡簡直是天堂。」如果不在意半夜惹人嫌的重機騎士和瘋癲怪老頭的話，哈哈。「如果妳和小孫子有空，我可以帶你們到霍特伍德別墅晃晃順便教他打球。」

我竟然在搭訕老太太，我要完蛋了。

「霍特伍德別墅？原來是那裡。那地方自從出了些意外就荒廢了，看來長島的外來人口越來越多了呢。」

「意外？多久前的事情？」我遲鈍的第六感竟然開始蠢動起來。

「十幾二十幾年前吧。」

「妳還記得是什麼樣的意外嗎？」

「我不太清楚耶，哈雷先生，我都是聽我丈夫說的，我老家在愛荷華，他才是這裡的老居民，他喜歡研究長島歷史……」費凱莉喝了口茶繼續說。「尤其是報紙，他喜歡收集舊報紙。」

「我想我會很樂意跟他聊聊長島歷史。」

「喔對，我剛才說的意外……也許你能詢問他詳情，他也很愛研究這裡發生的案件，甚至會親自造訪現場，推理狂一個，你知道的。」

「我今天方便跟他聊聊嗎？」我拎起貓籠。

「他就在公立圖書館工作，你可以直接去找他。」

或許這位費先生能為愛貓社區的前世今生提供線索。

但我或許不該大白天在城裡閒晃，在快餐店吃午餐時，有些人認出我然後開始交頭接耳，不過至少服務生還滿喜歡我，我還有幸在她的圍裙上簽名。費先生晚點會到餐廳和我見面，因為他今天要帶小學生參觀圖書館，我趁這個空檔撥通電話給戴爾想跟他聊聊昨天的惡夢，不過他正好去開會了，我只好轉而打給別人。

「哈雷？真沒想到是你！」蘇洛的聲音從手機竄出。「修剪籬笆感想如何？」

「還沒動手，乾脆先來請教你好了。」

「我又不是他媽的園丁，還是你想聊其他事情？我直覺很準喔。」

「該死！你怎麼知道？」我對手機大笑，希望那些嘰嘰喳喳的客人能快點滾蛋，明尼蘇達壞男孩的傳說已經結束了請勿打擾。

「想也知道，你在那應該很無聊吧，還是碰上了什麼怪事？不過你這出名遲鈍的傢伙應該碰不到怪事吧。」

「一點也不無聊，而且還跟一個辣妹作家交上朋友喔。」

「幹！這麼好運！」

「我倒想請教你一件事，你在霍特伍德莊園工作時有聽過什麼家族傳聞嗎？」我壓低音量問他。

「那種老家族傳聞一堆啊，你想問什麼？是誰殺了甘迺迪還是柯林頓用哪牌雪茄捅過陸文斯基的小屄？[19]」

「噁心死了！我是指戴爾父母的事情。」

「這你不早就知道了嗎？他父母在他小時候就車禍過世了。」

「時間？地點？這我可不知道。」我從不過問摯友那件令人心痛的往事，他也從不主動提

---

[19] 甘迺迪遇刺至今仍是懸案，柯林頓則是在任期內與白宮實習生陸文斯基（Monica Lewinsky，1973-）發生性醜聞事件。

歡迎光臨愛貓社區

起，我把他對那場悲劇的沉默視為共同遵守的規則。我甚至沒看過相關新聞，彷彿有錢人出意外不是什麼新鮮事。

「這要問希金斯吧，我又不是在那邊待幾十年的人。」出於對再生父母的敬意，蘇洛從不叫他阿福。

「那你去問他啊，要不要順便用通靈板（ouija board）問看看？」

「欸哈雷，你才是那個一接近通靈板就把鬼嚇跑的人喔，還有你幹嘛突然問起老爺的事情？」蘇洛語帶譏諷地反擊。不過說真的，把通靈板弄壞又不是我的錯，但那又是另一件事了，有空再說。

「沒啊，只是待在這裡太無聊胡思亂想。」

「總之我幫不上忙，你自己想辦法吧，」蘇洛頓了一下應該是正在抽菸，最好不要是那種「加料」的，我和他已經被阿福念過太多次。「還有我總覺得老爺讓你到那邊總有什麼理由，雖然我不清楚，但他對你的『稱讚』總讓我懷疑。」

「你覺得戴爾是把我當成什麼『靈體清淨機』之類的東西嗎？那應該用不著我出馬，他才是高手。」

「或許他無暇應付所以才需要你先去探路？」

「聽起來像個大忙人。」

「老爺本來就很忙啊，搶回公司後根本忙得要死。」

這我倒記得，大學畢業沒多久戴爾就跟姓道蘭那邊的親戚打起官司，最後宛如王子復仇般登上道蘭—霍特伍德企業的董座，真是他媽夢幻的結局，市面上的總裁系列都沒這麼精采。

「好吧，我不該懷疑戴爾，也許他真的是為我好。」

「你欠他很多，哈雷，你知道的。」

「我知道……嘿，蘇洛，我約的人來了。」我看到一個戴眼鏡的老人家向我招手。「那就先這樣了！」

「保持聯絡！」

費艾加看起來就像那種一輩子不愁吃穿的城市佬而且有股濃厚學者氣質，若不對他有深入了解絕不會知道他曾在叢林裡射殺越共並多次死裡逃生。他灰白色的捲曲髮絲和方框銀邊眼鏡非常適合隱身在圖書館做研究，而這也是他數十年來的愛好。

「真不敢相信會在長島遇到你啊，哈雷先生。」費艾加語帶崇敬地對我說。「你也對歷史有興趣？」

「可以這麼說，我最近因為休養的關係頗為清閒，需要培養點運動外的嗜好，恰巧你妻子建議我能跟你聊聊這裡的歷史，尤其是跟犯罪事件有關的。」

「那你就找對人了！我收集很多報紙，有興趣可以來我辦公室瞧瞧。」

過強的冷氣在我們抵達公立圖書館一間小辦公室時迎面而來，費艾加向我展示整櫃的舊報紙。

「我不信任兜售微縮技術的廠商，過去圖書館熱衷於把紙本變成微縮膠片，我發現那並不實際。」費艾加把一包標示「1980・案件・長島」的牛皮紙袋從櫃子裡抽出來。「許多影像根本灰濛濛不清楚，加上當時很多資料被做成微縮膠片，紙本反而被扔掉，這下全毀了通通救不回來。」

「那這些舊報紙是怎麼保存在圖書館裡的？為何會留下這麼多犯罪新聞？」我接過牛皮紙

袋，小心翼翼將舊報紙拿出來端詳。這讓我想到大學通識課教授帶我們到圖書館參觀時看到的那堆骨董，只不過沒這麼新。戴爾當時還開玩笑說有些在他家的書櫃就有了，這倒引起老教授反唇相譏，他說這裡有些書就是十九世紀某位姓霍特伍德校友的收藏，小少爺若沒興趣收集灰塵大可把珍寶捐給學校。

「可以說是我們的功勞。越戰結束後我回到老家工作，在這一帶圖書館的整理工程中我和同僚們可說是先驅，外加因為館員組成的推理俱樂部興趣使然，這裡保留大量的犯罪新聞剪輯。多年來這些紀錄幫助不少人，警方有時甚至還得來找我調閱舊報導。」費艾加轉向櫃子繼續東翻西找。「你有特別想看的東西嗎？」

「你有聽過霍特伍德家在長島發生的意外嗎？」

「那可是稀世珍品啊哈雷先生，你找對地方了！」他在書櫃前翻攪一陣後抽出另一包牛皮紙袋，從裡頭拿出一則貼在厚紙板上的報導。「如果你翻閱一九八二年底的報紙，大報社一定會告訴你道蘭—霍特企業的董事長夫婦在長島死於車禍，不過我手上這份地方八卦報卻說著截然不同的故事。」他把報導攤在辦公桌上。

我湊過來一起看著泛黃紙張。這份名為《亨普斯特德先鋒報》（*Hempstead Pioneer*）的八卦小報根據費艾加所言早在八零年代末就消失無蹤，頭版大喇喇放了張有兩具屍體的照片。那兩人正是別墅牆上彩色照片中的男女。陳屍地點是別墅主臥室，照片中的牆壁濺滿血跡。

我快吐了。

「這樁悲劇被壓下來變成一則天大的假新聞，只有這份名不見經傳的小報說出真相，但沒人相信。」費艾加指著那對不幸的夫婦搖頭。「兩人都被近距離射擊當場死亡。沒有兇槍留下，只有一扇破掉的窗戶和花園裡的不明腳印，警方將這起案子歸因於擦槍走火的民宅搶劫。」

我忍住嘔吐慾望繼續閱讀報導，上面寫著霍特伍德夫婦的管家是第一個發現命案現場的人，接著就沒再說明了。可憐的阿福，竟然得親眼目睹雇主死狀。那戴爾呢？他當時也在別墅裡嗎？他有受傷嗎？他有目擊到任何畫面嗎？

「費先生……你和推理俱樂部對這件事情的看法呢？」我不安地發問。

「雖然我們都覺得事有蹊蹺，但受害者是那種惹不起的大家族，我們沒膽繼續探險。幾年前曾有俱樂部外的犯罪事件愛好者來找我討論這樁懸案但也沒啥進展。不過也許真的是天時地利人和，你問起我這件事的幾天前，那位犯罪事件愛好者剛好向我提供了一條線索。」費艾加所有所思地用鉛筆搔著頭皮，真有氣質。

「什麼樣的線索？」

「他說在霍特伍德別墅附近的一間廢棄教堂找到可能與案件有關的物品，也許警方當時沒注意到那間教堂，我們計畫今天去那裡查看。」

「教堂？」我回想到那裡後見過的所有東西。社區邊緣的確有間小小的破教堂但我還沒踏進去過，也還沒過問那邊的老人家。更糟糕的是，我還沒告訴費艾加我就住在那附近啊……

「是啊，那個人說找到一些衣服碎片和彈殼之類的蛛絲馬跡，如果你有興趣我們能一起去探險。」費艾加不再年輕的雙眼頓時充滿光輝。「午夜，我們約好那時從教堂後門潛入。」

「你們應該有事先調查那邊的居民吧。」我想起伊本以舍，如果被那怪老頭發現準沒好事。拜託，他都已經說我住在被詛咒的房子裡了，我現在要去好好糾正他我其實住在一棟他媽的凶宅裡！還有戴爾到底在想什麼？他要是知道他父母死在那為何要叫我住進去？

「當然，所以才要半夜偷偷摸摸地來，有興趣參一腳嗎？」

「哈哈不了，費先生，你瞧我的腳現在這樣子不太適合探險。」我指指有點跛的右腳。

「好吧，如果有什麼收穫再向你分享，也歡迎你在下週蒞臨我們的俱樂部，我們會頒給你榮譽會員喔。」費艾加拍著我的肩膀大笑。

我還沒將新發現告訴戴爾，畢竟那可能是連他也不甚清楚或不希望我知道的事情。我決定先用費艾加稍早教我的一些把戲在別墅裡收集線索，但我還是沒告訴他我就住在那兒，或許他妻子會不小心透漏風聲讓他提早殺過來。

晚餐後我努力說服自己一切都是過去的悲劇然後踏進別墅，但不知道是幸還是不幸，我的遲鈍讓我沒感覺到任何不對勁。我在腦中計畫一陣便抱著過胖的咪咪在別墅裡四處閒晃尋找手電筒（鐵定會被費凱莉責備，牠真的需要運動），最後來到大門深鎖的地下儲藏室門前。

我把鑰匙插進門鎖，雕花華麗的木門咿呀一聲露出縫隙，我深吸口氣打開手電筒。

根據費艾加和推理俱樂部成員的調查，霍特伍德別墅雖然出售過幾次但從未經歷改建，甚至也無人遷入，當時沒被警方帶走的物品可能還留在地下室。雖然戴爾最近才買下這裡，但我毫無印象他有向我提到他來過這地方。

老舊樓梯發出可怕的嘎吱聲，咪咪跳下手臂漠然地前進，我們一人一貓就這樣抵達地下室。天花板不高，只要用力跳一下就會撞到腦袋，我低頭看著滿地箱子和覆蓋白布的家具發愣，希望能在裡面找到什麼關於那起兇殺案的線索。不過討厭的是地下儲藏室的電燈壞了，昨天沒檢查到這裡真可惜。

我的視線立即被一個寫了「玩具」的紙箱吸引，我走向前打開它，紙箱裡有隻褪色的玩具熊。手電筒突然熄滅，儲藏室陷入黑暗，只有階梯盡頭來自客廳的昏黃燈光。

「咪咪你在哪？」我在黑暗中大叫，深怕這時踩到咪咪。我只能聽見牠的喵喵聲但看不見牠。

一陣低語竄進耳朵，彷彿有幾個人在我身旁說話。

「是誰？」我不敢相信自己竟然遇上這種事情！我會就這樣嗝屁在這嗎？我會不會已經拉了一褲子？這下可好，鐵定是什麼強悍到不行的鬼魂才能讓我聽見聲音，但我根本手無寸鐵啊！

咪咪突然跳過來害我放聲尖叫，我死命抓住牠，使盡吃奶力氣衝上樓梯用力甩上木門。

接近午夜時我帶著咪咪在別墅外呼吸新鮮空氣，順便溜去破教堂那邊瞧瞧費先生是否真帶著朋友來探險，在半路上遇見了散步的愛琳和她的愛貓莎夏。

「尋找靈感嗎？」我對她揮手。

「是啊！」愛琳笑著跑過來。「你要去老教堂那邊嗎？那裡挺有意境但又有點陰森。我父親今天待在城裡朋友家不會回來，不然早就把我抓回去了。」

「那我們來個小小探險如何？」我對她的後半段話其實更為期待。

「聽起來不錯。」愛琳的笑容讓我放鬆不少，至少能讓我暫時忘記別墅裡的怪事，說不定還能趁機在她家借住一宿。

我們在破教堂前停下腳步，我很想推開舊木門看看能否把那群愛探險的老紳士嚇一跳，不過就在我想推門時，愛琳突然拉了我的外套一下示意我停下來。

「『他們』又來了。」愛琳不安地挨近我。

「那些重機騎士？」我望著遠處那三台燈光絢麗的重型機車，一台停得較遠似乎連社區大門都沒跨越，另外兩台在社區裡閒晃一陣後又騎了出去，天曉得這年頭的小混混在想什麼。

「那些人這陣子一直把社區當賽車場，我父親警告他們再胡鬧就要開槍了。」

「真的，他需要好好教訓那群小混蛋。」我趁機搭上她的肩膀。

「你要進教堂瞧瞧嗎？」愛琳轉而期待地看著我。

「當然啦。」我愉快地推開木門。

祭壇前半躺著費艾加，他的胸腔像翅膀展開，內臟墜落滿地。

愛琳爆出淒厲的尖叫。

第四章　口述悲劇

杭亭頓醫院外頭現在成了各路媒體的戰場，位居戰火中央準備接受猛攻的倒楣鬼除了被打了鎮定劑正在昏睡的愛琳之外正是在下不才小人我，那堆記者應該樂得再次嘲諷那個生活糜爛的壞男孩。天啊我怎麼能這麼倒楣？我幾乎能想像早報頭條會長成什麼樣子了。

蘇洛開著黑色豐田從布魯克林一路飆來，三分鐘前終於擠出人牆闖進醫院走廊一屁股坐在我旁邊。

「你他媽是衰神上身喔？」他點起菸順便白我一眼。

「你他媽我怎麼知道？」我把毛毯拉得更緊。「別在醫院裡抽菸啦！」

「排解壓力。」蘇洛對路過的護理人員扮了個鬼臉。

「最好不是那種『加料』的。」我想起那段糜爛的大學時光。

「最近想重新做人，外加希金斯要是知道一定會每天出現在我家唸我。」

「聽起來好可怕。」沒人喜歡半夜上廁所時被半透明而且一臉嚴肅的阿福訓話。

「話說你打給我時我下巴都快掉了，怎麼會發生這種恐怖事情？」

「你問我我問誰？」我哀怨地瞪著病房大門。伊本以舍剛才把我臭罵一頓，現在連進去探望都不行。「但那個景象……仍然揮之不去，才剛認識沒多久的人就這樣子被……」

「聽說死相超難看。」蘇洛把香菸擱在耳朵上。

歡迎光臨愛貓社區

「警察說他的心臟不見了。」如果可以我多想親手宰掉殺死費艾加的混帳。為什麼要這樣對一個無辜的老人家？那費凱莉怎麼辦？她會因此而心碎的！

「我從記者堆裡擠出來時聽見他們的談話，聽起來像邪教儀式？」

「我不知道……」我痛苦地搖頭，眼角餘光瞥見一個中年男子大步走來。

亨利・洛文警官用一副要把我炸來吃的表情瞪著我，順便把蘇洛的香菸搶過去掐熄。

「嘿！」蘇洛用西班牙語咒罵一陣。

「閃邊去！」洛文警官也用西班牙語反擊，蘇洛回瞪他一眼便躲到附近的販賣機旁。

「嗨……洛文……沒想到會在這遇見你。」我真是倒楣到家。

「外頭那群鯊魚正等著把你碎屍萬段。」洛文一臉不屑地說。「對這起案子你到底還知道些什麼？」

「我已經說過我什麼都沒做了！」這傢伙很不巧在我被槍擊時負責那樁案子但一無所獲，不過從他向來看不慣我的行徑（外加他小兒子剛好是我粉絲）來看，我想他應該沒有好好辦案吧。

「你說費艾加要到那裡跟人會合？」很好，洛文完全無視我的回答。

「我已經跟你的人說過了，我只知道這些！」

「費艾加有向你提到那人的特徵嗎？」

「沒，他只說是另一個推理愛好者。」我絞盡腦汁回想白天的對話。「他說……他說是今年初遇到的人，前幾天向他告知那座廢棄教堂裡有些線索。」

「什麼線索？」洛文警官像條嗅到血腥味的獵犬緊盯我不放。

我愣了一下，我竟然差點就要曝露那件「被迫」成為謎團的謀殺案。

「回答我！」洛文警官幾乎要對我大吼，但一陣鈴聲卻馬上打斷他。他不甘情願拿出手機，幾秒後突然面無表情地呆立原地。

「怎麼了？」我開始想像我被警察當成殺人兇手拖出醫院的樣子，那些記者鐵定會超開心。

「該死！那個痞子……」洛文差點把手機往地上砸。「你可以滾了，哈雷！別讓我再看見你！」

「這是怎麼回事？」我不敢置信地大叫。

「你那痞子朋友要來接你！」

「哪個痞子？我可不認識什麼痞子！」真的，除了蘇洛和那些打球的傢伙或許再加上幾個饒舌歌手之外我可不認識什麼痞子啊。

「道蘭—霍特伍德公司的那個痞子！」

我和蘇洛從太平間溜了出來，蘇洛甚至沒時間和那裡的「居民」打招呼，據說他平常連進診所都能看到不該看的東西，一台阿斯頓・馬丁（Aston Martin）[20]優雅地滑過來。

「你真的學不會低調嗎？」我皺臉看著戴爾從阿斯頓・馬丁走出。太好了，誰來給那小混蛋一杯馬丁尼和比基尼辣妹？

「我沒穿西裝啊。」戴爾指著他那身打高爾夫球的裝束，但很不幸這一點也不適合他這個漂亮的陶瓷娃娃，他甚至沒有高爾夫球愛好者那種只會出現在雙手和脖子上的色差。

「哈哈很好笑，你是看到新聞才跑過來嗎？」我搭上他的肩膀，感覺剛才的緊繃鬆懈了一些。

---

[20] 英國豪華車品牌，曾在007電影《金手指》（*Goldfinger*，1964）中做為龐德的座車。

歡迎光臨愛貓社區

「對。你大約在十點時做了什麼？」戴爾抬頭看著我。

「在別墅裡啊……等等，連你也懷疑我是兇手？」我看起來像那種會隨意把人開腸剖肚的人嗎？我看起來像什麼？開膛手傑克嗎？

「我懷疑你是兇手幹嘛？我那時正好在開會，但我的預感告訴我你似乎出了大事。」戴爾比了個手勢示意我上車，順便交給蘇洛一張房卡。「等會兒在凱悅飯店見面，還有別被記者揪住。」

「唉，是的老爺。」蘇洛嘆了口氣。

「你的預感？」我在副駕駛座上看著戴爾。

「我在開會時昏了過去。」戴爾猛然加速讓我摔回座椅。「然後看到一些東西。清醒後我便趕過來，但直覺不該直接到你那兒去，因此就先待在旅館裡，沒多久就在電視上看到那起兇殺案的新聞了，還有請繫上安全帶。」

「昏過去？你現在沒事嗎？」我抓住他的肩膀。

「只是有點疲倦而已。你就想像我嬌喘一聲倒在我舅舅懷裡，他應該很希望我就這樣掛了。」戴爾不屑地笑了一陣。「我那時看見你。」

「我？」

「你渾身是血被一群沒有面目的怪物追著跑，不幸被牠們抓到撕成碎片……」戴爾彷彿在敘述如何申報所得稅般了無生氣地告訴我他看見的景象。「我看到你手上拿著一個東西……一隻玩具熊。」

我感覺血液快要凍結了。

「你能……從中解讀出什麼嗎？」我努力擠出這句話。

「預言通常會象徵性呈現，就像我過去以為是靈感湧現而寫在筆記本上的那些句子，我最近才逐漸搞懂它們可能的意涵，但……用影像呈現的預言是第一次經驗到，而且感覺很差，我感覺自己就像德爾菲（Delphi）神廟[21]裡的女祭司一樣。」戴爾的肩膀垮了下來，他看起來異常沮喪。

「你還好吧？」

「不用擔心我，榭爾溫，但我還是無法理解那些影像的意義。不過……我倒是知道那隻玩具熊是怎麼回事。」

「你該不看見你小時候的玩具吧？別墅主臥室牆上有張照片。」

「你看過那些照片了？」

「我還知道更多。」但我仍不敢告訴他地下儲藏室裡的事情。或許他根本就知道？但他的意圖是什麼？

戴爾轉頭看我一眼，那對顏色過淺的眉毛翹了起來。

我們約莫半小時後抵達飯店，戴爾面無表情地領著我走進客房，坐上加大雙人床盯著我看。

「你還知道些什麼？」他用一種異常冷漠的聲音問我。

「我能這麼說嗎？你讓我到那間別墅的意圖？」我突然對他的態度感到惱怒。

21 古希臘時代由祭司頒布神諭的阿波羅神殿。

「你認為呢？」

「你想誘使我去尋找那裡發生的事情真相，但我認為你知道答案。」

「若我知道何需如此大費周章？」

「你不可能不知道你父母的死因！」我終於耐不住性子對他大吼。「為何要讓我到那裡？」

「我曾告訴你我需要你的幫助，你現在正在幫助我。」戴爾依然面無表情地看著我，繼續用那種令人不快的聲調說話。

「我現在知道你父母的真正死因了，你還想要什麼？要我找到兇手嗎？我要是有這麼神通廣大就好了！」

「告訴我你是怎麼知道的。」戴爾站了起來，走向音響將放在上頭的CD擺進去。

「一連串的巧合。那位姓費獸醫的丈夫剛好收集很多犯罪新聞，是他拿給我看的一份小報上寫的報導寫出你父母真正的死因。和當時其他報紙不同，那份奇怪的小報說出了真相。」

「然後呢？」

「然後那位獸醫的丈夫就死了。」

「我很遺憾。」

「費艾加因為得知別墅附近有相關線索出現，於是想在深夜潛入社區查看……之後我想你也知道結果了。你該不會早就知道費艾加在收集那種東西？」

「我並不知道。說到我父母那起謀殺，我只記得聽到槍響後他們躺在血泊中的樣子，我當時抱著玩具熊想找他們，之後發生的事情全忘了。」戴爾若有所思地看著我然後擺了擺手。「我只記得在醫院醒來，阿福在旁邊陪著我。」

「你看見了兇手？」我不安地看著他。

「我想不起來。」

「你那時有受傷嗎？」

「沒有，但阿福說我經歷了嚴重的精神崩潰，也許這就是我記不起案發場景的原因。」戴爾對我露出悲傷的微笑，音響飄出珍妮弗・霍利德（Jennifer Holliday）的〈我要告訴你我絕不離去〉[22]。

「如果你是放〈無心呢喃〉[23]的話我真的會開始懷疑你的品味。」我按著太陽穴坐進沙發。

「你打算怎麼做？像威爾・史密斯一樣跳到我身上？[24]」

「為何是威爾・史密斯？」戴爾好奇地看著我。

「差點忘記你不看『現代』肥皂劇。」

「總之你已經開始重建事情的原貌，換做是我絕對無法獨自完成，但現在又冒出另一樁悲劇。」戴爾在我身旁坐下，我不由自主地盯著他的冰藍色雙眼。

「我能做的事情相當有限，況且有可能幫助我們的人已經……」我無力回想那個畫面，我甚至開始懷疑費艾加是因為我的緣故才會遭逢厄運，我簡直是衰神本人。「還有我不該懷疑你，戴

---

22 〈我要告訴你我絕不離去〉（“And I’m Telling You I’m Not Going”）是音樂劇《夢幻女郎》（*Dreamgirls*，1981）中的歌曲。

23 〈無心呢喃〉（“Careless Whisper”）是歌手喬治・麥可（George Michael，1963-2016）的著名歌曲。

24 榭爾溫在這裡提到威爾・史密斯是因為威爾・史密斯曾在90年代電視劇《新鮮王子妙事多》（*The Fresh Prince of Bel-Air*）裡對嘴惡搞過〈我要告訴你我絕不離去〉這首歌。

爾，我很抱歉。」

「你不需要道歉，我這麼利用你已經很過分。」戴爾不自在地咬著下唇。

「或許我能再拜訪費凱莉，如果她還願意見我的話，或再次進入費艾加存放舊新聞的地方。也許我們能知道費艾加過去還做過哪些調查，還有他到底知道多少事情。」

「那就太好了，榭爾溫，我真的非常感謝你。」戴爾終於看起來不那麼沮喪冷漠。我嘆口氣抱住他，音樂來到高潮，女主角向拋棄她的男人大聲宣告就算推倒高山阻斷河川都無法阻止她愛著他絕不離去的事實，雖然她最後還是被拋棄了。

「若能幫助你我一定全力相助。」我已經失去一切，或許我並不在乎因此而粉身碎骨。「我能……終結你的悲傷，如果可以這麼說。」

「我沒這麼脆弱，但我不希望再有人受到傷害，尤其是你……」戴爾在我的頸邊低語。他抬頭看著我，雙手撫著我的膝蓋似乎想繼續說些什麼，但電話機卻響了起來。更破壞氣氛的是戴爾還對我打了個噴嚏，真是天殺的有夠浪漫。

「那些該死的種族主義者把我擋在樓下！」蘇洛的聲音從話筒爆出。

「我會下去接你。」戴爾嘆口氣放下話筒。

幾分鐘後，蘇洛一臉不爽地坐在沙發上瞪著我們，音響莫名其妙飄出〈無心呢喃〉的旋律。

「……老爺，你把格姆林帶來幹嘛啊？」蘇洛突然哭喪臉指著音響哀號。

「牠說很久沒出門玩只好帶牠來遛遛。」戴爾聳肩回應他。一隻尖嘴猴腮的綠色毛絨絨小傢伙從音響後頭鑽出來對著我們傻笑，頭頂有撮橘色冠毛。

「牠品味真特別。」我看著格姆林搖頭。格姆林是我唯一看得見的超自然生物，不過也不能這麼說，或許小妖精[25]真的是實際存在的生物，只是人們拒絕相信而已。這個小傢伙是大二時我和戴爾到倫敦度假期間帶回來的，因為原先居住的森林在百年前被摧毀建成旅館，無家可歸的格姆林只好躲在旅館裡偷吃東西維生卻恰巧被我們發現。戴爾邀請他居住在霍特伍德莊園的林子裡，小傢伙便因此成為新世界的居民。「欸等一下，這樣的話格姆林剛才不就看到我和你的……」我突然想起這件事。

「你們剛才在幹嘛啊？」蘇洛語帶驚悚地打斷我。

「我們只是在討論事情而已，真要幹嘛會把格姆林請出去。」戴爾一邊回應他一邊翻攪行李箱。

「這樣很肉麻耶戴爾。」我感到臉頰一陣燥熱。

「對了，咪咪和喵喵呢？該不會還在別墅裡吧？」戴爾看著我問道。

「我有請鄰居幫忙照顧咪咪，至於喵喵……我不知道牠在哪，也許我搞丟牠了……」

「不太意外。」戴爾找到換洗衣物就自顧自走進浴室，只剩我和蘇洛還有格姆林在客房裡大眼瞪小眼。

「也許老爺等會兒就會宣布明天要開始玩偵探遊戲之類的。」蘇洛一頭倒在沙發上碎念著。

「希望阿福也能加入，我們都不是擅長推理的人。」我打開電視胡亂轉台。

「我很樂意提供協助。」阿福從牆壁裡冒了出來，這讓我和蘇洛嚇得幹聲連連，格姆林毫無良心地在一旁大笑。

---

25 格姆林（Gremlin）同時也是英國民間傳說中的搗蛋小妖精。

歡迎光臨愛貓社區

太陽升起沒多久，阿福就把我們通通叫醒。我和蘇洛只能悲慘地睡沙發結果滾到地上搞得腰酸背痛，至於戴爾那個小混蛋則是一人獨占加大雙人床，真是標準的資本主義結構。阿福與格姆林擔負起看守客房的任務，我們三人搭著蘇洛的黑色豐田前往費凱莉的診所。我們不能先回到愛貓社區，根據新聞台說法，那邊正被警察和媒體四面包抄。

我不安地敲敲診所大門，毫無希望會是可憐的費凱莉出來應門，但令人訝異的是開門的竟然就是滿眼血絲的費凱莉。

「費女士！妳還好嗎？」我吃驚地望著她。

「總不能讓悲傷阻撓拯救生命的任務吧？警方還在驗屍，我會等他們通知結果。」費凱莉拿出手帕拭去臉上的淚水，我衝向前用力擁抱她。

「艾加昨晚有向妳提到探險這件事嗎？」

「沒有，我以為他和同事上酒吧聚會，沒想到之後就……」費凱莉用力擤了幾下鼻子，示意我走進診療間。「這兩位是？」她指著戴爾和蘇洛。

「我朋友，他們因為我的緣故趕來長島。」我對她露出微笑。

「進來吧，我正好需要有人和我說說話。」費凱莉在診療間裡替我們倒了咖啡，戴上玳瑁框眼鏡仔細地打量我們。「艾加有太多祕密，我很少有機會參與其中。」

「這是什麼意思？」我不解地開口。

「我和他相識不到幾年。」費凱莉喝著她的咖啡回應我。

「我以為你們結婚很多年了。」

「我們是在二〇〇一年結婚的，兩個失去伴侶多年的老年人終於尋覓到值得託付餘身的夥伴，無奈天不從人願。」費凱莉看著我吃驚的表情笑了出來。「對了，哈雷先生，你才離婚沒多久，會有很多時間思考伴侶的意涵。」

「……我會的。」我無奈地說，戴爾和我對望一陣然後搖了搖頭。「那麼，妳剛才說艾加的祕密是？」

「他那些收藏。我向來很難理解那份熱情，直到他死前幾天我才逐漸接近真相。」費凱莉轉向辦公桌，打開抽屜拿出一把鑰匙。「艾加有血糖問題又不愛按時打針，還經常把自己鎖在書房處理資料，我擔心他哪天會在那裡倒下，因此就偷偷打了一副備份。前幾天我怕他又窩在那裡睡覺所以就溜進去查看，在那看到一本的簡報，裡面……藏了他那份熱情的真相，他向我隱藏多年的過去，我想身為不幸目擊者的你有權利看看。」

費凱莉帶我們來到位於診所二樓的住處，撥開串珠簾子將裝飾華麗的玻璃門推開，裡面是個新藝術風格濃重的客廳，占據一角的立燈似乎出自萊特[26]手筆。她領著我們往書房走去，扭開黑檀木門上的黃銅把手後，一張堆滿紙張的辦公桌映入眼簾。

「這個，艾加似乎忘記把它收起來就匆匆離去。」費凱莉拿起桌上一本厚重大書，我們四人圍著茶几看著這本封面手寫「家人」的新聞剪貼簿，第一頁貼了張黑白全家福。

「這是……」

[26] 萊特（Frank Lloyd Wright，1867-1959）是著名美國建築師、室內設計師與教育家。

歡迎光臨愛貓社區

「艾加和他第一任妻子與子女。」費凱莉的手指在照片上輕撫。接著她翻到下一頁，一篇褪色報導和一些照片映入眼簾。我和蘇洛倒抽一口氣。

那是篇名為〈邪教團體殘殺婦孺〉的報導，上面記載一九六〇年三月初有位母親和她一對年幼的子女在亨普斯特德遭到綁架殺害，遺體在近郊被發現，生前疑似遭到性侵與虐待，三人的心臟皆不見蹤影。報導旁的另一頁貼有充滿血腥的棄屍現場，上面用簽字筆註記三位姓費的不幸之人。

「他從不告訴我數十年來他的熱情是為了什麼……他一直在尋找殺死至親的兇手。」淚水從費凱莉的眼角流下。「這本剪貼簿充滿類似案件的報導，他會前往老園村想必也是為了尋找線索而去。」

「但這兩個地方有段距離啊。」我指著報導上的地點。

「艾加懷疑之後又發生相同的事情。」費凱莉將剪報翻到中間，那又是另一則被費艾加寫滿紅字註記的報導，一張彩色照片黏貼在旁，似乎是最近才增補進去的資訊。

這次換戴爾倒抽一口氣。

「我父母的謀殺案？」他的聲音有點顫抖。

「你是霍特伍德家的人？」費凱莉驚訝地看著戴爾。

「……我是霍特伍德夫婦的兒子。」

「我曾在電視上看過你父母，說起來你很像你母親，她是我見過最尊貴優雅的女人。」費凱莉握住戴爾的手撫著，這讓他難得地雙頰通紅。「希望這不會冒犯到你，但艾加認為你父母的死可能也與這些事件有關。」她指著彩色照片，上面有個全身是傷在成年人懷裡大哭的小女孩，成年人可能是社工或她的家人但沒拍到臉。女孩的洋裝破爛不堪，照片上註記令人作嘔的「毒打、性侵、儀式虐待（ritual abuse）」，她的姓氏則是德瓦（Deval）。

費艾加秀氣的紅色筆跡敘述這起邪惡事件的經過：

一九八二年十二月二十日，十歲的D在曼哈頓遭誘拐失蹤，搜尋無果。十二月二十五日夜晚，D父根據鄰居目擊的車牌號碼循線追查至長島老園村，在霍特伍德別墅旁的廢棄教堂找到失去意識的D。根據D父所述，他在教堂外聽見奇怪的朗誦聲與女童哭聲，他嘗試闖入無效，接著在附近向居民求援時，他聽見霍特伍德別墅傳出槍聲並看見二樓有人影活動。他害怕地逃離別墅返回教堂，卻發現大門敞開，兇嫌可能聽見槍聲而逃跑只留下D。D父顧不得別墅的槍響，火速將D送往醫院，警方認為是起隨機綁架性侵案。（一九九九年，ED口述）

「兩起事件在同個地方、同天發生？警方卻沒有任何關注？」我不敢置信地開口。「我父母的案子成為懸案，那些親戚顯然動用權力掩蓋了事實，甚至可能連帶掩蓋別人的悲劇。」戴爾皺起眉頭看著那段紀錄，手指緊握沙發扶手，關節逐漸泛白。

「艾加不相信兩件事毫無瓜葛，他花費很多心力和推理俱樂部展開追查，但畏懼於……你家族的權威，他們收手了。」費凱莉翻閱著這起事件之後的簡報，小心翼翼地告訴戴爾。

「我不感到意外。」戴爾倒回沙發。「我想那位女童的父親並沒有將實情告訴任何人，除了妳丈夫，但我們並不知道女童和她父親的真實身分。」

歡迎光臨愛貓社區

「艾加並沒有留下這方面的紀錄，但這則紀錄是一九九九年寫下的，是艾加最近才得知的訊息。」費凱莉回應他。

「哈雷，你說費先生是為了尋找霍特伍德夫婦謀殺案才跑去教堂那邊？現在聽起來我怎覺得他是為了女童綁架案而去？」蘇洛狐疑地看著我。

「我也這麼覺得，而費艾加邀請我可能是想找人壯膽，但我卻推託了……」

「這不是你的錯，哈雷，你還在休養。」費凱莉輕拍我的膝蓋安慰道。

「如果數年前提供費艾加線索的犯罪事件愛好者就是女童的父親，那這些事件有沒有可能連在一起？」我緊張地看著她。

「很有可能，但問題出在那位父親是誰？有沒有可能是他……不，但這沒有道理！」費凱莉用力地搖頭。

「他殺了費艾加？這的確說不通。」我也只能搖頭以對。

告別費凱莉後我們決定回到霍特伍德別墅，即使那邊有堆閒雜人等和血獵犬般的洛文警官。

「你會害怕嗎？回到那個地方？」我在後座擔心地看著有些呆滯的戴爾。

「有點，但我們必須這麼做不是嗎？」戴爾輕拍我的手臂。「有人受害，有混帳犯下令人髮指的罪行。如果能找出真相，受害者才得以安息。」

「看來你比我想像中還想當個超級英雄。」

「對了，榭爾溫，昨晚我向你說我利用你這件事，有件事我甚至更不該這麼做，我一直在欺騙你。」戴爾忽然想到什麼似地抬頭看著我，蘇洛這時根本就是故意地轉了個大彎害他摔進我懷裡。

「噢……什麼事情？」我呻吟著扶起他。

「有關喵喵的事情，你沒有搞丟牠。」他嘟起嘴一邊調整領帶。「牠一直在這，這件事甚至蘇洛和阿福從頭到尾都沒告訴你，我們可說是聯手整了你一次。」

「啥？」

「喵喵從你還在老爺家門口等我時就趴在你肩膀上了，笨蛋。」蘇洛幸災樂禍地告訴我。

「牠現在還在你肩膀上，你不覺得重重的嗎？」

「不，戴爾，我該死的毫無感覺。」

「喵喵，該是時候讓他見你了吧。」戴爾盯著我的肩膀說。一截黑色尾巴從脖子旁冒出，我尖叫著跳起來差點撞上車頂。

一隻黃眼大黑貓跳到戴爾腿上對我露齒而笑。

對，牠在笑，這真是他媽的有夠可怕！

「哈囉，哈雷先生，你真的該控制一下閱讀成人雜誌的時間。」喵喵歪頭嘲諷道。

「不要說出來啦！」

第五章　抹滅者

愛貓社區只剩幾個警察在四處巡邏，記者大概發現沒什麼八卦好挖外加一臉凶神惡煞的洛文警官坐鎮後就先行撤退了。

華特夫婦看起來有點憔悴，他們的看護正扶著華特先生在草地上溜搭，這是我第一次看到他們的看護，相當意外是個剛從大學畢業的小夥子。哈定先生依然老神在在坐在屋簷下看報紙（「俺在義大利打法西斯看的屍體可多呢！」他這樣告訴我們），腿上趴著一隻不知是休伊、度伊還是路易的白色曼斥肯貓，另外兩隻則在草地上打鬧，喵喵這時加入了戰局，決定暫時丟下我們照顧這幾個孩子。隨時有金金在腳邊繞來繞去的好心人杜立德女士把咪咪還給我，順便對戴爾的長相讚嘆半天。

「奶油小生，你知道的，中年婦女的最愛。」蘇洛用手肘頂我一下。

「中年婦女嘛你就不要計較太多。」杜立德女士最好別知道那是個暴力奶油小生，她會失望的。

「要不是中年婦女我看你八成會吃味半天。」

「欸蘇洛我不是他男友。」

「話說那是你提到的辣妹嗎？」蘇洛指著從不遠處跑來的愛琳。她穿了套紫色連身運動服，貼身布料讓她的曲線更加明顯。真是美好的景象，希望她已經從驚嚇中恢復。

「對，很漂亮是吧？」

「超正。」蘇洛看得目不轉睛。「不介紹一下？」

「當然ＯＫ，如果你不一臉豬哥的話。」

不過正當我要把愛琳介紹給（自以為的）拉丁帥哥時，比平常更加陰沉的洛文警官就走過來了。

「我們需要談談，哈雷先生。」他示意我回到霍特伍德別墅。「歐哈拉小姐若還想起什麼也請隨時通知我。」他的招牌銳利眼神緊盯愛琳彷彿要用視線把她燒出兩個大洞。

「我已經告訴你我只知道這些啊。」愛琳驚恐地回應他。

「你還想從我這裡挖到什麼？我真的沒東西可挖了好嗎？」我開始懷疑自己的說謊能力了。

「別的事情。雖然我不相信怪力亂神，但根據過去經驗，警方這次得向你那個怪裡怪氣的朋友求助。」洛文警官鬼鬼祟祟地指著戴爾。「雖然我不想透漏給太多外人知道，但由於歐哈拉小姐也是目擊者，我們還是都到你家討論吧。」

「就跟你說那不是我家……」噢，這傢伙真是討厭我到了極點，自從大學時協助戴爾處理一些怪事後，洛文就把我們當成他的私人部隊，不過在這個合作關係中我簡直比貝克街小隊還不如而且還會變成他發怒的對象，十之八九因為他的小兒子使然。

「好久不見，洛文，歡迎蒞臨寒舍。」戴爾抱著咪咪走過來。「想來點清涼的嗎？」

「工作不喝酒，小痞子。」洛文不屑地瞪著他。

我們五人現在坐在霍特伍德別墅金碧輝煌的客廳裡，蘇洛和我不自在地瑟縮沙發上被洛文狠瞪，至於愛琳則是突然想起什麼似地盯著戴爾。

歡迎光臨愛貓社區

「我想我見過你？」她狐疑地開口。

「二〇〇一年在大都會博物館[27]？」戴爾看了她一眼。「妳當時是《紐約時報》的專欄作家，我依稀記得。妳穿著紫色高衩晚禮服，旁邊跟了個油頭小子。」

「你記性真好，我只記得好像看到你和一位金髮美女走在一起。」愛琳不敢置信地回答。「那油頭小子是我男友，幾個月後不幸過世了，他當時在世貿中心救災……」她嘆了口氣。我現在才知道愛琳說的「才剛分手」是怎麼回事，這太令人難過了。

「原來你們認識？」洛文警官終於把視線從我和蘇洛身上移開。

「並沒有，我們只是在慈善晚會巧遇，但歐哈拉小姐的確令我印象深刻，無論在談吐或美貌上。」戴爾聳了聳肩。「但要說到豔光四射，特伯雷小姐恐怕無人能及，甚至超越不少女星。」他突然瞄了我一眼。

「你是指……」

「我的女伴，親愛的歐哈拉小姐，那位金髮美女是榭爾溫的前妻，同時也是我的表妹。」

「原來如此！」愛琳滿臉通紅地看著我。

「沒關係，一切已經過去了。」唉，也許我上輩子真的犯了什麼滔天大罪，我那漂亮前妻珍妮其實是戴爾的表妹，和我們同年進入哈佛，不過他們倆感情很差，只有在擺架子羨煞旁人時才會莫名其妙充滿默契，有一陣子我簡直像夾心餅餡料被夾在中間動彈不得。不過就像我說的，一切已成為過去，我只剩下戴爾，我不想失去唯一的摯友。

27 戴爾在此指的是大都會博物館的年度慈善晚會Met Gala。

「談點正經事吧。」洛文警官對我們說。「我們搜尋過那座教堂和周圍地帶，那裡只不過是座廢墟而已什麼都沒有。」

「什麼都沒有？」我想起費艾加的說詞與在費凱莉那邊看到的東西，仍在猶豫要不要向洛文說明。

「除了屍體什麼都沒有。根據過去與你們兩位合作的經驗，我想霍特伍德先生能幫點忙，例如到那座教堂看看還有什麼『看不見』的線索。」

「我先說我不來降靈法會那套。」戴爾翹起眉毛。

「我當然知道，如果你到那邊能『看到』費艾加並與他談話，我會相當感激。」洛文不甘情願地對他說。

「我會盡力，只怕依然毫無所獲。」戴爾不置可否地回應。「看在我們過去的好交情上。」

「別自以為是，我們警察只是適時尋找可能的援手罷了，你這華爾街的巫師。」洛文瞪他一眼。

「我個人比較喜歡魔鬼剋星。」

當我們走出霍特伍德別墅時，伊本以舍正氣急敗壞地走來並抓住愛琳的手臂。

「不是告訴妳不要跑進被詛咒的鬼地方嗎？」伊本以舍對她怒吼。

「爸別這樣說！」

「你們這群雜碎是要鬧到什麼時候！」他對我們咆哮。

「歐哈拉先生，我跟你說過我住在這裡，這些人是我的朋友。」我不耐煩地向他解釋。

「總之你們待在這只是徒增霉運罷了！」伊本以舍抓著掙扎中的愛琳走回家，不過這時戴爾卻擋在他們面前，用迅雷不及掩耳的速度將兩人分開。

「您女兒才剛從驚嚇中恢復，歐哈拉先生，您需要控制脾氣。」戴爾禮貌地對他說。伊本以舍舉起手想揍他一拳，卻被戴爾輕巧閃開差點摔個狗吃屎。

「混帳！」伊本以舍對西裝筆挺的戴爾啐了一口，想要繼續衝向前時被洛文警官的兩個小警察架住。

「不要妨礙辦案！」洛文毫無耐性地使喚那兩隻菜鳥把伊本以舍拎走。「很抱歉必須這麼做，歐哈拉小姐。」

「我已經盡力了但他依然如此，我幾乎要相信他有譫妄的症狀。」愛琳無奈地看著不斷對小警察鬼吼鬼叫的父親。

廢棄教堂裡已無不幸的費艾加，但依然能聞到些許血腥味。我很好奇一九八二年的那場悲劇是否也留下氣味？姓德瓦的女孩現在是否安好？她是否已從創傷中恢復？戴爾看了看四周便閉上眼睛試圖感知教堂裡是否還有靈體存在，嘗試幾分鐘後，他洩氣地向我們搖頭。

「他不在這，我感覺不到費艾加。」

「再試一下？」洛文警官不願放棄機會。

「這只是徒勞無功，這裡沒半點靈體。」戴爾趁洛文轉頭時白他一眼。

「你不是經常說兇殺案現場能找到受害者靈魂徘徊不去嗎？」這倒很新奇，我還是第一次聽他這樣說。

「之前協助洛文辦案時的確是這樣，我可以看到他們，不過這次倒真的很奇怪，好像這地方……乾淨的不得了。」戴爾按著太陽穴回應我。

「該不會又是我把靈體嚇跑吧？」我想起以前那次簡直像搞笑片的通靈板意外，但那又是另一個故事了。

「很有可能，但如果是這樣的話，我一踏進教堂就會看到被你的陽剛氣質給嚇得屁滾尿流的費艾加。」

「要是那樣就好了。」我多希望再次見到費艾加，想向他說聲抱歉，但若不是他親自現身或用戴爾的神奇小土球砸他，我大概永遠也見不著他。

「這裡簡直亂成一團，搞不好從那個小女孩的綁架案之後就再也沒使用過。」蘇洛對我們悄聲說順便點起香菸。

「別在教堂裡抽菸啦，不然就分我一根。」我現在亟需紓壓。

「拿去。」蘇洛把打火機和一包查施特非[28]扔給我。蘇洛喜歡這牌子，大概跟他前雇主一樣自以為是詹姆士・龐德。我點燃香菸坐上長椅看著戴爾繼續不甘情願尋找費艾加的鬼魂，洛文則在一旁和愛琳討論她那難纏的老爸。

「他需要的是醫生，我家老姑婆幾年前脾氣大變，醫生說是得了躁鬱症，她在治療後比以前好太多了。」洛文熱心地向愛琳推薦診所，似乎也成為愛琳追求者大隊的一份子。他正與妻子分

---

[28] 查施特非（Chesterfield）是美國香菸品牌，在伊恩・佛萊明（Ian Fleming，1908-1964）的007小說中曾經提過這是龐德喜愛的香菸品牌。

歡迎光臨愛貓社區

居中，想必洛文太太是受不了整天擺張大便臉的老公吧。戴爾走到我身旁拿起香菸吸了一口，顯然他現在也很焦慮，他甚少抽菸，而且通常都是抽那種假掰到不行的涼菸。

「我投降，洛文，或許我不是每次都很靈驗。」戴爾把香菸還給我並對洛文擺擺手。

「唉，這下真碰到死胡同了，只能寄望鑑識組能找到什麼蛛絲馬跡……」洛文轉身想走出教堂，不過所有門窗全都啪一聲關了起來。

我手上的菸熄滅了。

「這是怎麼回事？」洛文摸著差點被門砸扁的鼻子大叫。

我衝向前踹了大門幾下，其他人也試著推開窗戶，但那些照理脆弱不堪的木頭此時卻如鋼鐵堅硬。祭壇上本無蠟燭的燭台突然竄出火光，濃煙瀰漫開來，一個人形物體逐漸在煙霧中成形。

「那什麼東西？」我不禁哀號。現在連我也看得見鐵定不是好事！

「全部躲到我背後！」洛文拔出配槍大喊。除了紊亂的呼吸聲，整個教堂死寂一片。

一道低沉呼嚕聲打破寧靜。

「天……天竺鼠？」蘇洛不敢置信地看著祭壇上的煙霧。

血肉模糊的高大人形走出煙霧，他……她……牠，我不知該如何稱呼。這東西全身赤裸，四肢異常纖細，手臂上還長了刀片狀的突出物像琴弓彎曲。這東西沒有面貌，除了額頭上的一顆黑色眼珠。

這東西就是天竺鼠聲音的主人，至少八呎以上，現在朝我們衝了過來。

洛文扣下扳機讓怪物倒退幾步，但牠甩甩頭又繼續撲來，細長指爪把槍掃到一旁，我們跟著洛文一起摔到地上。

「洛文！」我只能目睹那東西撲到洛文身上，牠的長脖子突然從中裂開，伸出一對象終極戰士的牙齒準備撕咬。

「放開他！」愛琳撿起手槍賞牠幾發子彈讓牠發出吱吱聲跳到一旁，洛文痛苦地滾了過來。

「你沒事吧！」我驚慌地想止住從他上臂流出的血。

「快逃出去！」他把我用力推開。

怪物一掌巴開愛琳讓她尖叫著撞上祭壇，祭壇上的木飾板被撞落在地。我在對她大叫的同時看見木板後的石製祭壇上有段文字。

「幹你媽這什麼東西！」蘇洛也拔槍朝牠射擊。戴爾不知從哪抓來一根斷掉的十字架從怪物背後捅進去。

令人作嘔的煙霧噴了出來，但怪物沒因此倒下。牠伸手朝戴爾揮去，我衝向前想推開他，長著刀片的手臂就這樣砍進我的肩膀。

「槲爾溫！」戴爾快要尖叫了。

「還能動別擔心！」我掙扎爬起看著臉上再次沾滿鮮血的戴爾。

怪物突然發出尖叫跪倒在地，隨即化成一陣惡臭煙霧消失無蹤。

教堂屋頂突然垮了下來，我們紛紛趴倒在長椅間閃避磚石。一切歸於寧靜後四周全是落塵，我扶著戴爾起身想確認其他人的安危。

「愛琳？蘇洛？」我對廢墟大吼。

「我還活著……」愛琳拉著蘇洛從瓦片堆鑽出來。

「噢……」洛文的哀號從一根柱子下傳出，我們花費好大力氣才把他拖出坍塌的屋樑，他的

歡迎光臨愛貓社區

左腳看起來很不妙。

原本關得死緊的門窗瞬間倒下，映入眼簾的是教堂外滿臉驚恐的社區住戶。

我們又回到杭亭頓醫院，不過這次外頭至少沒有銅牆鐵壁般的記者坐鎮。除了戴爾只有弄得滿身塵土，我們每個人看起來都像該死的木乃伊（或巫毒娃娃，蘇洛提醒我要尊重文化多元）。我的肩膀痛得像被大象踩過縫了好針，實在很猶豫要不要打狂犬病疫苗，誰知道那鬼東西是從哪來的，但要怎麼跟醫生說明倒是個好問題。蘇洛的臉頰多了條傷口，這讓他原本在眉毛上已經有一道疤的臉看起來更兇悍。愛琳得到一個扭傷的腳踝和挫傷的肋骨正坐在一旁冰敷。最倒楣的當屬我們的大英雄洛文警官，他斷了條腿、全身都是被那恐怖生物弄出來的抓痕外加輕微腦震盪，活脫脫像個剛被喚醒的木乃伊躺在病床上瞪著我們彷彿鮑里斯・卡洛夫[29]的電影。

「這下可好，得請假好一陣子了。」他向我們抱怨。

「剛才那件事你該怎麼向局裡解釋？」戴爾故作友善地替他調整病床高度。「出乎意料的動物攻擊？」

「我們需要有個共識，無論任何人問起，就把這件事當作是屋頂垮掉造成的意外。」洛文白了他一眼。「但你們又有辦法解釋嗎？」

29 鮑里斯・卡洛夫（Boris Karloff，1887-1969）是活躍於二十世紀初好萊塢的英國演員，其飾演的科學怪人與一九三二年版《神鬼傳奇》中的木乃伊在影史上相當著名。

「當然不行，從沒碰過那東西。」戴爾聳了聳肩。「但我想到一個可能人選。」他轉頭看我一眼。

「誰？」我不解地開口。

「我們得回到劍橋，榭爾溫。」

「你們現在要去英國？」

「不，洛文，我指的是麻州那個劍橋。」

「喔……」洛文倒回枕頭上。

「可以嗎？如果等會兒就出發的話？」戴爾拉了我的衣角一下，大概是我全身上下只剩那裡沒髒掉的緣故。

「我倒沒問題，不過……」我回想逃出教堂時那群老人家的反應，還有刻在祭壇上的那段文字。當我們狼狽地扶著洛文走出教堂時，那群老人當然一臉驚慌想確認我們的傷勢，但他們卻表示剛才沒聽見槍響，只在聽見轟天巨響時才紛紛趕來。更詭異的是當哈定老先生揮舞著手臂說「那不可能！這教堂很堅固俺很清楚！」時，華特夫婦竟猛然瞪他一眼，老實說那一眼非常不友善，而哈定先生馬上就摀起嘴大叫他只是曾經跑進去欣賞建築結構而已。「你還記得文學史課堂上的但丁那幾週嗎？」我輕拍戴爾的肩膀。

「我記得，你有一半時間都在睡覺。」戴爾歪嘴笑著。

「但我至少還記得《神曲》裡那句名言。」

「我猜猜看，是『凡入此門者，應當放棄一切』（Lasciate ogne speranza, voi ch'entrate.）嗎？」戴爾的義大利語彷彿醍醐灌頂，我感到全身傷痛都被治癒了。

歡迎光臨愛貓社區

「猜猜我在哪又見到它一次？」

「說來聽聽。」

「那間廢棄教堂的祭壇。愛琳撞上祭壇時把上面的木飾板撞掉了，我看到祭壇本體刻了那行字，那不是正常的教堂該有的裝飾銘文吧？」

「嗯……的確。」戴爾擺出傑瑞米・布瑞特[30]在福爾摩斯影集裡的招牌手勢思考著。

「這讓我想到德瓦家小女孩的綁架案，如果那座教堂原本是用來進行……」

「喂，你們現在到底在聊什麼？是我腦袋不靈光了嗎？」洛文發出哀號。

「洛文，你能聯絡上警局嗎？」我轉向他。

「廢話。」

「我覺得哈定老先生的反應相當有趣，你能在住院期間請託局裡調查一下他的身世嗎？」我拎起背包和戴爾走出病房。

「那個二戰老兵？我試試看，反正現在也只能紙上作業。」洛文拿起手機準備使喚那兩個小警察。

「對了愛琳，妳現在還方便移動嗎？」我對愛琳問道。

「還行，之前遇過更糟的。」她放下冰敷袋。

「如果方便的話，能否請妳到附近的城鎮歷史學家辦公室或這一帶的房地產公司查詢那間教堂的相關資訊？」

30 傑瑞米・布瑞特（Jeremy Brett，1933-1995）是英國演員，以飾演電視劇中的福爾摩斯著名。

「當然沒問題。」愛琳掙扎著站起來。「你們三個要趕到劍橋？」

「對，要尋找一位能提供幫助的人。」

「祝你們好運。」

「妳也是。」

走出病房時我差點撞到一個黑頭髮小鬼，他身上那堆飾品可能比金屬器時代十個部落的財富加起來還多，我注意到他的左手腕上隱約有些條狀傷痕。

「……凱斯（Keith）？」戴爾驚訝地看著他。我終於想起這傢伙就是洛文那崇拜我的小兒子，我見過他，但未免也「變形」太嚴重了吧。

「你們是來探望我爸嗎？」他拔掉耳機瞪著我們。

「正要離開。」我瞄了他一眼，發現那對銳利眼神和洛文簡直如出一轍。「你在聽什麼？愛麗絲・庫柏[31]？」

「瑪莉蓮・曼森[32]。」他用力把門甩上。

我們約在傍晚抵達機場，幸虧有強者我大學室友的私人飛機，我們沒花上太多時間在那逗留。

「所以你的『可能人選』指的是？」我走出浴室坐在他旁邊。

「一個和我一樣有類似副業的人。」戴爾慢條斯理地吃著晚餐。「在那裡當電腦工程師。」

---

31 愛麗絲・庫柏（Alice Cooper，1948-）是著名搖滾歌手，其同名樂團至今已出道半世紀，以嘶啞歌聲和怪誕恐怖的演出風格聞名，被譽為「驚嚇搖滾教父」（The Godfather of Shock Rock）。

32 瑪莉蓮・曼森（Marilyn Manson，1969-）為同名搖滾樂團主唱，其作品引發許多宗教與社會議題上的爭議，風格也以怪誕恐怖聞名。

「但他對那種詭異生物有辦法嗎？」我想起剛才的怪物，那東西如果真實存在鐵定是災難電影等級的麻煩，絕對沒有消防隊想處理入侵民宅的高大怪物而且還有刀片手臂。

「那人不只處理鬼魂，超自然生物也在業務範圍內，比我在行很多，或許能提供有用的建議。」戴爾拿起橘子將它剝開。「受傷的人需要多點維他命C。」他遞給我一半。

「謝了。」我把橘子塞進嘴裡。

「欸哈雷，你剛才在醫院該不會懷疑一九六〇年綁架殺人的那幫人就是殺死費先生的兇手吧？」蘇洛走過來坐在我們對面。

「我是有這麼想，但目前沒有直接證據，而且時間上也差距四十年之久，不過……根據受害人的心臟都不翼而飛這點來看實在不無可能，再加上祭壇上的文字，我甚至懷疑費艾加妻兒謀殺案的第一現場其實就在那座教堂。」

「你該不會覺得這些都是什麼邪教儀式吧？」

「有可能。」

「但那隻怪物呢？」戴爾用那雙冰藍色眼睛盯著我。

「如果費艾加的死和四十多年前妻兒遇害真的有關，會不會是過去那場可能的邪教儀式沒有成功，而正是因為費艾加的死，有什麼東西被召喚出來？就像那隻怪物？」

「我很少聽過成功的召喚儀式，尤其是招喚非人類靈魂的儀式，如果有恐怕會非常棘手，我們不知道那東西到底何方神聖。」

「如果是惡魔就糟糕了。」蘇洛打了個寒顫。

等待落地的期間，我只好把阿福送的《鬼店》拿出來翻閱，讀不到一半就開始打起瞌睡。

咪咪在走道上和突然冒出的喵喵打成一團，弄得戴爾得把牠們給分開。我在打盹期間又做了個詭異的夢，夢到抱著玩具熊的金髮小男孩在長廊中沒命奔跑，推開一扇門後，滿身是血的霍特伍德夫婦就站在裡面茫然看著他，窗邊站了個穿著藍襯衫的男人。男人轉過頭，但我無法看清他的面貌，他舉起槍對準小男孩。我衝上前想阻止，但只能眼睜睜目睹悲劇發生。染血玩具熊掉在地上，我爆出尖叫。

「榭爾溫！」戴爾抓住我的肩膀。「你還好吧？」

「沒事！」我撥開頭髮。「不過是場惡夢！」

「願意告訴我細節嗎？」他定睛注視我。

「我……我不知道該從何說起，我夢到小時候的你和你父母被殺了。」

「聽起來真糟糕。」他倒回座椅。

「我還夢到一個陌生人對你開槍……我不懂這些怪異的影像為何一直在夢裡出現。」

「或許你已經和那棟別墅產生某種聯繫。」

「就像受到旅館感召逐漸走向死亡的傑克・托倫斯[33]？這真是太可怕了我可不要！」

「冷靜點榭爾溫，或許只是那地方過去殘存的悲劇所產生的負面情緒過於強大，強大到本無通靈能力的你也產生了感應。」

「話說回來，你在別墅裡有看過你父母的鬼魂嗎？」我突然想起這點，如果戴爾看得見他父母的靈魂，那謀殺案之謎或許就能解開。

[33] 傑克・托倫斯（Jack Torrance）是《鬼店》主角，在翻拍電影中由傑克・尼克遜飾演。

歡迎光臨愛貓社區

「跟廢棄教堂一樣的情況，我在那也感受不到靈體存在，那種過於乾淨的感覺實在很詭異。」

「你父母的別墅是什麼時候興建的？」我想起這個最最基本的問題。

「據說是四十多年前，他們有次出遊時看上那一帶的寧靜所以買了下來。」

「那你有調查過別墅的前一任主人或建築師是誰嗎？」

「沒，我太粗心了，或許愛琳能幫我們找到答案。」

「那喵喵呢？牠當時有跟你們一起到別墅嗎？」

「很可惜，喵喵當時待在莊園沒跟來，我多希望牠也在那裡。」

我們下飛機便驅車前往劍橋，計程車停在麻省理工學院附近的一棟公寓門口。那是棟外觀破舊的老公寓，樓梯還會發出可怕的嘎吱聲。抵達三樓時戴爾按下電鈴等待屋主應門，沒幾秒木門就咿呀一聲露出小縫，一顆深褐色瓜皮頭與一副黑色膠框眼鏡冒了出來。

「戴爾？你跑來幹嘛？」

原來是個傳統派宅宅，就是那種穿格紋襯衫戴蠢蠢眼鏡的傢伙，通常快到三十歲還裝著牙套，對《星艦迷航記》和《星際大戰》有著宗教性崇拜。他們書櫃裡通常有堆量子物理學、程式語言不然就是托爾金[34]的小說和滿到漫出來的桌遊，或整櫃的漫畫和《任天堂力量》[35]。老實說他們到現在還是始終如一，我以前最愛看橄欖球員把他們塞進置物櫃。

「當然是遇上了麻煩，親愛的詹姆士。」戴爾愉快地向他問好。「各位，這是我大學期間認

34 托爾金（J. R. R. Tolkien，1892-1973）是《魔戒》與《哈比人歷險記》的作者。

35 《任天堂力量》（*Nintendo Power*）是任天堂公司出版的遊戲攻略雜誌，二〇一二年停刊。

識的抓鬼人詹姆士•金。」

「嗨，叫我宅詹就好。」穿著印有「願原力與你同在」T恤的宅詹把門打開。「記得脫鞋還有注意腳步，剛才不小心打翻樂高。」

「不早點說……」蘇洛皺著臉把一塊樂高從腳底拔起來。

「你們這次惹上什麼麻煩？」宅詹一屁股坐上多功能電腦座椅看著我們。「狼人？吸血鬼？殭屍？還是沼澤裡的魚鰓怪？還有這隻加菲貓是怎麼回事？」他指著抱在我身上的咪咪。

「從未見過的怪物在命案現場出現，可以借我一張紙和一支筆嗎？」戴爾白他一眼。「還有這是咪咪，我們會一起行動。」

「拿去，但那隻貓害我全身發癢。」

「謝了。」戴爾毫無憐憫地接過文具，靠著電腦桌把那鬼東西的樣子畫出來，我和蘇洛則在一旁補充細節，宅詹興味盎然地看著逐漸成形的怪物。

「長這樣？」宅詹指著怪物素描。「在我的職業生涯中似乎讀過關於這東西的記載，但從沒親眼見過，我找一下書。」他駕駛電腦座椅（是的，他駕駛那張椅子！真是懶到極點）到書櫃前四處張望並抽出一本快要風化的古書。

「跟你的室內裝潢還真不搭。」我看著那東西笑了出來。

「還有更多寶物只怕你嚇死，前職籃選手，戴爾以前跟我講過很多你的豐功偉業。」宅詹狡猾地反擊。「還有你一臉想把我塞進置物櫃，這種表情我見多了，嚇不倒我。」

「戴爾，你們到底何時認識的？為何我毫無印象？」

「大一某場舞會。」戴爾無奈地搖頭。「我們都有出席，但你中途就不知道喝茫到哪去了。

我隔天看到你是在宿舍走廊，你只穿著四角褲睡在寢室門口，臉上被人用麥克筆畫了一堆屌。」

「真是丟臉。」蘇洛幸災樂禍地應了一句。

「蘇洛閉嘴。」

「找到了，不過你們真的確定是這傢伙嗎？」宅詹把古書攤在桌上，我們湊上前看著它。這本老書的材質似乎是羊皮紙，書頁上繪有一隻類似我們在廢棄教堂碰上的詭異生物，旁邊附有數句拉丁文解說。

「……抹滅者（The Wiper）？」戴爾瞇起眼看著插圖。

「雨刷[36]？」我和蘇洛異口同聲發問。

「雨刷的殺傷力恐怕只對昆蟲有用。」宅詹一臉不屑地說。「根據這本中世紀手抄書來看，抹滅者是種類似猶太傳說中泥巨人戈倫（Golem）的召喚生物，只是材料不太一樣。戈倫是用泥土製作，而抹滅者……則是人體組織。」

「那些心臟……」我不禁低語。

「通常是肝臟之類的器官，但根據我找到的資料，製造一個抹滅者需要不只一個人的臟器，而且人體組織來源的血緣關係越親近，召喚出來的抹滅者力量越強。」宅詹搬出另一本滿是塵土的書向我們展示。「我過去只在古籍上看過，沒想到這種可能與惡魔學有關的生物竟然真的存在，警察鐵定會忙翻天。」

「現在的確有個警察正忙著處理心臟失竊案。」蘇洛聳了聳肩。

36 因為wiper是雨刷的英文。

「如果你最近不忙，我倒希望有你相助。」戴爾滿心期待看著宅詹。
「不，這太危險了，我只是超自然生物愛好者和業餘抓鬼人，抹滅者不是隨隨便便就能對付的東西。」宅詹搖搖頭。「我建議通報當局，否則那東西要是真的存在會傷害很多人。」
「你確定？你不是向來喜歡測試那些『高科技產品』嗎？」戴爾驚訝地看著他。
「我能借你們儀器，但這次恐怕不便參與。」
「膽小鬼。」
「別這樣，霍特伍德家的司機。」
「我已經不幹了。」
我的手機突然響了起來，接起後聽見洛文的聲音。
「嗨洛文，你終於解開理查三世有沒有殺死兩個姪子的真相了嗎？[37]」我愉快地問候他。
「去你的哈雷，我已經查到雅各・哈定的身家背景了。」
「說來聽聽。」我把手機調成免持聽筒模式。
「那個二戰老兵在戰爭時是念藝術史的大學生……」洛文捏著紙張的聲音從手機傳出，不小心把紙弄掉時大聲咒罵一陣。「抱歉，我們繼續。那個老傢伙在戰爭期間跟隨學者遠赴義大利參與文物搶修。」
「之後呢？」

37 榭爾溫在此處開了約瑟芬・鐵伊（Josephine Tey，1896-1952）著名的推理小說《時間的女兒》（*The Daughter of Time*，1951）玩笑，因為書中主角正是位意外斷腿的警官，在臥床養病期間藉由閱讀傳記等書籍，推測英王理查三世（Richard III，1452-1485）並非長久以來宣稱的犯下許多罪行，例如謀殺他的兩個姪子。

歡迎光臨愛貓社區

「他戰後改變志願成為建築師，在東岸設計一些教堂和別墅直到二十年前才退休，不過這些都不重要，我們找到一個有趣的線索。」

「說吧。」

「他是個3K黨人。」

「一邊蓋教堂一邊燒十字架。」蘇洛發出讚嘆。「杜立德女士真辛苦。」

「接下來才是哈定先生的黑歷史，根據警方記錄，他在戰後參與不少針對黑人的暴力行動，但都因為罪證不足而得以脫身。這些紀錄相當豐富，我們甚至找到一張他和同伙的照片，你回來時可以看看。」

「方便傳真到這嗎？」宅詹對手機大喊。

「那傢伙是誰？」洛文質問我。

「另一個抓鬼人。」

「我沒見過他等於我不信任他，所以別想。」

「噢。」

「還有另一件事，雅各・哈定剛才死了。」

「什麼？」我們差點都跳了起來。

「在你們離開後沒多久，他的看護在家中遭到襲擊昏迷，甦醒後發現哈定已不知去向。一小時前我們接獲老園角燈塔（Old Field Point Lighthouse）看守人的報案，他在燈塔裡發現一具被開腸剖肚的屍體，那就是哈定。」

「喔不……」我差點跪坐在地。「他的……心臟……還在嗎？」我實在不想回想費艾加的死狀。

「據說是不見了。」

我們面面相覷，古書裡的抹滅者插畫彷彿更鮮活了一點。

歡迎光臨愛貓社區

第六章　初生巨龍

「結果又多了樁殺人案。」宅詹聳聳肩。

「兇手該不會想做出第二隻抹滅者？」蘇洛死瞪著古書。

「恐怕你這次得一起下海囉，宅詹。」戴爾抱起咪咪往客廳走。

「我不是說過這很危險不要蹚渾水嗎？」宅詹不情願地瞪著他。「噢……好啦好啦我加入！但可以等一下嗎我心情還沒調適過來！況且可能中途會被公司叫回去！我可是天殺的電腦工程師！」

「還有業餘抓鬼人。」我故作幽默補上一句。

「是的哈雷先生，而且是高科技派的抓鬼人，和你的金毛室友不一樣。」宅詹示意我們到客廳等他。「先到客廳，我把裝備放在廚房。」

「這傢伙是打翻一卡車樂高嗎？」蘇洛再次把樂高從腳底拔出來。

「該不會他連裝備都是用積木做的吧……喔幹幹幹該死！」這次換我踩到了，樂高根本就是地獄來的玩具，對腳底板來說。

「我聽見了！」宅詹的聲音從廚房竄出。

「宅詹其實挺值得信任，除了會臨時被公司叫回去。」戴爾安然無恙坐上沙發然後馬上皺著眉頭站起來。「加上不愛整理房間。」他把一支塑膠叉彈到地上。

「話說他到底是亞裔還是混血兒啊？」我狐疑地指著在廚房裡翻箱倒櫃的宅詹。

「我只知道他母親來自夏威夷。」戴爾摸著咪咪回應我。

「我的親生父母一個是美日混血，一個是夏威夷人，不過他們在我很小的時候就失蹤了。」宅詹拎著一台像吸塵器的東西走過來。「很久沒打掃請你們把腳挪開。」

「那你的姓氏是……」我好奇地追問下去。

「一個姓金的韓裔家庭收養我，我本來姓羅爾（Lorre）。我的養父母長期在亞洲工作，我經常和他們一起四處搬遷，高中前基本上都在韓國和臺灣兩邊跑。」

「泰國？」我和蘇洛好像犯了不該犯的錯誤，因為宅詹的臉現在看起來比棗子乾還皺。

「欸戴爾，你到底是怎麼跟他們相處而不試著掐死他們啊？」

「你覺得我是需要在意這種事的人嗎？」

「啊哈哈……說的也是……」宅詹隨便亂吸一陣就把集塵袋拋進垃圾桶，從口袋掏出一塊像電路板的東西塞進吸塵器。「大功告成，我們去勇闖前人未至之境吧（where no man has gone before）[38]，艦長。」他用吸嘴指著我。

「這就是你的抓鬼道具？」我指著他的吸塵器。

「改良過的吸塵器，功能是將鬼魂吸進電路板存放，我方便拿戴爾的幽靈貓示範嗎？」他指指我的肩膀。

「你何時能看見鬼魂了？」戴爾驚訝地開口。「你過去不都是用一隻錶在測試……」

---

38 電視劇《星艦迷航記》（*Star Trek*）的開場獨白。

「我改造了眼鏡，像《惡靈十三》[39]裡的一樣。」

「喵喵你覺得呢？」戴爾看著我，黑色尾巴又從臉頰旁冒出來。

「你還在我肩膀上？」我對牠哀號。

「我不想在吸塵器裡待太久喔。」喵喵無視我的哀號，用那對滿月似的黃色大眼盯著宅詹。

「一下下就好。」宅詹再次打開吸塵器將吸嘴對準我的肩膀，喵喵咻一聲從肩上消失。「從鬼魂到小妖精通通適用，我想我們需要帶上幾台，我還有兩台吹葉機改造的版本，希望對抹滅者有用不然就得硬幹了。」

「你該不會也拿格姆林做過實驗吧？」蘇洛不敢置信地盯著那台吸塵器。

「是啊，幾年前我這樣做牠就超級痛恨我。」宅詹按了一個本應不存在吸塵器上的按鈕把喵喵彈出來。「他們會被吸進電路板儲存起來，累積到一定的量之後我會把他們收藏在專用容器中，不過這片電路板裡現在只有喵喵所以能直接放牠出來。」

「裡面髒死了。」喵喵嫌惡地瞪著吸塵器然後跳回我的肩膀消失，只留下一堆灰塵在我身上。

「需要請人來載你的裝備嗎？」戴爾詢問道。

「有這兩個壯丁幫忙就行。」宅詹指著我和蘇洛。

「別一副不甘情願的樣子，我們可是身負重任啊，艦長。」戴爾輕拍我的手臂。

「連你也學起那個宅宅，那你又是什麼？史巴克先生嗎？」我笑了出來。戴爾有時簡直沒人性

[39]《惡靈十三》（*Thirteen Ghosts*）是二〇〇一年上映的恐怖電影，翻拍自一九六〇年同名電影，片中皆有戴上就能看見鬼魂的眼鏡。

到極點，但有時又會莫名感性到讓人不禁懷疑他是否有雙重人格，真是太神奇了（fascinating）[40]。

「如果你是寇克艦長我就是你的史巴克先生，滿意嗎？」戴爾露出狡黠的笑容。

「我能一人飾演蘇魯、契科夫和史考特[41]，崇拜我吧。」宅詹檢查門窗後披上一件印了麻省理工學院校徽的夾克。

「臭屁。」蘇洛趁機嘲諷。

「別再抱怨了不然你就是麥考依醫生。」宅詹把吸塵器交給他。

「哈哈很好笑，我是個司機不是他媽的醫生。」

「你真的很適合。」

我在準備出發時四處觀望宅詹的客廳，除了牆壁上一堆漫畫海報外，有個東西吸引了我的注意。那是件掛在《惡靈戰警》（*Ghost Rider*）海報旁的黑色皮外套，胸前有兩道螢光條紋，其中一個袖子上似乎有個盾形圖案，但被牆壁遮住只能看見部分。

我總覺得在哪見過這外套。

那群重機騎士？

40 因為《星艦迷航記》中的史巴克先生（Mr. Spock）喜歡講fascinating這個字。

41 蘇魯（Sulu）、契科夫（Chekov）和史考特（Scotty）也是《星艦迷航記》中的角色，下面對話裡的麥考依醫生（Dr. McCoy）也是，麥考依醫生的口頭禪則是「該死吉姆，我是個醫生不是個____（Dammit Jim, I'm a doctor, not a ____）」，____隨對話情境帶入。

「資本主義社會，你知道的……」宅詹愉快地在道蘭—霍特伍德企業的私人飛機上打起電動，雖然一副暈機快要嘔吐的樣子。「可以用私人飛機上的任天堂遊戲機作為縮影，還有什麼能比這組合更加墮落？」

「別忘記滿身流油的傢伙還能在這決定千萬人的生計，配上香檳和鵝肝醬。」蘇洛也加入戰局。

「鵝肝醬也是壓榨可憐的鵝做出來的東西。」

「簡直絕配。」

我拉上簾子把那片戰場隔開，伸直大腿準備補眠，不過一陣思緒逐漸佔據睡意。戴爾走過來坐在我身旁，愜意地拿起掉在地上的《鬼店》翻閱。

「你有去過洛文提到的老園角燈塔嗎？」我揉著眼睛問他。

「沒，但看過照片。一座石造建築，屋頂上有座小燈塔。」戴爾放下小說。「還很痛嗎？」他指指我纏滿繃帶的肩膀。

「還好。」我只是不想看到他擔憂的表情。與其說不想看到，不如說害怕看到。「我只是剛好想起你塞進我背包裡的那兩張紙條。」

「喔？那兩張紙條怎麼了？」

「『海濱老嫗身披岩袍，頭戴冠冕，眼透火光守護一切』，我想第一張紙的內容該不會是暗示某棟建築，比方說那座燈塔，第二張應該只是你在開玩笑吧？」我從皮夾拿出那兩張紙條放在他手上。「你的預知能力……就像你說的，會以象徵形式呈現，如果這段文字指的是老園角燈塔，那你是否可能已經預見哈定先生的死亡？」我看著他。

「第二張的確是我亂寫的，但我無法看出第一張紙條與哈定的死有任何關係，就算是暗示老園角燈塔，但又能透漏什麼？」他不解地看著文字。

「也許這意味著我們必須到那裡？」

「或許，那裡可能有什麼和這些事情有關的線索存在。」

「或者和這一切毫無關聯，只是哈定剛好死在那而你預知了這件事？」我倒回座椅，睡意重新湧回讓意識模糊。「但如果和你父母的死有關呢？你一直在想這件事情不是嗎？」我又坐直身體。

「也有可能，但恐怕只能到那才能繼續推論。」戴爾把紙條還給我。「還有我真的很抱歉，因為私慾害你捲進這場混亂。」

「別這麼想，我們有誰知道會發生這些鳥事？況且這下又暫時無法把心思放在你父母死亡的謎團上了。」我看著他的雙眼希望一切能否極泰來。

「總不能對別人的苦難置之不理吧。」戴爾揚起那對顏色過淺的眉毛，這時一顆棒球從簾子縫隙飛進來差點砸中我們。

「抱歉啦！」宅詹的聲音從電視那頭傳來。

「我就說那傢伙絕對會優先保護老爺，見識到了吧。」蘇洛幸災樂禍地笑著，我這才發現我又整個人巴在戴爾身上想護著他。

「去你們的！」我對他們大吼。

「我不該把太多娛樂設施擺在飛機上。」戴爾調整撞歪的領帶，順便伸手想撫平我那已經沒救的襯衫領子。

歡迎光臨愛貓社區

我下意識抓住他的手輕撫。老實說我不知道自己幹嘛這樣做，肯定是這幾天睡眠不足的後遺症。

回到長島時我們發現另一件事正好取代當地媒體對可怕兇殺案的關注。原因無他，因為大清早的凱悅飯店正在上演轟轟烈烈的騷靈事件，不過在半小時後就有了圓滿結局，答案正是在廚房偷吃東西的格姆林。

「我已經警告牠所有可能的後果，」阿福不置可否地告訴我們。「但牠認為不是家裡所以沒差。」

「任性的小傢伙。」戴爾對著被五花大綁的格姆林歪嘴一笑。

「你得感謝沒人知道真相是什麼，不然準會吃不完兜著走。」宅詹背著吸塵器作勢要把格姆林吸進去而引來小傢伙的尖聲叫罵。

下一站是杭廷頓醫院，洛文警官對我們四人的拜訪並不特別高興。

「看來你已經享受過愉快的親子時間了，洛文。」我看到他腿上的石膏被塗了堆亂七八糟的東西差點笑出來。

「我很努力在盡一個父親的責任。」洛文想用沒斷掉的腳踹我但一直沒成功。

「挺有繪畫天分嘛。」蘇洛幸災樂禍地打量洛文腿上的鬼畫符。

「凱斯想成為藝術家，但我很難接受。」洛文嘆了口氣。

「為何？希望有個能承繼衣缽的乖孩子？」戴爾看著窗外風景問道。

「是的，我是個該死保守的父親，只希望兒子別落得窮困潦倒靠救濟度日。」

「回到正題，洛文，哈定的案子是怎麼回事？」我坐上沙發打斷他們的閒話家常。

「還在調查，你們要去燈塔再試一次嗎？我怕那個恐怖東西又會跑出來……」顯然洛文還沒從抹滅者攻擊的創傷中恢復，我們每個人都是。

「恐怕需要，你能聯絡正在那邊調查的人員嗎？」戴爾轉身看著我們，早晨陽光讓他彷彿被光圈包圍。

「可以，你們儘量在今天結束後到燈塔，否則會遇上那群像蒼蠅一樣趕不走的記者。」洛文準備拿起手機撥號，愛琳這時一拐一拐地衝進病房。

「各位！我查到了！這位是……」愛琳好奇地盯著宅詹。

「抱歉！剛才忘記自我介紹！我是不務正業專門處理超自然現象的電腦工程師詹姆士・金，綽號宅詹。」宅詹紅著臉對愛琳打起招呼。難道這是傳說中的一見鍾情嗎？不要再多出一個競爭者了拜託。

「嗨，你好，我是愛琳・歐哈拉，剛好不幸捲入這場風波。」愛琳友善地與他握手，接著從公事包拿出一疊紙。「我透過同事拜訪到當地的城鎮歷史學家。」

「說吧。」洛文掙扎著爬起來。

「愛貓社區最老的建築共有兩棟，都是哈定先生的設計，也就是霍特伍德別墅和那間小教堂，皆在一九五七年到一九六〇年之間完工。另外因為洛文警官告知我哈定的過去，我也想辦法查到哈定當時所在的建築事務所，裡面簡直是激進右翼建築師的集散地。」

「在那時好像並不意外。」蘇洛聳了聳肩。

「雖然民權運動（Civil Rights Movement）在戰後蓬勃發展，但也給３Ｋ黨人復興並大舉活動的機會。」愛琳翻閱資料回應他。「我能把那張照片給他們看嗎，洛文？」

「請便，別弄壞就是了，那是好不容易從局裡檔案櫃挖出來的。」

愛琳拾起病床小桌上的一個牛皮紙袋掏出一張黑白照片，畫面中有約莫十位身穿白長袍的男性和一位女性，他們剛好都沒戴尖頭白兜帽，每個人都抱著一隻貓。照片上有行用簽字筆寫下的字跡：一九五五年印第安那州K議會・巨龍（Grand Dragon）與九頭蛇（Hydras）。

「看起來像《美國隊長》會出現的劇情。」宅詹忍俊不住笑出來。

「那些是他們的位階，巨龍底下有幾位九頭蛇作為助手。」戴爾指著照片中央疑似是年輕的哈定先生。「3K黨位階系統在成立後出現幾次變化，但這兩個位階基本上還存在，哈定在3K黨中並非等閒之輩。」

「你好像挺清楚的……」我不由自主想像起戴爾一身白袍的樣子。

「那些人至今仍十分活躍並滲透各處，只不過聰明人比以前低調多了，高級西裝比白袍容易隱藏在社會之中。」戴爾陰沉地笑了一陣。「我有位遠房長輩據說是帝國巫師（Imperial Wizard），那些自以為血統高尚的傢伙覺得自己才是美國唯一的合法居民。」

「歷史沒學好。」蘇洛不爽地握緊拳頭。

「美國的歷史教育有太多洗腦和錯誤。」宅詹不置可否地聳肩。

「那真是太可怕了，帝國巫師的地位不是很高嗎？」洛文皺起眉頭。

「我一點也不想跟那種人有所牽扯。」戴爾也只能攤手回應他。

「等等洛文，照片都沒標記這些人的姓名耶。」我指了指照片

「我們只知道哈定曾經當過巨龍，照片裡其他人搞不好都過世了。」

「但這兩人看起來挺年輕，搞不好還有機會。」我指著站在人群邊緣的一對年輕男女，他們

看起來好快樂，看起來有點像……呃？

「怎麼了？」戴爾湊了過來。

「這隻貓好像小藍。」我指著那位女士懷中一隻戴著大項圈的貓，那個項圈感覺所費不貲。

「真的耶，你不說我還沒注意到。」愛琳睜大眼看著那隻貓。

「華特夫婦的貓。」我感到一陣寒意，不過可能是喵喵又在整我了。

「不過這也太巧。」愛琳掏出皮夾從裡面拿出一張拍立得照片。「我剛搬來時幫社區裡的貓拍了張合照，華特夫婦的貓在這裡……」她突然愣住，接著張大嘴指著小藍。

小藍的項圈和黑白照中俄羅斯藍貓脖子上的項圈是一樣的。

「我們該慶幸照片裡的人不是你們說的華特夫婦嗎？」宅詹興味盎然地端詳貓咪合照。

「但這似乎不是很ＯＫ的證據。」蘇洛狐疑地皺起眉頭。

「當然，這太荒謬了。」洛文用幼稚園老師的口氣對我們說。「不過我想請你們幫個忙，既然你們回來了就去拜訪一下可憐的杜立德女士吧，也許她能再告訴你們一次事發經過。」

「那我們還需要調查其他東西嗎？」我走出病房前向洛文確認。

「沒，還有記得別離破教堂太近，我不想看到悲劇重複發生。」洛文指著打上石膏的腳。

告別洛文警官後我們也暫時和愛琳分道揚鑣，她認為有些調查尚未完成。我們四人驅車返回愛貓社區，華特太太告訴我們可憐的杜立德女士暫時借住他們家，目前正在午睡。華特夫婦的年輕看護在門口推著一台吵到不行的割草機，三隻白色曼斥肯貓跟在金金尾巴後頭散步，我們最感興趣的小藍則不知去向。看來在這種悲傷的氣氛中只有動物能保持愉悅，但或許只不過是人類的情感投射罷了。

「你們真的不死心嗎？」伊本以舍從憤怒轉為無奈地看著我們然後用鏟子在花園前虐待植物。

「也許其中有什麼是我們能做的。」蘇洛對他扮了個鬼臉。「話說我如果直接巴結她老爸有用嗎？」他對我耳語。

「試試看啊，我倒想看他拿鏟子追殺你。」我白他一眼。拜託不要和我競爭好嗎？「對了，歐哈拉先生，重機騎士有再出現嗎？」我突然想起這件事。

「他們該死的還會出現！但少了一個！再來我就要對他們開槍了！」伊本以舍快把鬱金香鏟爛了。

站在霍特伍德別墅門口，我有種快被吞噬的感覺。

「我都忘記嘲笑你沒除草。」戴爾輕拍我的手臂。他刻意避開我肩上的傷口，雖然我並不在乎。

「等一切解決後我會記得。」

「你確定在這堆事情發生後還想住這裡？」他笑了出來。

「對我來說似乎沒那麼恐怖。」也許我只是想待在這地方逐漸腐朽直到被世人遺忘。天啊，我何時這麼悲觀了？

咪咪依然霸佔壁爐架彷彿牠的王座，蘇洛和宅詹則是坐上沙發就不省人事了，不過也好，蘇洛的確需要休息，至於宅詹貌似還在暈機，看來電玩療法效果不大。整理一陣後，我帶著戴邇來到地下儲藏室門口。

「那個玩具熊……我在地下室找到它。」我從背包挖出鑰匙插進雕花華麗的木門。

「除此之外你還發現什麼？」

「聲音。我在那裡聽見耳語，但不確定那是什麼，搞不好是……該死！」我忘記儲藏室的燈還沒修好！戴爾看著我惱怒的樣子搖了搖頭，我們只能繼續依靠手電筒在下面探險。

「喵喵，你有看到什麼嗎？」踏進儲藏室後，戴爾抬頭看著我。

「沒有耶，不過這裡感覺有點奇怪。」喵喵這次是趴在頭頂上，還好牠沒重量不然我鐵定要經常去物理治療。

「我倒沒什麼感覺。」戴爾困惑地嘟起嘴。

「這個箱子，戴爾，裡面有那隻玩具熊。」我走向標示「玩具」的箱子，打開箱子後卻發現裡頭空無一物。「……這是怎麼回事？」我感到寒毛直豎。

「你確定？」戴爾的表情突然轉為嚴肅，這下真的準沒好事。

「我向你保證！我甚至摸了它一下！」我站起來時差點撞上他。

「難道玩具熊長腳跑走了？」喵喵咧嘴而笑。

「真的！我真的有看到！我發誓！」

「好了榭爾溫，我相信你，不過現在它消失了，這的確很不正常。」

「喵喵你說，我一開始和咪咪下來時有看到玩具熊對吧！」我猛然想起喵喵不就一直趴在我身上嗎？

「很可惜，我那時剛好在外頭追老鼠。」

「噢……」我真是有夠倒楣。

「不過這裡給我的感覺很像在教堂裡的時候，一切乾淨到有些詭異，這種感覺甚至比在上面還強烈。」戴爾看著成堆蓋白布的家具低語。

「那天我下來找到玩具熊的當下，手電筒突然熄滅了，接著就聽到耳語聲。」我拿著手電筒照亮遠處的家具，驚覺這裡原來很寬敞，可能比上面的別墅面積還大。「媽呀未免也太大！」

「或許當初設計時有考量防空功能，畢竟那時還在冷戰。」戴爾掀開一塊白布，像在欣賞古文物般看著被它覆蓋的梳妝台。「我記得這個，這本來放在主臥室。」他伸手觸摸紅褐色表面，那看起來和整棟房子的裝潢一樣都是桃花心木製作。相當有趣，因為主臥室家具現在不是這個材質而是有些突兀的柚木。

「這是……你母親的梳妝台？」我走近看著那東西。

「嗯，我還記得她喜歡把首飾擺在桌面下的抽屜，這裡有個小機關，她曾教我怎麼打開……」戴爾彎下腰對梳妝台擺弄一陣，從看似沒有接縫的桌面正下方拉出一個小抽屜，裡面還裝著褪色的珍珠項鍊和一封信。

「我覺得這一切實在有太多巧合，這下連信都跑出來了，簡直像電影一樣。」我不禁讚嘆。

戴爾打開信封，我從他背後探頭閱讀它，右手拿著手電筒照亮紙面，泛黃紙張上用墨水寫了段文字。

> 我已無法掩飾這份情感。我們該逃離嗎？還是將一切坦承？我已經背叛他。

「看來是挖到不得了的東西。」戴爾聳了聳肩。

「情書？該不會有人寫情書給你母親？還是這其實是你母親寫的？她該不會……」這下可好，更多的謎團，這簡直是排山倒海而來的謎團百匯。

「搞不好，我們這些人的婚姻通常是策略性的。」戴爾彷彿在教我如何逃漏稅般輕鬆地說。
「聽起來真糟糕，希望你別發生這種事。」
「別擔心，我有最好的情感顧問。」他對我挑眉。
「別再嘲諷我了。」我實在不想對我的伴郎吐槽，尤其是婚禮隔天哭得像小女孩的伴郎。我與珍妮的婚禮在明尼亞波利斯老家一位親戚的湖畔別墅舉行，戴爾穿了套海軍藍西裝，淺金色短髮難得地垂落耳邊在落日餘暉下散發光芒，我依稀看見他的睫毛也閃爍著微光。大概是為了配合婚禮規劃師的設計，他那身裝束和珍妮的淺藍色禮服異常相配，老姑婆還嘲諷我看起來比較像伴郎。那天晚上整個籃球校隊都擠進來快把屋頂掀翻，我和珍妮像兩個瘋子和他們狂歡到清晨，一大清早我拖著沉重步伐走進客房想跟戴爾打聲招呼順便感謝這幾年來他對我和珍妮感情上的幫助，但映入眼簾的卻是坐在床邊拭淚的他。
那是我第一次看到戴爾哭泣，我無法再次承受那個景象。
「嘿，兩位還記得我在這嗎？」喵喵站在木箱上不屑地瞪著我們。
手電筒又閃爍起來，我連忙抓住戴爾的手往樓上跑。
木門轟然一聲關上，四週突然升起煙霧在儲藏室中央聚集如同在廢棄教堂裡的情形。
我緊靠扶手看著那團該死的煙霧，一手捏著劇烈閃爍的手電筒，一手把正在掙扎的戴爾壓進懷裡，喵喵站在我的肩膀上對煙霧發出警戒的嘶嘶聲。
「我快被你掐死了！」戴爾試圖推開我。
「我很害怕！」我承認我是個孬種但這實在他媽的太可怕了！我大聲呼叫蘇洛和宅詹，但沒有任何腳步聲傳來。

「看得出來！」戴爾從西裝口袋拿出鼠尾草束和打火機。

「這樣有用嗎？」我在他耳邊慘叫。

「只能試試看了！」他突然僵住不動，煙霧中走出一隻抹滅者。幹他媽那東西又出現了！

抹滅者朝我們衝來，我只能抓住戴爾跳下樓梯摔進成堆木箱，喵喵跳到那東西身上大肆撕咬，抹滅者發出天竺鼠被驚嚇時的尖叫並試圖拍掉牠。

「你有任何武器嗎？」戴爾對我大吼，手裡的鼠尾草束已經熄滅，只剩手電筒燈光在黑暗中閃爍。

「怎麼可能！」我對他吼回去，眼角餘光瞄到一個立式衣架。我衝過去抄起衣架，在抹滅者轉身時一棒砸下去，但被打到地上的抹滅者沒幾秒就爬起來撲向我。戴爾突然出現在我面前，緊握重新點燃的鼠尾草束衝向抹滅者將它往怪腹部猛刺，抹滅者發出毛骨悚然的尖叫，舉起鋒利手臂向下揮舞。

「戴爾！」我絕望地衝向他，戴爾敏捷地躲開那鬼東西然後一點也不優雅地摔進舊家具堆，喵喵跳了過去檢查戴爾的情狀。這下可好，抹滅者的注意力現在轉移到我身上了。

你的血能阻止牠。

一道聲音在我耳邊響起。

我顫抖地看著那東西衝來，但雙手卻不由自主伸向繃帶將它們拆開。我像木偶被操控般拿起染血繃帶朝抹滅者揮去，牠再度發出可怕的尖叫跪倒，身上不斷冒出煙霧。

「天啊那什麼噁心東西？」宅詹的聲音從樓梯口傳來，我這才發現他和蘇洛已經把木門踹開了。他們拿著吹葉機改造的鬼魂吸引器對準抹滅者按下開關，抹滅者尖叫著四分五裂，一些皮肉被吸進機器中。我無法控制地撿起戴爾掉落在地的鼠尾草束沾上鮮血，快速朝抹滅者身上刺了進去，那鬼東西瞬間化為一團煙霧消失無蹤。

「噁！好恐怖的味道！」宅詹看起來快吐了。

我衝向躺在舊家具堆裡的戴爾，他的雙眼緊閉，手指緊抓白布。

「戴爾！」我不敢移動他，深怕有什麼地方骨折了。戴爾突然睜開眼睛，整個人彈坐起來直盯著我，接著又像脫線戲偶向後傾倒，我在他撞擊地面前將他抱了起來。「你沒事吧？」我再次對他大吼。

「……榭爾溫？」他虛弱地看著我。

「嘿，老友，你還好吧？」

「我看到了……」他摀住臉。

「看到什麼？」我不解地看著他，蘇洛和宅詹跑了過來。

「我父母……還有殺死他們的人，但看不見他的臉。」他又暈了過去。

戴爾約莫在十幾分鐘後甦醒，在這之前我把他放到沙發上，不安地坐在地上看著他。

「我昏了多久？」他掙扎著爬起來。

「不到半小時，需要喝點水嗎？」我遞給他一個馬克杯，他向我道謝後猛灌幾口然後咳了好

歡迎光臨愛貓社區

一陣子。「放輕鬆，老友。」我輕拍他的背。

「抹滅者呢？」他緊張地四處張望。

「吸進機器裡了。」坐在一旁的蘇洛抱著吹葉機說道。

「只有部分組織，剩下的在哈雷的反擊後變成煙霧了。」宅詹拿著茶壺和幾個杯子走來。

「洋甘菊茶？我看大家現在都需要安神一下。」

「我想我們需要撤退到比較安全的地方，社區隨時可能遭受抹滅者攻擊。」我警戒地看著剛才用櫥櫃封死並貼上一堆封箱膠帶的儲藏室大門。

「告訴警方實情吧，也要趕快把老人家送走。」宅詹瞄了電話一眼。

「真的，這開始有點恐怖了。」蘇洛搖了搖頭。

「你們早該撒手不管！這已經不是我們能應付的事情！」宅詹惱怒地拿起電話筒，但他的手機卻選擇在撥號成功前響起。「該死！」他聽完電話後咒罵一串不知是韓文中文還是日文的句子。

「怎麼了？」我看著宅詹。

「公司催我回去。」他懊惱地趴在沙發上。

「不能推辭嗎？我們可能正在拯救世界耶！」蘇洛對他大喊。

「跟我老闆說『對不起我正在拯救世界所以無法幫客戶修電腦』嗎？我想他不會信的。」

「這倒是事實。」戴爾虛弱地應了一句。

「我會帶那些組織回去分析，在這裡無法作業。」宅詹爬起來準備收拾行李。「吸塵器留給你們，只要打開開關就能用了，記得八小時後替它充電，無論吸到什麼都別放出來。」

一台計程車載走宅詹，我們三人挨家挨戶（其實只有兩戶）敲門請那些老人家盡速離開愛貓社區。

「你在胡言亂語什麼啊？」華特先生不解地望著我。

「教堂屋頂不是平白無故塌下來，拜託相信我！」我巴著門框對他哀求。

「你們能暫住在城裡的旅館，我會負擔所有費用。」戴爾一臉誠懇地望著他。

「所有費用？」華特先生的眼睛亮了起來。

「就聽他的話吧，畢竟發生這麼多事情。」華特太太撫著丈夫的肩頭說道。

最後連歐哈拉先生都被說服了，我真佩服自己。好啦，其實大家都是看在免費食宿的份上。他們幾人搭上華特先生看護開著的休旅車先行離開，只剩杜立德女士和我們留在原地。不過就在休旅車開走時，我瞥見被華特太太抱在懷裡的小藍，牠脖子上的確戴著那個大項圈。

「我能告訴你們一個祕密嗎？」杜立德女士拿出她的招牌布朗尼放在客廳桌上，金金在我腳邊打轉，不過我猜牠大概又在瞪著喵喵。咪咪又是老樣子，不管到哪都會佔領那裡的壁爐架。

「說吧。」我看著那三隻小貓嘆了口氣，這些孩子知道牠們的主人已經被殺害了嗎？

「雅各和我……不只是看護和雇主的關係。」說出哈定先生的名字時，她的肩膀彷彿如釋重負地垮下。

「好個老少配。」蘇洛發出小聲驚嘆然後被戴爾狠瞪一眼。

「我知道他的過去。我年輕時曾經參加社會運動，那些人渣恐嚇過我們，但雅各在其中相當獨特，他竟然試圖了解我們……我們愛上了彼此。」

「但他不是……」我驚訝地看著她。

「或許時間真能改變一個人。」杜立德女士看著牆上她與哈定先生的合照露出微笑。「他從來不是個虔誠的種族主義者。」

「但他在3K黨位居高位，這妳應該知道吧？」

「他選擇離開，當然……付出很多代價，我們經常東奔西走遠離危險。」她的眼眶逐漸泛紅。「但他們終究還是找到了我們，一定是他們把雅各給……」

「妳還記得被襲擊時的情況嗎？」我其實不抱持希望得到線索，畢竟洛文的人馬已經問過了。

「我沒看到襲擊者的臉，我從背後被襲擊，但我能確定當時不只一人入侵。」她拆開頭巾向我們展示縫了好幾針的後腦。

「對了，妳還有看到那群重機騎士嗎？」我還是覺得那群騎士事有蹊俏，有沒有可能那些人就是來監視哈定先生的？

「他們這陣子幾乎每晚都來，引擎有夠吵燈光又擾人。」

「妳還記得他們大約有幾人嗎？」

「……兩三個吧？有一台只會停在社區門口從不進來。」

「服裝呢？妳有清楚看到過嗎？」

「有一次有看到。黑色皮衣，上面有我從沒見過的圖案，像某種徽章。」杜立德女士努力回想那幫人的樣子。「你問這幹嘛，哈雷先生？」

「只是有點好奇。」

宅詹家牆上的外套。這一切都是巧合？

我們坐上黑色豐田回到飯店，確認老人家都安好就回到戴爾的房間休息。晚上還有場硬仗要打，萬一在燈塔又遇上抹滅者總需要體力對付。蘇洛從後車廂拖出一口皮箱，鬼鬼祟祟地把它拉進客房打開。

「總需要武器吧，這年頭很難帶傢伙到處跑，感謝該死的恐怖份子。」蘇洛無視我的吃驚表情遞給我一把手槍。「還記得怎麼用嗎？希金斯教過我們。」

「當然，只是最近有點怕槍。」我想起兩年前被槍擊時的場景。

那是二○○一年的聖誕節，當時我因為一年前的禁藥事件正被禁賽，因此諷刺地多出許多時間和珍妮閒晃。我們在布魯克林吃完晚餐，有兩台車緩慢朝人行道接近，起初我以為只是無聊的狗仔又來挖八卦，但車窗降下後伸出的卻是幾支槍管朝我們扣下扳機。我抱住珍妮想保護她，接著是槍響伴隨劇痛傳來，珍妮沾滿我的血不停尖叫。

幸好珍妮奇蹟地沒受傷，我則是痛苦哀號著被推進手術房。當我醒來時，病床旁的桌上放著珍妮的結婚戒指，一通電話告訴我她已經離開紐約，更糟糕的是，那通電話是我們的律師打來的，接著是滿臉憂慮的戴爾走了進來，他坐在床邊看著我欲言又止，最後握住我的手告訴我一切會沒事。

「還是拿著吧，我們隨時可能身陷險境，不能再掉以輕心了。」戴爾也拿起一把端詳著。

「希望不會用上。」我實在不想在靶場外的地方拿槍，除了阿福那位優秀退伍軍人教我們的之外（合氣道、自由搏擊、射擊還有如何有效率地整理房間，真是個襯職管家），我從來沒對任何不是靶子的東西開槍，就連在霍特伍德莊園裡蘇洛對著瓶瓶罐罐亂射時也沒加入。

「別這麼想，哈雷先生，當舉起槍管是必要時，你沒機會思考操練和實戰的差別。」阿福飄過來看著我。

歡迎光臨愛貓社區

「唉是的師父。」我嘆了口氣。

我們還有幾小時能休息，把戴爾拖上床後我和蘇洛又繼續悲慘地睡上沙發，但一陣手機鈴聲隨即把我們吵起來。

「幾年前這種事簡直不可能，但現在每天都來一下真的很煩耶。」蘇洛咕噥道。

「高科技時代，忍著點吧。」我接起手機對它打個呵欠。「呼哇哈哈……請說。」

「我在飯店大廳，槲爾溫，下來見我。」珍妮的聲音悠揚飄出。

蘇洛、戴爾、咪咪喵喵、阿福和格姆林一臉疑惑地看著我從沙發滾下來。

第七章　巨龍的告白

有時我會懷疑過去和珍妮交往的理由是什麼，她也曾懷疑我是否在尋找替代品。她正坐在飯店大廳攪拌咖啡，我則坐在對面瞪著可樂瓶發呆。

「你看起來沒什麼變化。」珍妮翹起眉毛。

「我能把這句話當成稱讚嗎？」她手上沒任何戒指，不知是好事還是壞事。

「一樣是性感大男孩，只是變得有點坑坑疤疤。」珍妮指指我臉上的疤痕，那是兩年前被槍擊時劃出的傷口，在左臉頰上留下一條幾公分的線和鼻子平行。「怎麼肩膀又受傷了？」

「說來話長。」我實在不願向她解釋，這只會讓更多無辜之人陷入險境。

「榭爾溫，新聞鬧得沸沸揚揚，搞得整個紐約州雞飛狗跳，你要感謝我剛好休假才能來搞清楚這是怎麼回事。」

「不不不珍妮，妳真的最好別搞清楚！我是說，別插手這件事……別管就是了！」我結結巴巴地說。

「你和戴爾又惹上什麼麻煩？」老天，她為何跟戴爾長這麼像？難不成我是潛在的同性戀？

「我們只是碰巧捲入而已！然後洛文警官又把我們當成他的私人部隊！」我對她攤手。「亨利・洛文，妳應該還記得他。」

「唉，我記得，大學時的通靈板事件。」

「對，就是那傢伙。總之我們因為一些緣故又被警方使喚，但我真心希望妳不要知道太多……我不想看到妳受傷。」

「很不幸的是上司讓我休假的目的就是如此。」珍妮翹起二郎腿盯著我。「再者和你在一起毫無安全感，這幾年來我已經覺悟了。」

「我真的……非常抱歉。」

「幼稚不負責任、缺乏團隊精神、抽菸喝酒嗑藥，戴爾還願意待在你身邊簡直奇蹟。」

「我們是很親密的朋友。」

「我看不出他能改變你。」

「他從不想這樣做……妳也是，這大概就是我的本性吧。」或許我身邊的人都對促成浪子回頭沒什麼興趣。「總之我們晚上還有事情要辦，妳如果沒什麼急事就先到處逛逛吧，我們起碼要到隔天才會回飯店。」

「你們要去哪裡？」

「我不能告訴妳。」

「少來了榭爾溫，快告訴我。」

「噢天啊！拜託妳別蹚這場渾水！」我巴不得有勇氣直接走人，但我就是孬我做不到。

「第二起兇殺案發生在老園角燈塔，我猜那是你們今晚的目的地？」

「真厲害啊福爾摩斯。」

「別忘記我在電視台工作，況且上頭看在我和你不幸的緣分上就把我派來了，我還真倒楣。」珍妮白我一眼。

「我們半夜要去那裡，警方需要依靠戴爾的能力……妳知道的那種能力。」

「我知道，老早就領教過了。」珍妮把最後一口咖啡喝掉。「帶我去見他，我們好一陣子沒見面了。」

當我們回到客房時，格姆林正在愉快地撥放〈無心呢喃〉，蘇洛不快地窩在沙發上看報紙，戴爾抱著咪咪坐在床上跟他那堆顯貴客戶講電話。

「保持聯絡，下次再一起去打高爾夫吧。」戴爾放下手機，一臉慵懶地看著我們。「好久不見，親愛的珍妮表妹。」

「我們可沒這麼親。」珍妮和蘇洛打聲招呼就坐進單人沙發。我直覺喵喵可能躺在上面，這下大概被珍妮一屁股坐扁了。

「妳差點壓到喵喵。」戴爾瞥了她一眼。

「我不是你，戴爾，我看不見幽靈，別跟我說阿福就在這裡之類的。」

「這倒是事實……」我皺著臉欣賞阿福從牆壁裡冒出來和所有人打招呼。

「家族遺傳，妳可能也得到一些。」戴爾看著她的表情露出幸災樂禍的笑容。

「我跟道蘭和霍特伍德家族都沒有關係。」珍妮不悅地瞪著他。

「帕布羅・道蘭（Pablo Dolan）扶正的情婦，霍特伍德家的私生女，名門之後。我們都留著藍色的血，只是根源有點不同。」戴爾高傲地看著她。他指的是珍妮已逝的外祖母安・布維爾・孔第・道蘭女士（Ann Bouvier Conti Dolan），那位和永遠的第一夫人有血緣關係[42]並被上流社

42 甘迺迪總統夫人賈桂琳（Jacqueline Lee "Jackie" Kennedy Onassis，1929-1994）的娘家姓是布維爾（Bouvier）。

會稱為「梅地奇女人」（Medici woman）的社交名媛進入道蘭－霍特伍德企業後據說主導整個集團運作直至蒙主恩招。珍妮是被外祖母帶大的，她多少繼承了安・布維爾的冒險家基因。

「霸氣。」蘇洛對我聳了聳肩。

「簡直高攀不起。」我自嘲道。

「你還想左擁右抱嗎變態先生？」

「去你的。」

「總之我被上司認為比那些記者更能挖到獨家消息，而我也想搞清楚你們最近在搞什麼鬼。」珍妮一副理所當然地說。

「妳先向我們保證電視台會僱用有精神疾病的員工吧。」戴爾對她露齒而笑。

「這是什麼意思？」

「因為他們很可能會相信妳瘋了，在妳蹚了這場渾水之後。」戴爾走向音響將〈無心呢喃〉切掉讓格姆林發出一陣哀號。

「我向來討厭那首歌，芭樂至極，而且格姆林只要有我在就會一直放那首歌。」蘇洛向我抱怨。

「那是首和背叛有關的歌。」阿福從我們身旁飄過。

「真假？」我和蘇洛好奇地看著他。

「看歌詞就知道了。」阿福一副把我們當文盲的樣子。

「但我還是不喜歡〈無心呢喃〉。」

「我也是。」阿福消失在廁所門前時應了一句。

晚餐時蘇洛和我們坐在一起，他看起來很不自在。

「不喜歡這種場合嗎？」珍妮對他露出迷人笑容。

「這不是我多適合待的地方。」蘇洛難得靦腆地看著她。

「你也當了霍特伍德家好一陣子的僕人，總該習慣了吧。」

「別這樣，珍妮，用僕人這個字不太好吧。」我皺起眉頭。

「或許蘇洛會這樣不是這個原因，恐怕是因為我們三人吧。」戴爾拿起酒杯將裡面的透明液體喝下。又是櫻桃甜酒，而且很多時候都是一種叫作瑪拉什麼東西的利口酒[43]，連在大學寢室都能發現它的蹤跡。

「唉，我正想這樣說。」蘇洛繼續低頭用叉子虐待沙拉。

「你想表達什麼？」珍妮不解地看著戴爾。

「妳剛才說的沒錯，蘇洛好歹在我家待了幾年，他知道不少事情。」戴爾聳了聳肩。

「我想我們還是繼續吃飯好了，有些事私下談比較妥當。」這下換我不自在了，我可不希望戴爾挑這種鬼時間提起我們之間的事情，更別說在珍妮和蘇洛面前提起……等一下，該不會蘇洛已經知道了？

「私下談？我只知道老爺和特伯雷小姐兩家的緊張關係，除此之外什麼都不知道。」蘇洛對我反駁。

43 全名為瑪拉斯基諾（Maraschino）的一種櫻桃香甜酒。

蘇洛的回答讓我鬆了口氣，或許他並沒知道太多事情……大概吧。如果有人指控我和珍妮的婚姻只是為了尋找替代品我倒接受，但我這麼做不是為了傷害任何人。我愛珍妮，這是不變的事實，我從無利用她的意圖。

事情發生在大二那年聖誕節的倫敦之旅，我和戴爾住進格姆林老家上面的旅館。我們跑了很多地方，灌了不少酒，還差點帶了一打舞女回房間（千萬不能讓阿福知道他會宰掉我）。我們都醉得不成人樣，戴爾回房間後竟然還有力氣喝他的櫻桃甜酒，那股杏仁味實在令人印象深刻。我靠著床頭櫃一邊看電視一邊跟他碎念剛才在旅館櫃檯聽到的鬧鬼傳說，沒多久他就爬上來坐在我身旁，修剪完美的手指撫上肩膀，接著我聞到那股香甜的杏仁味。我拒絕他，故事結束，走廊爆出尖叫，之後就是場一點也不驚心動魄的冒險。格姆林曾問我是不是喜歡戴爾，我回答牠這的確是事實，但為了彼此的人生，這份情感必須被永遠埋葬。我們之間的愛並不包含這部分，我一直堅守這個信條。

「你還在回想過去那件事嗎？」飯後戴爾向我問道。蘇洛正在浴室泡澡大聲唱著歌（媽呀，格姆林好像也在裡面），珍妮則是訂下隔壁客房，可能也在洗澡或在酒吧閒晃。我們無法勸退她加入，這下麻煩大了，但願能像當年的通靈板事件一樣能有個不讓人痛哭的結局。

「我以為你要將它公諸於世。」我裝作面無表情翻閱小說，正好翻到小丹尼的母親生下他時發現嬰兒臉上被胞衣罩住那段[44]。「嬰兒臉上罩著胞衣有這麼恐怖？」我不解地指著那一頁。

「人們相信那是和超自然世界聯繫的證明。」戴爾在我身旁坐下。「被認為是具備通靈與施行巫術能力的特徵，中世紀宗教法庭記錄當時老百姓有這種信仰，直至今日仍有此說。」

---

[44] 出自《鬼店》原著小說，電影則無此橋段。

「所以……人們仍然相信這個特徵代表能看見鬼魂？」我直盯著他的冰藍色眼珠。「你出生時也是如此？」

「是的，我想這個說法可能是真的。」戴爾的氣息仍帶有微弱杏仁味。

「你那時吻了我。」這股氣味讓我再次想起大學時那件事。

「我好像還說了『我愛你』之類的，然後你就把我推開了。」戴爾露出微笑，我放心地讓他靠在沒受傷的肩膀上。「我能把一切怪在酒精上嗎？」

「如果這樣想會讓你感覺好一點。」我輕拍他的臉頰，蘇洛偏偏挑在這時晃出浴室，肩膀上還站了格姆林。咪咪看了一眼便用屁股對著他們，喵喵十之八九也做了相同動作。

「我還在這裡耶。」蘇洛白了我們一眼。

「我才想這樣說好不好，穿褲子啦。」

「我的性感拉丁肉體讓你忌妒了嗎？」

「喔拜託。」真是的，這傢伙總愛炫耀那身以前用來打輕量級的肌肉，雖然最近有變成贅肉的傾向，那是他成為戴爾司機前的瘋狂日子，不過和街頭混混一樣都只是副業而已。蘇洛的正職其實是某個大黑幫的車手，但自從被阿福「收編」後就金盆洗手了，天曉得阿福對那些黑幫做了什麼，我一點也不想知道。格姆林又爬回牠的地盤塞了張ＣＤ進去，音響飄出〈鼓波曼曼〉[45]的旋律。

---

[45]〈鼓波曼曼〉（"Mondo Bongo"）出自Joe Strummer and The Mescaleros在二〇〇一年發行的專輯*Global a Go-Go*，亦在電影《史密斯任務》（*Mr. & Mrs. Smith*，2005）中出現過。

「格姆林真是深藏不露。」戴爾拉著我的手起身。我們隨著滑溜旋律搖擺起來，蘇洛在一旁不滿地瞅著我們，我的雙手滑到戴爾的腰際感受他的顫抖。

「好了好了你們兩個別鬧了，在燈塔那裡可別這樣亂搞我拜託你們。」蘇洛穿上內褲後像是聽見什麼似地往大門走，瞄了貓眼一下便馬上把門打開，珍妮露出不置可否的表情看著我們，音樂完美淡出，感謝DJ小王八蛋格姆林的精采演出。

「感情這麼好？」

「是啊，簡直令人難以直視。」蘇洛幸災樂禍地搭腔。「你們可以放開對方了吧？」他轉頭白我們一眼。

「我剛才在大廳遇到一位叫愛琳·歐哈拉的作家。」珍妮對我們說。「她好像認得我。」

「妳是主播當然不少人認得妳。」我笑了出來。

「她知道我是你前妻後就供出一堆不得了的消息。」

「喔不……」

「你們真是惹上了超級大麻煩對吧？」珍妮雙手叉腰瞪著我。「那女人到底是誰？」

「呃……我在戴爾別墅那邊認識的鄰居……她和妳說了什麼？」

「謀殺、怪物、3K黨，你們幾個非得把人生搞得像昆汀·塔倫提諾的（Quentin Tarantino）電影一樣嗎？」

「妳覺得我們是自願搞成這樣嗎？」

「你熱愛危險，榭爾溫，或許你骨子裡就是如此。」

「嘿，珍妮，我只是個失業運動員，不是超人也不是迪克・崔西[46]，更不是什麼該死的巫師！」

「真是傷人。」

「別對號入座，戴爾。」

「總之那位歐哈拉小姐和我講了這些，她父親和看護後來跑來找她，之後就通通離開飯店了。那個父親看起來超狼狽，搞不好有酗酒。」

「看護？可是她家沒看護啊？」我狐疑地望著她。

「那個看護是黑人嗎？中年女黑人？」蘇洛終於著裝完畢了。

「不是，是個年輕白人男孩，他們拖著一個行李箱準備離開，感覺很倉促。」

「該不會是華特夫婦的看護吧？」我有種不好的預感。

「但他們這時離開飯店做什麼？」蘇洛皺起眉頭。

「這件事途中再討論。」戴爾拿起槍放進西裝外套。

「你也覺得不太對勁吧？」我對他耳語。

「當然，先到那些老人家的客房確認。」他認真看我一眼，我感覺有些火花逐漸復燃，彷彿我們當年解決詭異事件時的感覺。

客房裡都沒人，但行李都還躺在裡頭。歐哈拉先生的房間像被轟炸過亂七八糟，地上還有幾道條狀血跡。

46 迪克・崔西（Dick Tracy）是一九九〇年同名動作電影裡的探長主角。

「掙扎的痕跡。」蘇洛蹲下身檢視。
「那個說是歐哈拉小姐父親的人，我記得他的臉有點腫……」珍妮看著凌亂的客房搖頭。
停車場守衛告訴我們有部休旅車剛才開了出去，裡面坐著幾個老人。
「還有貓，天殺的誰讓他們把貓帶進飯店了？」
「你還看到些什麼？」我對停車場守衛大叫。
「就這樣子而已！我發誓！」
「車上還有其他人嗎？」戴爾走向前直盯著他。「你似乎還有什麼沒告訴我們。」
「我……我想起來了！車上有個不是老人家，是個褐髮辣妹！」
我和戴爾看了彼此一眼。
「駕駛呢？」戴爾的眼神有點可怕，我只有在他和人鬥劍時才看得到那種神情，彷彿要把對手刺穿。
「一個小伙子，他還問我老園角燈塔要怎麼走！」
「你真的該學會把話一次說清楚，等會兒警察問你時千萬別這樣支支吾吾。」戴爾頭也不回地走向黑色豐田。
「那傢伙有『納札』（Nazar）！」停車場守衛一邊哀號一邊升起柵欄。
「拜託別鬧了那什麼鬼東西？」我不耐煩地對他大吼。
「邪惡之眼（Evil eye）！」停車場守衛對我吼了回去。
「你是希臘人嗎？」
「土耳其人！」

「噢。」我坐進後座看著一臉驚駭的停車場警衛目送我們離開。「你嚇著他了，戴爾。」

「不是我的問題，那人看起來一副沒睡好精神渙散的樣子。」戴爾從副駕駛座探頭。前往燈塔途中，三台裝飾俗麗的重型機車跟了過來在我們後頭閃爍。

「幹！他們果然有問題！」我轉頭瞪著那群頭戴黑色安全帽的混帳。

「這是怎麼回事？」珍妮抓住我的手臂。

「每天晚上跑來社區閒晃的重機騎士！他們鐵定跟這些謀殺案有關！」我試圖看清楚重機騎士的長相，但反光和閃爍的霓虹燈讓這個任務成為不可能。

「甩掉他們。」戴爾語調平板地吩咐蘇洛。

「沒問題。」蘇洛聽起來彷彿重獲新生。引擎聲轟然拉高，我和珍妮摔回座椅，我掙扎著爬起朝車窗外看，那些騎士也開始加速朝我們衝來。

「你改裝這台車？」我不敢置信地對蘇洛大叫。

「人總要培養點嗜好！」蘇洛按下音響大聲撥放〈幹他媽的警察〉（"Fuck tha Police"）[47]。

「我們現在真的搞得像部動作電影，只不過不太像塔倫提諾風格。」戴爾從口袋抽出該死的涼菸。

「麥可・貝（Michael Bay）風格？」我咕噥著繫上安全帶。「像是《絕地戰警》（*Bad Boys*）？」

「拜託不要，我可不喜歡太多爆炸。」

---

47 〈幹他媽的警察〉（"Fuck tha Police"）是美國嘻哈樂團N．W．A．的著名歌曲，出自1988年專輯《衝出康普頓》（*Straight Outta Compton*）。

三台重機像群趕不走的蒼蠅窮追不捨，遠離市區後我聽見副駕駛座傳來子彈上膛的聲音。

「這樣不是辦法。」戴爾按下車窗按鈕。

「喂戴爾你要幹嘛？」我一點也不想出現在明天新聞頭條上。「不要殺人啦！」

「誰說我要殺人？」戴爾謹慎地把槍管伸出窗外，一台重機在槍響後連人帶車摔進路邊草叢。

「那跟殺人有什麼差別！」那一摔肯定會賠上整排肋骨和其他叫不出名字的部位。

「相信我，榭爾溫，不這麼做到時在地上打滾的人會是我們。」

「我知道，但他們沒有停下來。」我指著剩下的重機，但沒幾秒車子右邊的後照鏡就碰一聲碎了。「然後他們也有武器！」

「離開馬路，蘇洛。」戴爾吩咐前任司機並繼續瞄準那兩台機車但徒勞無功，他們的回擊太過猛烈，我們紛紛低下身躲避可能射進車廂的子彈。

「媽的王八蛋！」蘇洛一邊咒罵一邊飆出馬路，黑色豐田竄進比人高的草叢揚起一堆沙塵。

「抓好扶手！」他讓車子華麗地甩了一圈。

「該你表現了，老友。」戴爾拿出手帕擦拭臉上的玻璃碎片。

「你受傷了！」我從後照鏡裡看見他的左眼角有鮮血滲出。

「不太嚴重但有點影響視線，我需要你的幫助。」

「好好好……」我降下車窗快速開了幾槍，其中一發貌似擊中一個騎士，現在他們終於慢下來了。珍妮從皮包拿出ＯＫ繃和消毒藥品幫戴爾處理傷口。「真是準備周全。」我不禁對她的皮包發出讚嘆。

「我可是有備而來，你們實在太會惹麻煩了不能掉以輕心。」

「戴爾還好嗎？」

「看起來沒傷到眼睛。」珍妮把染血棉花扔到我腳邊。「好了漂亮娃娃別再掙扎了，你這樣我很難把OK繃貼好。」

「妳壓太大力了。」

「廢話，我在幫你止血。」

「拜託別壓到眼睛……這真的有點痛。」

「我是故意的。」

「感激不盡。」

這對表兄妹有時真的令人費解。

擺脫那群騎士後，蘇洛把車子開回荒涼的路上。除了晦暗的路燈外，四周沒有什麼燈光與住宅，只有遠處幾棟別墅，但裡面有沒有人也看不出來。映著月光的海平面逐漸浮現，一幢建物在眼前越來越大。蘇洛把車停好後檢查他的武器，順手從零錢箱撈出一把左輪遞給珍妮。「妳應該也會用吧。」

「阿福有教過我一些。」珍妮快速接過左輪。

「我們都是他的好學生啊。」蘇洛嘆了口氣。

老園角燈塔矗立海岬邊緣，花崗岩建築的屋頂上有座黑色鋼鐵燈塔，在黑暗中閃爍紅與綠的光芒。

歡迎光臨愛貓社區

海濱老嫗身披岩袍，頭戴冠冕，眼透火光守護一切。

我想起那張紙條，或許戴爾的預知能力已經找到這盤拼圖的其中一片，但光是這個和其他日前看似無關的線索還是沒辦法解開整個謎團……或數個謎團？

「門是開著的。」蘇洛走到最前面，舉起槍背靠白色大門，門後有收音機聲響傳來。

「警察貌似已經離開了。」我看了看四周。

蘇洛謹慎地敲門但沒人回應，他用槍管把白色大門推開，看著空無一人的房間發愣。「燈塔看守人呢？」

「好問題，看看這個。」戴爾指著牆角的血跡說。「我懷疑警方隱藏了什麼，或是有人在他們離開後展開行動。」

「如果現在問洛文你覺得有希望嗎？」我準備拿出手機。「我不認為洛文會這麼做，他很信任我們。」

「但他底下的人呢?我不太信任他那些新部下。」戴爾警覺地查看四周。「拿我們在教堂遇襲那件事來說好了，那兩個小警察當時也沒聽見槍聲？」

「我倒沒想到這件事，經你一說我覺得不太可能。」

「洛文要不是知道些什麼，不然就是被欺騙了。」戴爾戴上橡膠手套翻攪燈塔看守人辦公桌上的東西。「我們還是先到哈定先生的陳屍處好了。」他把手套塞回口袋。

爬上二樓時我感到一陣寒意，戴爾突然抓住我的手。

「他在這裡。」他的手冰到可怕。

「誰？」我忍不住搓揉他冰冷的手心，視線無法移開受傷的眼角。

「哈定先生，他的靈魂還在這裡。」戴爾對我露出感激的微笑但隨即將我的手撥開，我總覺得他是因為在意珍妮狐疑的目光才這麼做。「不用擔心，這只是正常反應，蘇洛現在大概也覺得四周溫度降下來了吧？」

「對……這裡有鬼……」蘇洛伸手握緊襯衫裡的那堆護身符。

「別這樣說，哈定先生變成這樣已經夠慘了。」戴爾抬頭凝視原本是哈定先生陳屍處的正上方，那是燈塔二樓的大窗，月光透入形成一道乳白色長方形光暈。燈塔裡瞬間冷得像寒冬時節，我們的呼吸化為一團團霧氣。「我們是來幫助您的。」他柔聲說。

一個半透明人形從黑暗中浮現，我感到冷汗浸溼衣領，珍妮看起來像癲癇快要發作般瞪大雙眼，嘴唇不停顫抖。

「俺對不起所有人……」幸好哈定先生看起來還很完整，不然我鐵定會吐出來。

「您還記得事發經過嗎？」戴爾看著他從天花板降落在陳屍處地板上。「您也被獻祭了嗎？」

「俺沒看見他們，但知道他們是誰。」哈定先生的眼中閃爍著懊悔。「這是懲罰，不是獻祭，這全都是俺的錯……」

「你的錯？」我不禁插話。我想起不幸的費艾加一家，如果他們的死和這些墮落成邪教崇拜者的3K黨人所害，那總有人渣要付出代價吧？

「俺把怪物帶回人間，現在已得到懲罰，俺對不起愛著俺的人。」

「怪物？那些抹滅者嗎？」

歡迎光臨愛貓社區

「俺不乞求你們原諒，甚至是瑪麗安娜的原諒……」

杜立德女士？所以她說的是真的？他們真是一對戀人？

「俺能告訴你們一切……一定要阻止最後一隻怪物回到人間……」

（一九四三年七月，西西里島，義大利）

一切都變了，就連亙古雄偉閃爍金光的古都巴勒摩[48]都已看不出原貌，二十三歲的雅各・哈定想著。過去他是少數能在課堂上炫耀曾經到過巴勒摩的人，現在他祈禱自己從未造訪，如此就毋需對那些曾是無價珍寶的斷垣殘壁哭泣。

盟軍已轟炸西西里島半年，許多文物嚴重損毀，幸好哈定以古蹟軍官助理身份回到巴勒摩時烽火已暫歇，他們開始和義大利方的博物館人員合作拯救珍貴藝術品。這支來自AMGOT[49]的雜牌軍是群被戲稱為「維納斯修理工」（Venus Fixers）或「古蹟達人」（Monuments Men）的知識份子，這群原本在灰塵堆和書堆中打滾的男男女女來到朝思暮想的文明起源地，為的就是從烽火與軸心國的劫掠中將人類文明的精華復歸原位。然而，哈定心裡正想著其他事情。

那天他人在被轟炸過的阿西西聖方濟教堂（Chiesa di San Francesco d'Assisi）裡巡視，腦中

48 巴勒摩是義大利西西里島西北部城市，同時也是西西里島首府，是座擁有兩千多年歷史的美麗古城，在二次世界大戰結束前遭到同盟國的嚴重轟炸。

49 AMGOT是「同盟國領地軍政府」（Allied Military Government for Occupied Territories）的縮寫，是二戰期間同盟國在軸心國解放區成立的臨時軍事政府組織，戰後亦有地區被持續控管。

還在回想童年時期在老家印第安那州目睹的一場遊行。許多人頭戴圓錐白兜帽，手舉火把在大街上行軍般地前進，氣氛肅穆猶如宗教儀式，他還記得被戴著白兜帽的父母抱在懷中逗弄，一邊聽著演講台上的男人大聲說話。到了大學，雅各．哈定終於知道那是場為了捍衛白人命運的演講，遂將此目標奉為一生信條，甚至和兄弟會友人開始尋找消滅寄生蟲（他們的用詞）的方法。

或許就連聖人也無法容忍歧視之人的玷汙，腳下踩著的龜裂地磚在他眼前塌了下去，轟然一聲後哈定發現自己摔進了阿西西聖方濟教堂的地下室。

「俺掉下去啦！」哈定用義大利語向上面的同僚呼救，一邊慘叫著想推開身邊的骨骸，他天殺的掉進地下墓穴裡了！

「別擔心小兄弟！我們去找繩子！」果不其然那群義大利佬真的隨時都老神在在，哪怕天塌下來也還是如此。

哈定一邊抱怨一邊掙扎起身，順便把一小截勾在身上的指骨彈掉。不過那顆炸彈威力還真強，連地下墓穴的壁面都被震壞而露出一些更古老的東西[50]。哈定倒抽口氣看著中世紀梁柱和壁飾，嘴角揚起興奮笑容，手指不自禁地顫抖，他可能是二十世紀第一個目睹教堂舊結構的人。他順著古老壁面的紋理撫摸，享受灰泥接觸皮膚的摩擦感，淚水在眼眶打轉，直到看見一面崩塌牆壁後頭的小祭壇。

那顯然不是天主教祭壇。哈定瞪大眼看著被戰火逼出的古文物，不顧成堆骨骸阻擋衝向那個

[50] 巴勒摩的阿西西聖方濟教堂最早於十三世紀興建並經過多次整修，在二次世界大戰被盟軍炸毀時的建築體是巴洛克風格，轟炸後原有的中世紀結構才顯露出來。

歡迎光臨愛貓社區

石造物，撥開纏繞祭壇的蜘蛛網開始解讀上面的銘文。這些文字是古希伯來文，真詭異，難不成這裡以前是猶太教堂？哈定開始想像起飛黃騰達的學者人生。在他摸索銘文時，他察覺祭壇貌似能夠打開，便試探性地輕推刻有銘文的部分，祭壇頂端立刻噴出灰塵像朵蓮花張開。

一捲泛黃文件躺在祭壇底部。

哈定瞄了四周一眼後將文件塞進背包，使勁力氣讓祭壇頂端關起才跑回原本摔下的地方，義大利佬也剛好垂了繩子下來。

那是份名為《有關抹滅者之真實記錄》的文件，內容用泥金寫成，材質可能是某種動物的皮革，摸起來很像……揉製過的靈長類的皮革。哈定曾在黑市看過這種東西，不禁駭然懷疑起皮革來源。這份用古希伯來文寫成的文件講述某種召喚儀式，和猶太教文獻上的泥巨人戈倫類似，不過方法更為殘忍。

「抹滅者是我族對抗壓迫的最終武器，自我犧牲後的產物，只有最善良的靈魂才能引導抹滅者不致走向自滅，不到絕境絕不使用。」文獻如是說，但暫居博物館的古蹟軍官助理哈定正暗自嘲笑著這些來不及使用祕密武器的古人。「犧牲一條血脈，抹滅者力量越強。」看來要召喚抹滅者必須犧牲有血緣關係的數人，也許一個家庭會是不錯的單位。「三是靈性之數，三位抹滅者的出現能擊潰敵人拯救我族，也是自滅前的極限。」所以最多能召喚三個抹滅者？哈定皺起眉頭，這能拯救他的國家免於寄生蟲的危害嗎？或許他已經找到了白人命運的拯救者？

他決定嘗試。

在戰地找到犧牲品並非難事，軍營裡不缺有志一同者，只是他不便說出這些人的姓名。他們在山區找到一家羅姆人，某天夜裡與同夥闖進他們的住所取下五顆心臟。儀式在那家人的破屋裡舉行，一陣煙霧從排列好的心臟中竄出，但這隻抹滅者看起來殘缺不全甚至連皮膚都沒長好。牠開始攻擊眾人，直到哈定賞了牠幾發子彈才倒下。幸好那捲文件有記載抹滅者的控制方法，他們把那鬼東西弄睡後塞進大木箱裡佯裝雨刷（反正那東西翻成英文就是如此，真是剛好），在義大利重獲自由後和軍隊一起回到美國。

回國後，雅各・哈定告訴指導教授他決定展開全新人生。

🐾

「那是俺弄出來的第一隻抹滅者……牠被藏在霍特伍德別墅下面。」哈定先生抹去淚水說道，淚珠在半空中便消失無蹤。

「那廢棄教堂裡那隻是怎麼回事？」我詢問他。

「那是第二隻，最近才成功召喚……俺們找到那家庭的最後一位成員……」

「我的天……那個姓費的先生……」蘇洛嫌惡地低語。「那東西能被消滅嗎？」

「文件沒寫到……只要唸咒就會出現。」哈定空洞無神的雙眼望著我們。「但你們又是怎麼把那東西叫出來的？」

「誰知道？搞不好是你們這群人渣忘記叫牠們去他媽的上床睡覺！」

「嘿，蘇洛，冷靜點。」

「俺們以前找錯了犧牲品……德瓦不是正確的犧牲品……德瓦是個孤兒……」哈定顫抖地說出德瓦這個姓氏，我們在費艾加那本剪報上看到的姓氏。

「德瓦？我好像聽過。」珍妮突然想起什麼似地開口。「我遇過一個姓德瓦的小女孩……

不，應該是她自己這麼說。」

「什麼時候的事？」我猛然轉向她。

「很小的時候，我不太記得了，但因為發生一些事讓我對這個姓有點印象。」珍妮皺眉思索著。「……不對，德瓦應該是那個小女孩家的裁縫店名稱，我父親會去那裡訂製西裝，那是我們還住在紐約時的事情。」

我和戴爾看了彼此一眼。

「我記得那年你父母死了，戴爾。」珍妮對於講出那個字有些不自在。「我家人過去不准我說出這件事……我和裁縫的女兒在店門口玩球，有台車開了過來，裡面的女士和她聊起天，最後她坐上那台車，我以為她被她親戚帶走了。我再也沒見過那個姓德瓦的女孩，而我父母再也不提起或到過那間裁縫店。」

「那是你們幹的對吧！」蘇洛死瞪著哈定先生。

「她不是德瓦……俺們弄錯了，俺們本來想帶走的是妳好來引來妳的家人……」哈定看著珍妮說道，她瞪大眼發出驚呼，不由自主倒退好幾步。「德瓦只是裁縫店名……她是被收養的孤兒……她養父母的姓氏是……」

「歐哈拉。」一道聲音從樓梯口竄出，哈定先生立即消失在空氣中。華特夫婦的年輕看護用槍指著愛琳走了上來，那兩個洛文的小警察拿槍跟在後頭，其中一個快速抓住珍妮。「那女孩是愛琳・歐哈拉。」

「珍妮！」我舉槍對準他們，但另一個小警察也掏出槍指著我們。

「勸你們別動手，否則這兩個妞就完了。」華特夫婦的看護對我們冷笑道。「放下武器。」

「該死！」蘇洛也準備掏出手槍。

「照他們說的做，蘇洛。」戴爾把槍放在地上舉起雙手，我們不敢置信地看著他。「還有你，榭爾溫。」

「可是……」

「華特夫婦和歐哈拉先生呢？」戴爾冷靜地問他們。

「這麼想見他們啊？吸屌的小婊子。」小警察對他歪嘴一笑，我氣得再次對準他，但華特夫婦也在這時出現並一槍打掉我的武器。

「看吧，就說不要動手，那對夫婦可能就在這附近，他們根本是其中一員。」戴爾對我搖頭。

「我當時也有看到他們瞪著哈定先生的眼神。」

「把槍都給我踢過來！」華特先生架著滿臉包的歐哈拉先生命令道。

我瞪著他們照做，華特太太漫步到我們身邊巡視，最後用槍管逼著我們在牆角跪下。

「想要享受處決的快感嗎妳這種族歧視糞渣！」蘇洛對她破口大罵。

「我們需要觀眾，但願你這隻骯髒的拉丁豬看得懂。」華特太太愉快地用槍托回應他的腦袋。

「瑪麗安娜！妳的工作來了！」

杜立德女士一臉哀戚地走過來，在華特太太的監視下用封箱膠帶把我們的手腳纏住。「我很抱歉……我真的很抱歉……」她邊哭邊這麼做。

「實在太丟臉了。」戴爾發出一陣抱怨，隨即獲得被膠帶封口外加狂踹一陣。

「不想被這樣對待就給我安靜點，哈雷先生，我們還是挺喜歡你的。」華特先生在我試圖反抗時踹了我胯下一腳。

歡迎光臨愛貓社區

「你們到底想做什麼！你們難道是哈定以前在３Ｋ黨的部下嗎？」我對這群瘋子大吼，那張照片裡的年輕男女該不會就是華特夫婦？

「我們比他忠心太多了。」華特先生呵呵笑著。

「是你們殺了哈定？」

「哈定那個食古不化的垃圾認為沒血緣關係就不能召喚。」華特夫婦的看護高傲地看著我們，命令其中一個小警察把行李箱拖過來在哈定先生的陳屍處打開，箱內布滿詭異符號，一個黑布袋被放置其中。「搞得第二隻抹滅者最近才召喚完成，而且那個老白癡還差點害我們露餡，現在我們終於能用這兩個歐哈拉召喚最後一隻抹滅者了。」

「燈塔看守人呢？你們對他做了什麼好事？」蘇洛對他大吼。

「喔？你說那老東西？就在這兒啊。」華特夫婦的看護指著黑布袋。

「喔不幹他媽……」我不禁咒罵。「為何要這麼做？你不是他們那些老瘋子啊！」

「誰說只有老人才有這般偉大想法？」華特太太不知從哪掏出一件白長袍。「幹的好乖兒子，這些不知好歹的叛徒會感謝我們的努力。」她對看護露出甜蜜到令人作嘔的笑容。

「就讓派對開始吧！」華特夫婦的看護，同時也是他們的兒子，愉快地披上白袍，從頸後撩起圓錐兜帽套在頭上，只剩一對藍寶石般的雙眼在底下閃爍，蹲下身從行李箱拿出一把染血剝皮刀。

你的血能阻止一切。那道聲音又在我耳邊響起。

第八章　存活者

你的血能阻止一切。我再次聽見那聲音。

華特先生架著伊本以舍走向用行李箱改造的臨時祭壇，手舉剝皮刀的小華特雙臂大張對祭壇念念有詞。

「就是你們傷害我的女兒！我唾棄你們！」伊本以舍奮力嘶吼。「殺人魔！人渣！該死的混蛋！」

「讓他閉嘴。」華特太太優雅地對丈夫說。

「就忍耐一下吧，反正他等會兒就叫不出來了。」華特先生一派輕鬆回應她，只不過馬上就被伊本以舍啐了口痰在臉上。「真沒禮貌。」他用槍托賞了伊本以舍的肋骨一記。

「爸爸！」被綑綁在地的愛琳高聲尖叫。

四周冒出煙霧，滿臉驚慌的哈定先生又從天花板浮出來

「阻止那兔崽子！他想招喚最後一隻怪物！」哈定先生飄到我身旁大喊，被膠帶封口的戴爾好奇地盯著我們。

「怎麼做？」我差點扭頭大叫，那群正在認真進行儀式的混帳似乎看不見哈定先生。

「阻止他念下去！」

「怎麼辦啊戴爾？」我蠕動到戴爾耳邊，他對我聳了聳肩，我瞄到他被反綁在身後的雙手已

歡迎光臨愛貓社區

將封箱膠帶弄破。「你是怎麼……」他秀出藏在袖子裡的刀片，那看起來像燈塔看守人桌上的東西。我想戴爾應該在偷笑，雖然他的嘴巴被膠帶貼起來了。

兩隻看起來手腳健全但還是一樣醜陋的抹滅者從煙霧中走出佇立祭壇兩側，小華特舉起剝皮刀準備刺進伊本以舍的胸口。

窗外傳來引擎聲，一台重機撞破窗戶飛了進來。

「哇靠這怎樣？」蘇洛扭動身體試圖甩掉玻璃碎片。

小警察和華特夫婦對重機騎士猛開槍，小華特扔下伊本以舍躲到角落，兩隻抹滅者也跟著跳向頭戴全罩式安全帽的騎士，不料那傢伙卻接下所有子彈毫不閃避，還把抹滅者給一掌打飛。

「那個重機騎士！」我看著怪物般的騎士大喊，那些人不是應該被我們擊中摔車了嗎？樓梯口出現另一個身穿黑皮衣的重機騎士，敏捷地將杜立德女士擊昏並解開珍妮身上的束縛，接著便掏槍對準一臉驚恐的華特先生。

「我老早警告你們別淌這趟渾水！」安全帽裡傳來宅倉的聲音。

「宅倉？」我不敢置信地瞪著他。

「快離開這裡！」宅倉衝向華特先生和他扭打起來。戴爾趁著混亂把我和蘇洛手腳上的封箱膠帶割開，我連忙撕下他臉上的膠帶。

「看來事情比想像中複雜。」戴爾對我說，一隻抹滅者衝了過來，我連忙抓住他滾到一旁。

「像是宅倉嗎！」我對他大叫。

「別怪我，我怎麼知道？」戴爾把我推開後抄起華特先生掉在地上的手槍對著準備撕碎蘇洛的抹滅者腦門開了幾槍。

「該死好痛！」蘇洛滿臉是血滾到牆角。「現在該怎麼辦？」
「盯緊抓住愛琳的混蛋，別讓他跑了！」我指著用刀架住愛琳龜縮角落的小華特。
「聯邦調查局特殊部門！放下武器！」宅詹亮出盾形徽章，隨即遭到華特太太的猛烈砲轟滾到一旁的柱子後頭。「快走啊艦長！你們在這很礙事！」他對我大吼。
「愛琳被抓住了！」我一邊閃躲窮追不捨的抹滅者一邊對他吼回去。
「我有看到！得先把那老頭拖出火線！」宅詹指著縮在地上發抖的伊本以舍。「快帶你前妻和其他人離開！」
「等等！我……」在我準備回嘴時，一個小警察從攻擊重機騎士的陣營跑出，用槍指著我準備扣下扳機，轟然一聲後那個菜鳥警察的腦袋少了一塊，破碎組織噴濺在我臉上，我呆愣看著戴爾站在已然倒地的混蛋腳邊。
「別發愣了榭爾溫！快站起來！」
「你殺了他……」我撥掉臉上的血肉後只能悽慘地對他碎念。
「他想殺死你。」戴爾面無表情看著屍體。
「他不值得你這麼做。」我撿起先前掉在地上的手槍。
「你值得我這麼做。」戴爾又掏出一束鼠尾草。「至於抹滅者，我想老方法還是比較管用。」
「我的血……那道聲音說我的血能阻止一切。」
「難不成你想成為祭品？」戴爾轉為擔憂地看著我。
「當然不要，但之前在地下室發生的事情證明我的血似乎……」在我把話說完前，一發子彈從肩膀穿過，鮮血再次濺上戴爾的臉頰。

「榭爾溫！」戴爾拖著我躲到牆角後立即朝那群混蛋開槍。

另一個菜鳥警察倒下，一枚子彈穿過華特先生的鼻樑在牆上潑灑成一幅血淋淋的立體畫，最後連躲在角落的小華特都沒能逃過一劫挨了好幾槍，愛琳的頸子差點被噴飛的刀片切開，她臉色發白跪倒在地，伊本以舍哭著爬向她。

臨時祭壇沾滿鮮血，戴爾舉槍站在祭壇前，雙眼在昏黃燈光照射下彷彿森森鬼火。

「欸欸欸住手不要殺人啦！」宅詹看著混亂場面大叫順便把倒地哀號的蘇洛拖到柱子後面，那位刀槍不入的重機騎士也在此時被兩隻抹滅者撲倒在地。

「混蛋！」華特太太從丈夫的屍體旁起身，舉槍對準戴爾，我不顧一切準備朝她射擊，被撲倒在地的重機騎士突然發出強烈綠光將抹滅者噴到牆上，其中一隻飛向華特太太將她一起撞上牆壁，一條綠色巨龍從光芒中竄出。

我衝向戴爾，幾點腥紅暈染開來爬滿白色絲質襯衫。

「不不不……不要這樣……」我抱住他，冰藍色雙眼逐漸失焦。

「抱歉，榭爾溫，我太莽撞了……」鮮血從他的嘴角滲出，我緊摟他跌坐地上，肩膀上的傷口滲出更多血液滴進祭壇，鐵鏽味在我的鼻腔擴散，滿地鮮紅彷彿有人用血為墨水在這裡大肆塗鴉。

「別再說了……我不想失去你……」我壓住他身上的傷口試圖止住不斷湧出的鮮血。

「你必須阻止他們……」

「我不能丟下你！」我看著抹滅者撲來。

「別讓一切無可收拾……」他用力握住我的手。

硫磺燃燒的氣味突然充滿燈塔，祭壇中揚起一道巨大的紫色火焰，在我準備起身時將我們吞噬。

「是誰用吾兒鮮血獻祭？」

火焰中竄出一張駭人的大臉對我呲牙咧嘴地咆哮。

「你他媽是什麼鬼東西?!」我被硫磺氣味嗆得淚流滿面，戴爾在我懷中痛苦地咳出血水。

「是誰用吾兒鮮血獻祭？」大臉依然在對我鬼吼。

「你到底是誰？」我朝那鬼東西吼回去，肩膀不斷傳來劇痛。

「吾兒，怎落到此種田地？」恐怖大臉伸出火焰手臂朝我逼進，我無法動彈，直到紫色火焰在我眼前都無法移動分寸，硫磺氣味越來越濃。「在汝懷中是何物？」大臉指著戴爾問道。

「不關你的事！」我護住戴爾不讓那恐怖的東西碰他。

「是汝重要之人嗎？」恐怖大臉轉為興味盎然地瞧著我。

「是又怎樣！快放我們出去！」

「就連死亡也無法將汝等分離？」

「你到底是誰？」戴爾的生命正在流逝，我不希望有任何人就這樣死在我懷裡，尤其是他，我絕對無法承受這個結果。

我不想活在一個沒有他的世界。

「回答問題就給予汝欲知曉之解答！」恐怖大臉無視我的吶喊繼續用問題轟炸我。

「我拒絕！」

「汝將失去他。」

歡迎光臨愛貓社區

「不……不會這樣……」我緊緊抱住戴爾，開始感受不到他的呼吸，我們幾乎浸潤在彼此的血液中。

「就連死亡也無法將汝等分離？」

「對！離我遠點！」紫色火焰在我們四周瘋狂打轉。

「汝願發誓？」

「是的！就連死亡也無法將我們分離！」我絕望地對這場混亂尖叫。

空氣中只有刺鼻硫磺味，恐怖大臉爆出如雷笑聲，紫色火焰瞬間纏上我們的身軀。

「汝已得到答案，吾兒！」

「你欺騙我！」我驚慌地想將身上的火焰拍熄卻徒勞無功，但奇怪的是卻感受不到熾熱高溫。一些金色碎片從我身上浮出，沾染我們全身的血漬飄浮起來和金色碎片混和，最後流進烈焰融為一體。

「魔鬼從不欺騙！真相往往迂迴顯現！吾兒！乃父已昭示解答！」恐怖大臉大笑著消失。

戴爾突然睜開眼猛力喘息，幾枚子彈掉在地上化為灰燼，紫色火焰逐漸熄滅。

「戴爾！」我扯開他的襯衫檢視傷口，但除了被染成暗紅色的衣物外沒有任何傷口，連一點擦傷都沒有。戴爾茫然看著我，冰藍色雙眼閃過一絲紅光。

「這是……怎麼回事？」他在我頸邊低語。

「我不知道……實在太不可思議了，簡直像場鬧劇……」我無奈地看著四周。

僥倖存活的眾人全都定睛注視我們。抹滅者從混亂中起身並緩緩消失，牠們的碎片化為紫色星火在空氣中消散，華特太太從牆上可悲地滾下來發出虛弱哀號。最不可思議的是小華特竟然還活著，躺在血泊中想撿起掉落在地的刀片，隨即被憤怒的愛琳踩住踢到一旁。哈定先生的鬼魂飄在天花板上看著這一切發愣，最後面露微笑消失無蹤。

「我還活著？這果然是場鬧劇。」戴爾拉緊西裝外套。

「說來話長，如果你剛才沒能見到的話。」我脫下破爛不堪的外套裹住他。

「我在火焰噴出來後就失去意識了。」

我抱起他走向宅詹他們，剛才變成一條綠色東方巨龍的傢伙又變回人形，脫下安全帽後散出飄逸的黑色長髮，一雙黑白分明的鳳眼瞅著我們。原來是個亞洲女性，她看起來比宅詹還像東方人，又或者是我充滿偏見的腦袋這麼認為。

「老爺沒事吧！」蘇洛衝向我們。

「我很好，剛才真是驚險。」戴爾輕拍他的肩膀。

「欸會痛耶！我差點被那鬼東西拆了！」

「抱歉。」

樓梯口突然傳來珍妮的尖叫，我們隨即轉頭，只見她驚慌地倒退回樓上，後面跟著第三位騎士，手中抱著一臉無辜的小藍。

「我同事而已不用擔心。」宅詹脫下安全帽說道，那位騎士放下小藍後也拔下安全帽露出一頭刺蝟般的白髮和另一雙鳳眼。「林瑪莉（Mary Lin）和吳亨利（Henry Wu），這是他們的代號，我的則是老招牌宅詹。聯邦調查局特殊部門在此向你們致敬。」他對我們行禮。

「看來事情終於告一段落。」戴爾輕啄我的臉頰。

「不是叫你們別這樣亂來嗎？」蘇洛翻了個白眼。

「抱歉，情不自禁。」戴爾瞇起眼靠上我的肩膀。「接下來該怎麼辦，榭爾溫？通常電影裡的男女主角這時會重歸舊好然後風光地來場床戲。」他指著遠處正在逗弄小藍的珍妮。

「不戴爾，那通常發生在電影中間不是結尾。」我笑著回應他並把他抱得更緊。「如果是寇克艦長應該會和夥伴們來段哲學對話繼續他們的旅程，不然就像救鯨魚那集把大家推下水慶祝[51]。」

「老天，你怎麼還記得那些細節？」

「我和宅詹可能是同道中人吧。」

「少來，你連我的車尾燈都看不到。」宅詹一臉促狹地看著我。

「你是在承認自己超宅？」

「宅而為榮（Nerd and proud）。」

那兩位東方面孔的探員把倖存的犯人拖下樓，杜立德女士則在大家的攙扶下走出燈塔。外頭已有警車到達正閃爍著刺眼光線，洛文警官坐在輪椅上被宅詹推來，他憤怒地看著我們，臉上快要青筋暴突。

「你們知道這下我得掩蓋多少實情嗎？」他劈頭大罵。「三個！你們殺了三個人你們這群小王八蛋！其中兩個還是警察！」

[51] 《星艦迷航記IV：搶救未來》（*Star Trek IV: The Voyage Home*，1986）的劇情。

「與其說警察不如說幹他媽的種族歧視垃圾！那兩個狗娘養的人渣可是他們的同夥欸！」滿身繃帶的蘇洛對他大吼。

「那兩個小混蛋的確在局裡幹了些偷雞摸狗的骯髒事，我已經快抓到他們的狐狸尾巴但你們竟然把人給殺了！」洛文指著他的鼻子吼回去。「這次又發生了什麼事？」

「被挾持、差點被射死、怪物又跑出來，只好反擊囉。」戴爾對他挑眉，但我卻聽見戴爾的聲音在我腦中響起。

那兩個警察上個月試圖侵犯我，抱歉，我脾氣真的不太好。他的聲音聽起來有點難過。

這實在有夠詭異，那張從火焰裡冒出來的恐怖大臉到底何方神聖？他對我們幹了什麼好事？

「哈雷快把他放下來，難看死了，救護車在那邊！」洛文沒好氣地指著還被我抱在懷裡的戴爾，我連忙把他放下來，這顯然讓他不太開心。

「特殊部門會負責善後，你們就照著劇本好好演吧警察先生。」宅詹對他愉快說道。

「該死！」洛文警官洩氣地捏住對講機。「別再出現在我面前！媽的該死的特權機構！」他揮手叫喚同僚把他推離燈塔。幾台黑色廂型車從遠處駛來，裡頭跑出十幾個像《星際戰警》的西裝人向洛文點頭致意後便在燈塔周圍摸摸掃掃，但願他們不會順便消除所有人的記憶。

「你和那些人很熟嗎？」我追著洛文的輪椅想打探更多細節。

「以前因為一些案子和他們打過照面，除了那三個東方人，搞半天我都開始懷疑自己是不是在演《X檔案》了。」洛文狠瞪我一眼。「第一次就是『那個』通靈板案子，你們簡直像衰神一樣把所有狗屎往我頭上倒！」

「我們幾年前才開始出外勤，你當然不認識我們，還有東方人（oriental）這個用字不大尊重。」宅詹不置可否地回應他。

「總之最近不想再看到你們！最好永遠不見！」

「再會啦警官！」

「去你的榭爾溫・哈雷！」

真是溫暖的道別，洛文警官果然是個老好人。

「歐哈拉小姐說那些人原本想在儀式結束後殺死所有貓。」滿頭白髮的吳亨利抱著金金走來。「我在附近找到關貓的籠子和燈塔看守人的屍體，除了飽受驚嚇外，貓咪們都安然無恙。」

「那真是太好了。」宅詹接過金金將牠交給坐在救護車上裹著保暖毯的杜立德女士，坐在那兒的還有正在冰敷的愛琳，之前扭傷的腳踝再加上這次折磨恐怕會瘸上好一陣子。驚魂未定的珍妮則是把自己裹在毛毯裡喝著熱茶，眼線糊成一片彷彿狂歡一夜的搖滾歌手。

「呃……冒昧打斷你們，剛才在路上被射中的有誰？」我擔心地看著一身黑的政府密探們。

「第一次是林瑪莉，不過不用擔心她她不是人，第二次是我，親愛的前職籃選手，要不是我有穿防彈衣和一堆護具早就掛了，還有你欠我們兩台機車的維修費。」宅詹白了我一眼，站在一旁的林瑪莉對我咧嘴微笑，利齒在薄唇後若影若現。

「噢。」也是，會變成龍怎麼可能是人。

「噢什麼噢？我們可是花了不少時間每晚在你住的地方監視那群人渣是不是又開始蠢動。」

「所以你們早就在監視那群3K黨老人?!」我對他哀號。所以重機騎士就是這群密探？到頭來我們都被耍著玩嗎？

「沒錯，有人搞出抹滅者這件事過去就被特殊部門發現但總是抓不著人，沒想到事隔多年那群老不死的傢伙又想胡搞，變成我們這些菜鳥得出面處理上一代探員沒辦成的案子。」宅詹聳肩說。「結果你們一股腦兒就想栽進來，我之前不是一直勸你們別插手嗎？」

「我們怎麼會知道……」蘇洛瞪了他一眼。

「所以只好讓你們當前鋒找找線索，沒想到還真讓你們遇上傳說中的抹滅者，況且你們是不錯的誘餌，至少當年那些兇手全都落網了，該說聲可喜可賀嗎？」

「但受害者呢？你們就眼睜睜看著費艾加送死？」我想起可憐的費艾加，他不該被殘忍殺害，還有他們一家不幸的靈魂現在身在何方？

「費艾加的死的確出乎意料。」宅詹皺眉回應我。「還有你的肩膀不要緊嗎？上面全是血。」

「差點忘記這件事。」我猛然想起被打穿的肩膀，伸手一摸卻發現子彈打出的洞竟然消失了，只剩之前被抹滅者砍中的傷痕還在滲血。

天啊這什麼魔法？

不過想起戴爾受的槍傷莫名其妙消失後，這似乎沒有太過詭異。

「我剛才被槍打中……」我茫然摸著肩膀上的傷口。

「林瑪莉把那兩隻怪物噴上牆後你們就被火焰包住了，但我可沒看到有人對你開槍，倒是那團詭異的紫色火焰需要好好調查。」宅詹狐疑地看著我。

「你被槍打中？我倒看不出來。」蘇洛瞅了我一眼。

「還有戴爾剛才不是也被……」我不敢置信地望著他們。

「那團火熄滅後我只看到你抱著老爺呆坐地板，我還在擔心他是不是受傷了。」

「可是你剛才不也看到……」當我想繼續反駁時，戴爾拉住我的手臂要我停下來。

「樹爾溫只是驚嚇過度罷了，還有我沒事，只是剛才差點被華特太太打中而已，我們先去抽個菸。」戴爾笑著回應蘇洛便把我拉到一旁。

「他們是怎麼回事？為何都沒看到我們被……」

「從剛才在燈塔裡的情況來看，他們似乎沒有我們中槍這段記憶，但都還記得我殺了那三個人。」戴爾拿出涼菸放進嘴裡，順便翻攪口袋尋找打火機。

「那張大臉！那鬼東西是不是對這一切動了什麼手腳……」

「什麼大臉？」

「你失去意識後火焰裡冒出一張鬼吼鬼叫的大臉，我不知道那是什麼，他要我發誓就能救你，然後我就……」

「等等樹爾溫，你說你做了什麼？」他放下菸瞪著我。

「呃……對他發誓？」

「你不知道那是什麼東西還對它發誓？你該不會把自己給賣了？」

「你那時快死了我能怎麼辦！」我抓住他的肩膀，只差沒有用力搖晃他。

「但代價呢？你救了我我非常感激，但我們對這件事或這樁『交易』的代價，還有你說的那張大臉到底何方神聖，我們全都一無所知啊！」

「那東西自稱惡魔……」我想起那張恐怖大臉最後說的話。「『魔鬼從不欺騙，真相往往迂迴顯現』，那東西是這麼說的。」

「天啊樹爾溫你真的有夠遲鈍！想想浮士德的故事，天知道你會因此發生什麼事情……」戴爾的眉毛快皺在一起了。

「但至少我們還活著……尤其是你，你是我最重要的朋友我不能就這樣失去你啊！」

「感謝你這麼在乎我。」

「你知道我愛你，就像你會為了我痛下殺手一樣。」雖說如此，我卻隱約聽見戴爾的聲音在腦中問著「哪種愛？我不想再次受傷。」持續發生的幻聽讓我感到異常不安。

「我知道，但事情可能會沒完沒了。我們得隨時留意身邊，或我們自己。」他嘆口氣把涼菸塞回嘴裡，沉重薄荷味竄進鼻腔，我伸手從他唇邊把菸抽出來深吸一口。「我記得你說過抽涼菸是娘炮和假掰人的行為。」他歪嘴笑著。

「我收回那句話。」我把菸還給他，轉頭看著一跛一跛走向我們的愛琳。

「我父親想和你們聊聊。」她咬著下唇，不安地看著我們。

「來一根？」戴爾把菸盒遞給她。

「他抽起菸來……非常性感。」愛琳接過煙盒後對我低語。

「哪方面的性感？」我開始懷疑所有男人都加入了一個名為愛琳追求者的變態俱樂部。

「讓我想起碧姬・芭杜[52]，我說不上來……冷豔、充滿智慧、熱愛冒險之類的。」

噢，或許不是每個男人。

「戴爾是個很漂亮的男人，從我的觀點來看啦。」我漫不經心地回應她。「但其他方面就不太像碧姬・芭杜，他對動物沒轍。」當然是指活的動物，死掉的動物他倒挺有一套。

「你真幸運。」愛琳點燃香菸對我挑了挑眉，順便把菸盒還給笑容滿面的戴爾。

52 碧姬・芭杜（Brigitte Bardot，1934-）是著名法國影星與激進動物保護者。

「等等，妳是不是誤會什麼了？」

「我以為你們是……」

「你們到底要我等多久啊死兔崽子！」伊本以舍的聲音從遠處傳來，我只好搖頭走向他，順便抓住戴爾的肩膀把他一併拖過去。

「妳誤會了，我們不是那種關係。」我對她說。

「好吧，也許是我想太多，但你前妻的看法確實是這樣，她剛才還在跟我抱怨。」

「噢該死……」

🐾

（一九八二年十二月二十五日，老園村附近）

白色朋馳停在霍特伍德別墅門口，七歲的戴爾從車窗裡用冰藍色大眼凝視了無生氣的四周，手裡捏著一隻綁著蝴蝶結的棕色玩具熊。音響放著的《顫慄》（*Thriller*）專輯是管家阿爾弗雷德・希金斯的新歡，他手握方向盤看著荒涼景色發愣。霍特伍德夫婦也做了相同動作，除了坐在副駕駛座的馬修・霍特伍德（Mathew Hautewood）還轉頭看了遠處的破教堂一眼。

「能把那棟廢墟拆掉嗎？看久了挺惹人厭，反正也沒在使用。」馬修低聲埋怨。

「滿有情調的不是嗎，馬修？那棟老教堂總讓我想到歌德小說。」翠西亞・道蘭・霍特伍德（Tricia Dolan Hautewood）露出甜美微笑回應他，一邊把戴爾拉回懷裡摟著。「你覺得呢戴爾？」

「我不喜歡這裡，感覺好奇怪。」戴爾嘟嘴看著母親。「這裡沒有半透明的人。」

「這樣不是很好嗎？你的幻覺在這裡就不見了。」她搓揉戴爾的淺金色髮絲。

「我還是不喜歡。」

「媽咪有為你準備很多很多的香草冰淇淋和糖漿櫻桃，這樣開心嗎？」

「……好吧。」他焦慮地捏著玩具熊。

這裡的確氣氛詭異，但阿爾弗雷德也不知該如何向老爺夫人報備這件事，他們是不會了解的。他就像拉斯普汀（Rasputin），末代俄國皇后的最後一根救命稻草，被雇來照顧飽受幻覺之苦的小少爺，但阿爾弗雷德一直都知道這些不是幻覺，而是尚在成長中極為強大的力量所致，遠遠超越許多他遇過的通靈者。

而他也超越了拉斯普汀可能犯下的過錯，即使人們總愛開玩笑說拉斯普汀是俄羅斯皇后的愛人[53]。

他曾告訴翠西亞他們能如何逃離令人窒息的生活，甚至帶著戴爾離開到一個沒人會批評他們的地方，而翠西亞仍深愛著馬修，阿爾弗雷德的大恩人，那個被他狠狠背叛的男人。

「但他將會永遠無法原諒我。」某個馬修不在家的夜裡，阿爾弗雷德告訴翠西亞他的計畫。

「我們不能就這樣生活嗎？我們四個人……」

「那是不可能的，您也知道。」

「我知道，我也不敢想像戴爾知道我們的事情後會遭受多大的衝擊，但這一切難道沒有丁點希望？」翠西亞捏著一張散發香氣的信紙問道。

---

[53] 此句來自波尼M合唱團（Boney M.）歌曲〈拉斯普汀〉（"Rasputin"，1978）的歌詞。

「我不曉得，夫人，我無法給您任何承諾。」

但他們仍然告了白，做了愛，痛哭失聲，繼續假裝一切沒發生過。

新聞正播著一起女童綁架案，佳節時分看到這種消息總會讓人心碎。

「這年頭瘋子真多。」穿著睡袍拖鞋坐在沙發上的馬修評論道。

「為什麼綁架犯是瘋子？」戴爾的冰藍色雙眼映著青綠紅黃交雜的螢幕，他好奇地看著父親。

「只有瘋子才會做那種危險的事到處害人，應該把他們全都斃了。」

「斃了？那是什麼意思？」

「用槍打死啊，壞人本來就該用槍打死。」

「那你打獵時帶回來的鴨子也是發瘋的壞人嗎？」戴爾不敢告訴父親那些鴨子已經組成一支半透明小隊在霍特伍德莊園的人工湖裡定居了。

「那是兩碼子事啊小傻蛋。」馬修笑著輕撫兒子的淺金色腦袋。

「好了馬修別再說了，也該讓戴爾上床睡覺了。」翠西亞牽起戴爾回兒童房，阿爾弗雷德則是拎著宵夜盤準備往廚房移動，當他不經意往窗外看的時候，一道人影從別墅門口快速晃了過去。

「我不記得這一帶有住人。」他警覺地盯著外頭。

「可能是小混混或闖空門的毒蟲，別讓他們有機可趁。」馬修把干邑飲盡後輕拍他的肩膀。

「我一直想看你打活靶，聽說你在軍隊裡是神射手。」

「往事別再提了，老爺，我已經殺了太多人。」阿爾弗雷德至今仍會在半夜被夢中炙熱血腥的雨林戰場驚醒，汗水浸濕全身，無法停止悲傷、憤怒與殺意交雜的劇烈顫抖。

裁縫師伊本以舍·歐哈拉在別墅外絕望奔跑，他已經找到綁匪的車子，但養女仍然下落不明，他願意用任何東西換回摯愛，就算是他的性命也行。他本來想敲那間華麗別墅的大門尋求幫助，但又害怕綁匪其實就在裡面，當他急得快要哭出來時，破舊教堂突然傳來孩童的尖叫。

他衝了過去。

戴爾躺在兒童房裡，昏睡一陣後仍然無法放鬆，只好爬下床趴在窗邊看著遠處的破教堂，好奇母親說的歌德小說到底是什麼，隱約察覺教堂裡有火光閃爍。

「也許是爸爸說的瘋子。」他喃喃自語，過一會兒才想起身旁沒有那些半透明的朋友，也沒有喵喵，牠說要留在莊園看家。「牠們為什麼都不喜歡這裡？」他感到鼻子一陣酸，淚水在眼眶裡打轉，這個在荒郊野外度過的聖誕節讓他格外寂寞。

伊本以舍猛力敲打教堂大門卻無法進入，裡面的人彷彿也不知曉他的存在，孩童哭喊聲越來越淒厲幾乎要跟呼嘯寒風融為一體。他不顧一切衝回別墅尋求最後一絲希望，正當他在久未修剪的花園裡掙扎前進時，他看見二樓窗邊有人影晃動，接著是一聲槍響和玻璃破裂的聲音。

他驚恐地看著破窗裡的藍色身影，只好馬上拔腿跑回教堂，在奔跑途中他聽見第二聲槍響，這只讓他更加沒命地奔跑，當他跑回教堂時大門已然敞開，裡面只剩讓他崩潰的景象。

戴爾抱著玩具熊走向主臥室，想要擠在父母中間讓自己比較放鬆，當他站在走廊上時聽見一聲巨響，那像極西部片裡的槍聲。他害怕地顫抖，但又不由自主想知道到底發生了什麼事。

當他推開主臥房木門時看到馬修倒在一片血泊中，一支槍指著翠西亞的胸口發出轟天巨響。鮮血噴上牆壁，也沾染了掛在牆上的全家福。

沒有面孔的人穿著藍色襯衫。

戴爾在失去意識前只記得這個畫面。

伊本以舍顧不得別墅裡的槍響便背著女兒衝向老爺車飆回城裡，淚水爬滿臉頰，雙手沾滿血汙。

「愛琳是我的法籍妻子瑪麗．布爾東（Marie Bourdon）的外甥女，我們長年用愛琳親生父母的姓氏德瓦經營裁縫店，為了紀念那對客死異鄉的夫妻，他們在東德被當成間諜，因此就莫名其妙被謀殺了。」伊本以舍告訴我們他當年目睹的一切，和戴爾僅存的記憶合在一起後似乎逐漸浮現端倪，甚至跟我在飛機上做的惡夢也有相似之處，但射殺霍特伍德夫婦的兇手究竟是誰？他為何沒傷害戴爾？

「那你為何要又要搬到那裡？」戴爾吐出煙霧問道。他現在一定很焦慮，那盒涼煙已經快被抽完了。

「幾年前當我發現亨普斯特德有位經歷類似悲劇的圖書館員後，我便找上他交換線索，因此得到傷害我女兒兇手的可能身分並搬進那個已被改成愛貓社區的鬼地方，多虧以前車禍受的傷，他們沒認出我。在那位圖書館員被殺害當晚，我晚了一步趕到教堂才逃過一劫，但之後那群人渣就開始察覺不對勁了，所以我和愛琳才會被抓住。」伊本以舍又哭了出來，愛琳馬上緊抱他不放。她沒有哭泣，那段悲劇導致她的部分靈魂死透，淚水早已流乾無法再被撼動。

「你在別墅外看到的人影……穿著藍色衣服？」

「沒記錯的話。」伊本以舍搓著下巴。「我只知道這些，還有雖然我討厭你們這些小兔崽子，但我很感謝你們救了我和愛琳。」他邊說邊瞪著宅詹，他一定知道宅詹是重機騎士的一員了。

「不客氣。」蘇洛故意應一聲然後又被戴爾狠瞪。

「我們要搬回紐約，搬回裁縫店，這裡實在是惡夢一場。」伊本以舍蹣跚起身，牽著愛琳的手走向宅詹為他們安排的車子，當他看到珍妮時露出無奈的微笑。「妳長大了，特伯雷家的千金，都快認不出妳了。」

「我對你們非常抱歉，那天他們想抓走的人原本是……」珍妮欲言又止地說。

「這不是妳的錯，犯下罪行的人已受到懲罰，雖然他們造成的傷害並不會因此消弭。」

「但我們活下來了。我們還有機會見面嗎？」愛琳笑著對她問道。

「也許，到洛杉磯來找我應該ＯＫ。」

宅詹在日出時分把我們送回霍特伍德別墅，接著就是特殊部門整天在那兒的搜查，比較惱人的是宅詹竟然從傭人房翻出我的成人雜誌還把它們當眾交給我。在戴爾的同意下，他們幾乎將別墅翻了過來，最後終於在地下室找到密門並挖出裝著第一隻抹滅者回到美國的箱子，但裡頭已空無一物，就連之前吸進吸塵器裡的組織也不翼而飛。深夜我和戴爾本來窩在主臥室窗邊看書，他突然拉住我，指著窗外說費艾加和他的家人出現在別墅外頭，更難以置信的是我這次竟然能看見他們。我立即跑下樓想跟費艾加好好道歉，但我衝出大門時只看見費艾加對我露出微笑就消失無蹤，耳邊傳來他的聲音要我好好照顧自己。我想哭，卻擠不出半滴眼淚。

隔天我們陪珍妮回飯店收拾行李，順便確認咪咪喵喵和格姆林是不是把客房給拆了，幸好有阿福坐鎮不至於讓牠們大肆破壞。她馬上就要回洛杉磯，但願她的上司不會對她的「一無所獲」抓狂。有宅詹的擔保，媒體大概挖不到任何東西，或者那群像星際戰警的傢伙會消除所有想探頭探腦的人的記憶吧。

「不想再多待一下？」我對她露出招牌笑容。

「拜託不要，我已經領教夠多冒險了。」

「真可惜。」

「送我到機場吧，也許我們可以在那上演感人的送別擁抱，順便讓你這可憐蟲增加一點曝光度。」珍妮露出狡黠笑容。「還是你要跟戴爾他們待一起？」

「……我送妳到機場。」

不過就像本廉價到不行的硬漢推理小說，你知道的就是想模仿達許・漢密特或雷蒙・錢德勒[54]結果不幸崩壞的那種，我們在客房裡瘋狂地翻雲覆雨一番才前往機場，在那邊成功引起一些旅客的驚呼，順便把自己塞進幾張和粉絲的合照裡。

「你仍在懷念過去風光對吧？」珍妮親了我的臉頰一下。

「我已經想忘記它們了，但偶爾回味一下也不錯。」我摟住她的腰。

「你要怎麼規劃往後人生？你已經不是戴爾的別墅管理員，而且他想把那裡給拆了。」

「好問題，我回去會跟他討論。」

「你們有很多問題需要討論。」珍妮對我攤手。「你總是太快下定決心，那通常會演變成糟糕結果。」

「唉，不管妳跟愛琳講了什麼八卦，我和戴爾絕不是妳們想像的……」

---

54 達許・漢密特（Dashiell Hammett，1894-1961）與雷蒙・錢德勒（Raymond Chandler，1888-1959）都是美國冷硬派小說的重要作家。漢密特被認為是此類型推理小說的創始者，著名作品有《馬爾他之鷹》（*The Maltese Falcon*，1929），錢德勒筆下的偵探腓立普・馬羅（Philip Marlowe）則是冷硬派推理小說的代表人物。

「我知道我知道，愛著彼此但不是那種愛。」
「柏拉圖式關係。」
「說得真好聽。」
「如果我搬到洛杉磯呢？搬到妳那裡？」我竟然會瘋狂到說出這種鬼話。
「別鬧了，我們需要各自的空間。」
「我們可以重新開……」
「我就是在等你這句然後答案是不要。」
「噢……」
「我們都需要時間好好思考，或許下次見面時能討論這件事吧。」她走向通關口。「下一次見面！」她對我揮手。
「下一次見面！」
我突然有種悵然若失的感覺，心靈與肉體上皆然。
開著蘇洛的黑色豐田回到飯店後我呆坐大廳發愣，直到把剛才所有對話鎖進記憶深處才走進電梯。我知道同時愛上許多人是件困難而且往往會以悲劇收場的事情，但有時情況就會發展成如此難以割捨，或是會這樣做的人其實根本不懂愛為何物？這是否代表我是個貪婪無恥的小人？我開始懷疑自己了。不過眼前還有尚未解決的事情，我得快點回到戴爾身邊，我們已經找到許多碎片，但那張圖像仍然模糊不清。
當我打開房門時聽到一陣驚呼，大床上有兩個人影，那是蘇洛壓在戴爾身上。他們一絲不掛。

歡迎光臨愛貓社區

第九章　低俗恐怖

「天啊你們在幹嘛?!」我趕緊關上門。

「我……抱歉，我不知道你這麼早就回來了。」戴爾拉起棉被裹住自己。

「我們在幹嘛你看不出來？」蘇洛走進浴室把門甩上。

「戴爾？你們是什麼時候開始……」我不敢置信地看著他。一股怒意，甚至我羞於承認的殺意正逐漸湧現。

我為何會如此憤怒？這根本沒我的事，我不該感到憤怒才對。

「你的婚禮。」

「那天早上你在哭是因為……喔不……」我想起婚禮隔天早上走進客房時戴爾坐在床邊拭淚的樣子。

「我真的很抱歉，樹爾溫。」戴爾紅著臉說道，修剪完美的手指不自在地捏著棉被，我走向他坐上床沿。

「你不需要道歉，你沒做錯任何事啊。」我搓揉他的淺金色髮絲，手指停留在左眼眼角的傷口上，那是火焰裡的恐怖大臉唯一沒帶走的傷痕。

「那天晚上我很絕望，蘇洛剛好走了進來。」戴爾伸手覆上我的，他的肌膚被汗水浸溼，身上有股不屬於他的氣味。「這變成一個協議，每個月他來找我幾次，他說他同情我。」

「他同情你？」

「同情我像個自我沉溺無法走出過去的傻子。」

我好想吻他，但這時蘇洛走出來瞪著我們。

「我是在看《貧民窟的瑪麗亞》[55]嗎？真是的哈雷，老爺對你的情感你會不知道？你一定知道自己結婚只不過在逃避而已吧？」

「我沒有逃避任何事情！」我差點對他大吼。

「我剛才有聽見你們的談話，我補充一下好了，那天半夜我在派對玩累了就去幫老爺送茶水，那時他抓住我的手叫我『憐憫』他，接著就親上來。」蘇洛搔頭回憶那天發生的事情。「之後的細節就自行想像吧。」

「你愛他嗎？」我看著他希望得到正面回答，或許這會讓我不再那麼內疚。

「別鬧了哈雷，你知道我炮友不少，我可是男女通吃的性感拉丁帥哥。」

「噢該死！你對戴爾這樣亂來只是……」

「欸欸欸別講這麼難聽好不好！我又沒欺負他！別像個抓到老婆偷腥的傢伙！」蘇洛指著我，雙眼閃爍受傷的神色。「幹你媽格姆林不准放〈無心呢喃〉！」

「好咩……」格姆林識相地鑽回音響下面。

「你們別再吵了，我現在很累可以安靜點嗎？」戴爾終於從一臉哀戚的樣子恢復，咪咪跳上床窩在他的腿上。「要打架請到外面，我需要休息。」

[55]《貧民窟的瑪麗亞》（*Maria la del Barrio*）是一九九〇年代的墨西哥電視劇，在超過一百八十個國家播出過。

歡迎光臨愛貓社區

「老實說我們剛才只做到一半……」

「夠了蘇洛。」

「反正我已經去浴室解決了。」

「很好，你們就去大廳喝一杯或什麼的，等會再上來。」

「等等戴爾，剛才蘇洛的意思是你還沒……呃，你知道的。」我在心裡賞了自己一巴掌，我他媽到底在想什麼？我是思春期精蟲衝腦的屁孩嗎？

「那不是必要的，我只是想要有個人……就這樣而已，先讓我靜一靜，拜託。」戴爾的聲音帶有一絲鼻音，就算他裝哭我一樣會深感罪惡，我實在欠他太多。

「好啦好啦我們會去樓下！拜託別哭！」我連忙摟住他，他看著我緊張的樣子笑了出來，鼻尖輕觸我的臉頰。

「謝謝你。」他對我低語，我感到一陣燥熱。

我和蘇洛走進電梯，他翻攪口袋半天挖出查施特非然後扔給我一根。

「到外面？」我叼著菸問他。

「不然還有哪裡可抽？」

「戴爾他……他這樣快樂嗎？我是指你們之間的……」

「他嗎？十幹九不爽。我搞不懂老爺，我不知道他到底想要什麼，他通常都是面無表情看著我不知道在盤算什麼。」蘇洛洩氣地盯著電梯按鈕。「搞得像在上妓女，不，比妓女更糟。」

「欸。」

「抱歉，只是把感覺實話實說，但我沒瞧不起老爺的意思。他是我見過最勇敢最不顧一切的人，我很欣賞他，也心疼他對你的執著，而且我從來沒在做愛時有傷害他的意圖。」

「我以為他找到一個愛他的人。」我真是個懦夫。

「那從來就不是我而是你，你一直在逃避。」

「那會……毀掉我們。」

「時代已經不一樣了，哈雷，別再只想著自己，但你如果想要左擁右抱也沒差啦，開放式關係又不少見，尤其是在上流社會。」

「別鬧了珍妮會殺了我。等等，上流社會？」他那番話讓我想起我和戴爾在別墅地下室發現的信紙。上流社會總是充滿流於表面的承諾？開放式關係？欺騙？背叛？那件謀殺案是否有跡可循？

「對啊上流社會，你現在不也是？只是快掉出去了而已。話說回來你比較愛珍妮還是老爺？」

「噢拜託別現在拷問我！」

「開玩笑的，你們真的需要時間好好思考，總之別再讓老爺難過了。」

「我知道，蘇洛，我會試著彌補這一切。」我決定向戴爾坦承，如果他還願意接受我的話。

一陣寒意爬上背脊，電梯燈光突然閃爍起來。

渾身是血的男人站在我們面前咧嘴而笑。

我們尖叫著抱成一團。

那男人消失了。

電梯門應聲打開，一群全身粉紅的老太婆對我們直皺眉頭。

「媽的那什麼鬼東西？」蘇洛狼狽地癱在大廳沙發上，我則是全身顫抖不停喘氣，胃部翻騰感覺快要嘔吐。

「需要什麼嗎？」客服人員走了過來。

「菸灰缸。」

「室內禁止吸菸喔。」

「那就免了謝謝。」蘇洛害那酷小子白了我們一眼，接著擺動手指示意我走出大廳。

「為何我能看見那可怕的東西?!」我在停車場對他慘叫。說真的我嚇到快尿出來了！

「誰知道？除了阿福他們之外你之前看得見嗎？」

「當然看不見！但這次還有哈定和費艾加的鬼魂，為何我開始能看見他們？」

「通常跟我們有關的鬼魂比較容易看見，但剛才那又是什麼？」蘇洛惱怒地咬著香菸。「根本就像個他媽的惡靈！」

「得快點告訴戴爾！那東西搞不好會傷人！」

「啊！你們是上次那群人！」土耳其裔的停車場守衛指著我們大叫。

「喔嗨守衛先生！我們要閃了！」蘇洛連忙對他打聲招呼。

「要小心邪惡之眼啊！」他指指自己的眼睛然後指指我們。「那個金毛小子！」

「好啦好啦！」

🐾

（一九八二年十二月二十六日，凌晨，霍特伍德別墅）

玩具熊掉在地上沾染血跡，空氣中的火藥味逐漸被血腥味取代。

阿爾弗雷德衝向倒地的小少爺，絕望地緊抱嬌小身軀痛哭。

他得做點什麼，他必須堅守和翠西亞的承諾。

「幫助他成為堅強的人，成為他的雙翼。」翠西亞這樣告訴他，在他扣下扳機前。「我愛你，阿爾弗雷德。」

「我知道。」

他決定不先報警。

當我們衝回客房時差點穿過阿福，他無奈地看著我們。

「戴爾呢？飯店裡有個可怕的鬼魂！」我上接不接下氣地說。

「這裡還滿乾淨的啊，還有你怎麼看得到？」阿福露出狐疑的表情。

「我不知道！」媽呀阿福你就是鬼還敢說！

「冷靜點哈雷先生，你們發生了什麼事？」他隨即警覺地查看四周。「喵喵，你有感覺到什麼嗎？」他朝沙發那頭發問，喵喵從上面冒了出來。

「痛苦、悲傷和一絲幽默，真是詭異的組合。」牠舔著前腳回應道。

「怎麼了榭爾溫？你看起來嚇壞了。」戴爾才剛走出浴室，他又穿著那件該死的酒紅色睡袍，不過也隨即警覺地望著四周。

「有個恐怖的鬼魂出現在電梯裡！」我走向他，下意識環住他的腰。

「我感覺到了，他正在接近。」他在我頸邊說道。「但有種熟悉感，我似乎感覺過這個氣息。」

咪咪和格姆林似乎也感受到氣氛不對勁而緊張地四處張望。

「你認識那東西？」蘇洛驚訝地看著他。「他一頭黑髮滿臉是血，你見過這老兄？」不過蘇洛隨即雙眼大張全身僵直，因為這老兄現在就在他背後。

「別緊張，榭爾溫，穩住呼吸。」戴爾輕撫我的臉頰。

我無法移動分寸，嘴唇不住地顫抖，那個全身是血雙眼凹陷的男人正飄浮在我們面前，阿福和喵喵已經準備撲向他。

「你是愛琳的男友對吧？」戴爾走向他。

渾身是血的男人愣了一下便笑倒在地，當他抬頭時臉上已無血跡，是個留著細眉的清秀男性，雖然看起來有點油腔滑調就是了。

「我跟蹤了你們！你們救了愛琳和她父親！」他邊笑邊拭去眼角的淚水。「我很抱歉我什麼忙都幫不上！」

「呃……你不是死在世貿中心嗎？」我終於能移動身體。

「對，但我一直跟在她身邊，直到她搬去那個荒郊野外的社區，我進不去那裡。」黑髮男人高傲地看著我們。英挺，卻又帶點狡黠氣質，雙眼是夜晚般的深藍。「路易・拉森（Louis Larson），我是個消防員。」

「真是幸會，你來這裡的目的是？」戴爾對他露出禮貌微笑，阿福和喵喵嘆口氣飄回一旁。

「來向你們道謝順便嚇嚇你們，總得測試自己掛了以後有什麼新能力吧？」路易・拉森愉快地在我們之間飄來飄去。「已經兩年了，但目前為止除了穿牆外什麼鬼把戲都做不到，《第六感生死戀》（*Ghost*）根本騙人。」

「你有強烈執著才能維持人形，但恐怕就只是個普通鬼魂而已，頂多一陣子後能移動東西當頑皮鬼吧。」戴爾對他聳肩。「不過你相當優秀地隱藏氣息，我很少見到，直到你接近客房前我都感覺不到你的存在。」

「我不知道我有這種能力，但我一直想辦法待在愛琳附近，她被抓走時我快發瘋了。」

「你當時為何不現身？」

「我不想讓愛琳看到我，我希望她忘記我，外加我什麼事也不能做啊。」

「但你現在來了。」

「就是要來說聲謝謝啊，還有恐嚇你們一下別打愛琳歪腦筋。」

「你還真不希望她忘記你啊。」戴爾露出狡猾的笑容。

「呵呵，你應該不是她的菜，外加你不來這套吧？」路易・拉森也露出狡猾的笑容而且欠打百倍。「我看得出來。」

「人不可貌相，拉森先生。」

「還有你們兩個！你們兩個我比較擔心。」他指著我和蘇洛。「你們在愛琳旁邊根本一臉豬哥！」

「欸我很認真好不好！」蘇洛白了他一眼。

「別看我我棄權！」我舉起雙手投降。

「真不知現在是誰在演《貧民窟的瑪麗亞》？」阿福抱著喵喵坐在吊燈上對我們搖頭。

「通常你不會讓我開這台。」我在阿斯頓・馬丁駕駛座上說道。

「現在有機會了不是嗎？」戴爾窩在一旁懶洋洋地看著我。

「還舒服嗎？」

「你是指下午的事？」

「對，和蘇洛。」

「還不錯，說很糟未免太對不起他。」戴爾把我的外套蓋在身上，我瞥見他聞了那東西一下並露出好奇的表情。

「我換了古龍水。」我向他解釋。

「你不再用『沉迷』[56]了？我記得那是第一天走進寢室時聞到的味道。」

「我好像已經快到不適合那味道的年紀了。」

「那讓你很性感。」

「別這樣說，戴爾，我會害羞。」我捏緊方向盤想著穿比基尼的格姆林之類的東西轉移注意力。

「說到氣味，你聞過這股味道嗎？」戴爾從公事包拿出一個夾鏈袋，裡面裝著我們在別墅地下室發現的信紙，把它湊向我的鼻子搧了幾下。

---

56 「沉迷」（Obsession）是CK在一九八六年推出的木質調男性香水。

「很微弱的香氣。」我總覺得在哪聞過。

「是啊，而且還在抽屜裡放這麼多年。」

「有股香料味。我不太會形容，會聯想到國家地理頻道裡的東方寺廟。」

「我也這麼覺得。」戴爾把信紙放回夾鏈袋便轉頭看著窗外發呆。

「有沒有可能是紙本身的味道？造紙材料會不會影響紙的氣味？」

「有可能，可惜我不是專家。」

不過對我來說戴爾已經是本百科全書了，外加大概是因為家裡一堆老書使然，他大學時還跑去普林斯頓修習一位研究書本的教授的課[57]，實在想不透我們事情那麼多他竟然還有時間跑去那裡。

「我認識一個人專門分析纖維紙張之類的東西，或許她可以幫上忙。」我想起一位前女友，不知道她是否還在自然史博物館[58]工作。

「你是說那位博物館員嗎？」

「對，大一交的女友。」

「我想起來了，你會把她帶回寢室。」

「是的，然後再把你趕出去不過都沒成功。」

「我們能現在找她嗎？」

57 這位教授其實真有其人，是美國書籍史家羅伯・丹屯（Robert Darnton，1939-）。

58 此指位於紐約的自然史博物館（American Museum of Natural History），自然史博物館同時也是小說《博物館驚魂夜》（*The Night at the Museum*，1993）的取材與改編電影拍攝地點。

「我打通電話看看。」我把車停在快餐店門口。「先下來吧，我們連晚餐都還沒吃。」我幫他把車門打開，打雜小弟看了車子一眼不禁搖頭。

「我想我需要聘請一位新司機。」戴爾對我耳語。「還有新管家，總該讓阿福退休了。」

「噢……這代表我有新工作了嗎？」我厚顏無恥地啄了他臉頰一下。

「如果你願意，不過阿福會負責指導新員工喔。」

「你臉紅了。」

「不知道是誰造成的。」

我啃著三明治一邊翻閱筆記本尋找那支電話號碼，戴爾坐在對面吃他的薯條，我的眼角餘光注意到吧檯有坨紫色不明物體在偷吃東西。

「那個……戴爾……有鬼。」

「沒什麼危害不用擔心。」他慢條斯理把最後一根薯條塞進嘴裡。「倒是你能主動看見鬼魂還比較稀奇，該不會是你和那張大臉交換條件的後遺症吧？」

「很有可能。」

「我真的很抱歉，榭爾溫。」

「不，能和你有相同經驗我真的很高興，我終於知道從你眼中看出去的世界是什麼模樣。」

「那你回我家鐵定會嚇死，那裡很多動物幽靈。」

「真假？」

「我父親生前喜歡打獵，莊園裡充滿他的『戰利品』，不過那些動物都滿友善的。小時候我總和牠們玩在一起，我父母以為我瘋了所以才把阿福找來。」

「原來阿福是因為這個緣故才到你家工作？我以前從不知道。」

「是啊，他們擔心我病了，但看了一堆醫生都無法解釋，最後才找到阿福這位有通靈能力的退伍軍人。」戴爾愉快地說著他的故事一邊瞄著我的香草冰淇淋，我把玻璃碗推給他並得到感激的微笑，筆記本終於出現一組熟悉的名字與電話，我撥了那串號碼希望能得到回應。

「誰？」手機傳來不耐煩的女聲。

「大帥哥哈雷。」

「噁心死了你要幹嘛？」

「有事相求。」

「要約會請找別人。」

「是正經事，親愛的，和纖維有關。」

「真假？失業籃球員何時變纖維大師了？」

「我想請妳幫忙分析一張紙的來歷，妳有時間嗎？」我努力回憶她的樣貌但似乎有點困難，我可能交過太多女友了。

「唉，凌晨一點，到後門等我。」

「太好了！真是感謝妳！」

「那就掰啦我很忙晚點見！」她果然像那些展品一樣千古不變。

「如何？」戴爾舔舔嘴唇看著我。

「凌晨一點在博物館後門。」我把最後一口三明治吞下去。

「今天在亨普斯特德拖拉太久，我們只剩兩小時左右。」戴爾拿出信用卡交給我。「至於我的提議你覺得如何？」

「非得身兼司機嗎？蘇洛難道不能……」

「蘇洛有事在身無法繼續待我家，其實是我辭退他的。」

「他是不是又回去販毒了？」我感到一陣焦慮。

「別的事情，最好別多問。」他聳了聳肩。「對了，槍還在你身上嗎？」

「有兩把，一把是你的。」我謹慎地把手槍掏出口袋還他。「怎麼突然問起槍的事情？」

「剛好想到，或許等會兒用得著。」

「啥？」我差點叫出來。那隻剛才在快餐店大吃大喝的紫色史萊姆幽靈從窗戶裡飄出來對我們傻笑。「幹嘛啦！」我緊張地看著他……她……還是牠？

「唉呀你竟然看見我了？」幽靈歪頭笑著，聽起來是男的但我不敢確定。

「怎麼了？你也感覺到不對勁嗎？」戴爾禮貌地對他打聲招呼。

「女爵的人馬在餐廳後門，小心點別變得像我一樣。」幽靈頭也不回地開溜。

「他似乎是幾十年前死於黑幫之手的人，以前我們來吃飯時就時常看到他。」戴爾對我說。

「女爵？她為何會出現在這？這是你要拿槍的原因嗎？」我開始擔心自己的未來了，希望不是變成消波塊。

「她應該是為了那兩個警察的事情而來。」

「呃，他們該不會跟那老太婆有關吧……」女爵是老牌紐約黑幫幫主，一個脾氣火爆的義大利老太婆，更糟的是這老太婆就是蘇洛原本的老闆，這下事情大條了。

「在你養傷期間我遇上點事情所以又跟洛文警官有些往來，最近才發現洛文那兩隻菜鳥竟是黑幫混進來的，那兩個傢伙有次還想……」

「他們想侵犯你。」我把之前在燈塔聽見的聲音覆述一遍。「所以你當時在燈塔就順便殺了他們……幹的好。」

「你怎麼知道？」戴爾驚訝地看著我。

「你的聲音。燈塔的事情發生後，我偶爾能聽見你心裡的想法。」

「看來你不只變成通靈者還能讀心，實在太不可思議了，簡直令人忌妒。」戴爾故作輕鬆地說，雖然我覺得他心裡挺受傷的。

「如果被我說出來讓你很難受的話我非常抱歉。」我搓揉他的肩膀。

「不，只是嚇了一跳而已。」戴爾笑著輕撫我的手但隨即將我推開，手槍傳來子彈上膛的聲音。「他們來了。」

我拔出手槍對準街角竄出的黑影，不過他們人數太多，我們只能選擇把槍放下，一個稱不上優雅的黑衣老女人走了出來。

「我那兩個小賤人呢？」女爵吩咐手下把我們搜身一遍。

「死了。」戴爾對她露出戲謔的笑容。

「爽嗎？消滅垃圾感覺如何？」

「不錯，但過程太短來不及細細品味。」戴爾看起來有點可怕，不，不是有點是超級可怕。

「看來華爾街的巫師也有成為我們同道中人的潛力啊。」女爵輕拍他的臉頰然後打量我一番。「嘖嘖，榭爾溫・哈雷，你害我們輸了一筆錢，不過這不重要，你竟然在跟霍特伍德家的小子廝混？」

「別跟我說你們涉入非法賭博……」說真的要不是他們是黑幫我一定當場斃了他們，這群混蛋竟敢伸出髒手染指體育活動！

「有何不可？別那麼天真啊大男孩，只是沒想到你會被人打成殘廢。」女爵對我攤手。「你朋友為了這件事像菲利浦・馬羅（Philip Marlowe）[59]一樣到處尋找線索，快感謝他吧。」她指了指戴爾。

「戴爾？你和警方往來該不會……」

「唉是的，我本來不想告訴你。」

「我真的欠你太多了。」我又一次聽見戴爾的聲音在腦內響起，告訴我這說來話長需要時間解釋。

「今天來找你們只是要確認人是霍特伍德殺的。這樣也好，反正那兩個垃圾成事不足敗事有餘而且還加入什麼邪教團體，你不殺我都想動手了，我可是個虔誠的女人啊。」女爵亮出脖子上的十字架項鍊。

真他媽虔誠，馬龍・白蘭度果然不是演假的。我在心裡嘀咕。

「還有什麼事嗎？不然堵著我們似乎不太體面。」戴爾看著那堆虎背熊腰的男人問道。我強烈懷疑依戴爾的能耐他可以在手無寸鐵的情況下逃出生天，但我就鐵定不行了。

「沒，我們也只是剛好在附近，快餐店小弟通風報信說你們人在這兒。」女爵讓手下把槍還給我們，當然，清空彈匣的，真是有夠卑鄙。「對了，蘇洛最近還好吧？」她突然想起什麼似地

[59] 推理小說家錢德勒筆下的偵探。

翹起眉毛。

「不在我家做事了，另謀高就。」

「叫那小鬼管好脾氣別到處惹麻煩。」女爵露出令人意外的溫暖笑容，彷彿蘇洛是親生兒子一樣。「那孩子不適合幫派，他第一天到我這我就這麼覺得。你們走吧，祝你們神祕的事業飛黃騰達。」

「感謝您的大恩大德。」戴爾終於收起頑劣笑容，禮貌地親吻女爵伸出的右手向她送別。坐進車子後我馬上抱住戴爾吻了一陣。

「你快嚇死了？」戴爾在我的唇邊喘息。

「嚇到快尿褲子！」我轉往他陶瓷娃娃般的頸子輕咬。

「榭爾溫……我們還在女爵的地盤上……」

「我知道，而且還要趕去博物館。」我放開他，仍不住地撫著他發紅的臉頰和濕潤的雙唇。

「我答應成為你的管家，你的司機，什麼都行！我愛你，戴爾！」

「我也是。」他看起來快哭了。

（一九七九年一月，道蘭—霍特伍德企業大樓）

大財團的派對果然不是蓋的，外燴公司侍應生阿爾弗雷德・希金斯這麼想。從越南回來後他根本是過街老鼠，人們並不喜歡活生生的浴血英雄，這幾年他活得宛如行屍走肉，就連熱心助人還會被顧客嫌棄半天，他想起之前和老相好聊天時的場景。

「連死人都受不了你啊，阿爾弗雷德。」老相好嘲諷道。

「不，那是戰死士兵的家人請我開降靈法會又嫌棄我是軍人，荒唐至極。」阿爾弗雷德瞪視桌上的咖啡抱怨著。

派對中有個小男孩被母親抱在身上，看起來似乎都出生高貴，阿爾弗雷德花了幾秒才想起他們就是董事長夫人和她據說罹患精神病的公子。然而，阿爾弗雷德馬上發覺小男孩肩上趴了隻半透明的黑色大貓，而他正在逗弄那隻貓咪。

「別再跟空氣講話了，戴爾。」翠西亞憂心地看著兒子。

「那是喵喵才不是空氣。」戴爾嘟嘴反駁她。

「你看得見我？」大黑貓轉頭對阿爾弗雷德露出微笑，他聽見貓的笑聲在腦海中迴盪。

那是個女人的聲音。

我們終於抵達自然史博物館，倉庫守衛亭有位穿實驗袍的女士正拖著腮幫子發呆。

「謝天謝地我還以為你在跟我鬧著玩。」寶玲・考夫曼（Pauline Kaufmann）走出守衛亭看著我。「你不是離婚又破產嗎？怎麼還有錢開名車？」

「那是因為……」

「好久不見啊寶玲。」戴爾湊過來對她揮手。

「你室友？你們還在一起鬼混？」寶玲瞪大眼睛。

「說來話長，我們能切入正題嗎？」

「好吧榭爾溫，快告訴我纖維的事情，我可沒興趣窺探別人隱私。」寶玲揮手請警衛把柵欄升起。

經過大廳那隻暴龍骨架（上面吊了一打半透明小猴子，真他媽可愛），寶玲拿出鑰匙打開辦公室大門。

「先說好分析不像電影裡演得那麼神速，外加我最近很忙所以可能會拖更久。」她接過戴爾的夾鏈袋。「話說你脖子是怎麼回事，漂亮臉蛋？」她指指掛在牆上的鏡子。

「什麼？」戴爾望向鏡子，隨即瞪了我一眼。

「只是輕輕咬一下……」

「你那一下還真大力。」

「夠了你們兩個。」寶玲搖了搖頭。「聞起來有股焚香的味道，你們在哪發現它？」她戴上手套取出信紙。

「呃……你要解釋嗎戴爾？」

「我家別墅的地下室，它被藏在抽屜裡，我想知道這張紙的來歷。」

「我儘量，你們兩隻愛情鳥幾天後再來好嗎？」

「什麼鳥？」

「當我沒說。」

「妳可以剪下一小角，我們還會用上它。」戴爾看著滿桌儀器說道。

「太好了，我需要分析這股味道的來源和造紙原料。」寶玲為它拍了張照片並小心地用刀片從角落割下一塊。「雖然博物館值得駐足參觀，但你們待太久等會兒館長走過來會抓狂，快走吧。」

戴爾回到車上後撲向我的脖子狠咬一口，這讓我嚇了好大一跳還差點把鑰匙弄斷。

「哇靠你幹什麼！」

「公平起見，誰叫你要咬我。」戴爾露出頑皮的笑容。

「對不起嘛！」

「回莊園去吧，蘇洛應該已經把行李和咪咪他們載回家了。」他輕拍我的臉頰。

「對了……關於你父母，你對他們了解如何？」我覺得自己問了個蠢問題。

「印象不深，他們總是很忙。」他緩緩開口。「和他們最親暱時是他們死亡那天。我們很少有機會聚在一起，結果卻成了最後一次。」

「……我很遺憾。」

「雖然小時候偶爾會在夜裡聽見他們吵架，但隔天他們又像兩尊漂亮的陶瓷玩偶上演童話故事裡的快樂夫婦。」

「他們感情不好嗎？」

「他們從小就被湊成一對，我想那種婚姻不會太快樂。」

「那封信……也許那封信說明了你父母其中一方和別人有過……」

「老實說我並不驚訝，但我想知道那是從哪來的。」

「我也很好奇那封信的來歷，或許和那起謀殺案有所關聯。」

「我也開始懷疑這封信和謀殺案的關係，但線索仍然太過破碎。」戴爾揉著太陽穴倒回座椅。「要是那段消失的記憶能找回來就好了，那一定非常關鍵，但我不管怎麼想都想不起來。」

「恐怕需要心理醫生或催眠師，或是經驗更老到的靈媒？」

「我有嘗試幾次都沒成功，我連父母的鬼魂都找不著。」

「那藥物呢？」我想起蘇洛以前帶來的那堆夢幻逸品，但這比找靈媒還荒謬而且絕對會被阿福罵死。

「別鬧了榭爾溫，用藥物達到出神狀態容易產生幻覺，那反而徒增困擾。」

「你試過嗎？」聽來荒謬但我總覺得不無可能。

「你還記得那次阿福對你說了什麼吧。」

「『再搞一次就別想活著回學校』？唉，我當然記得。」

那是大三時的事情，嚇到我不敢隨便亂來。那天我剛好又到霍特伍德莊園作客，蘇洛帶了好料回來和我分享，結果我白目到慫恿戴爾加入。想當然爾，阿福就把我們狠狠訓一頓，但最倒楣的是戴爾，阿福竟然莫名暴怒打了他一巴掌，這讓我和蘇洛直接從嗨茫狀態嚇醒，到今天我還是對這件事感到萬分抱歉。

「阿福事後告訴我通靈者如果接觸精神性藥物會大幅增強感知，沒控制好會有發瘋的危險，他年輕時遇過幾個不幸案例。」

「所以他才那麼生氣？但蘇洛呢？他不也是通靈者？」

「他可能已經習慣了所以沒差，但那時我的力量還不受控，那樣做很危險。」戴爾抿著嘴唇說。

「雖然阿福當時對你們發怒的主要原因滿蠢的。」

「我知道，他以為我們想迷姦你。」我不禁翻了個白眼。呃，好吧，被不知情的人撞見還滿像的。我們三人窩在地上，戴爾整個人仰躺在我懷裡，蘇洛拿著煙捲在他嘴邊蹭著，我們都一臉

歡迎光臨愛貓社區

幸災樂禍看著他迷茫的表情，難怪阿福會想把我們給宰了。「那現在呢？他……已經死了，或許這是個機會。尋求所有可能？不是嗎？」我想起洛文那番說詞。

「我還是不敢貿然嘗試，況且哪裡有藥可嗑？」

「問問蘇洛。」

「別跟我說你癮頭又犯了，榭爾溫。」

「只是靈光乍現而已，我已經戒掉很久了。」

「希望，不然那個禁藥事件會讓你看起來像自找的。」

「我發誓我什麼都沒幹！求你相信我！」我感到一陣焦慮。

「我當然相信你，我甚至懷疑事有蹊俏。」

「但我不想再管那些事情了，忘掉它們吧，戴爾。」我希望能就此埋葬那段過去，即使內心深處仍渴望有東山再起的一天。

「我儘量。不過……至於你的提議，我倒能考慮一下。」他若有所思地看著我。

蘇洛已經穿換上睡衣在客廳看電視，他對我們打了聲招呼，我看見一隻半透明鴨子在電視機旁大搖大擺扭著屁股。

「終於，還以為哈雷迷路了。」他一臉戲謔地看著我們，隨即注意到戴爾的脖子。「還是你們跑去幹了什麼好事？」

「我們去了趟自然史博物館。」我白他一眼。

「真是個約會好地點。」

「別鬧了，我們可是去辦正事。」

「但老爺家的事情又和博物館有什麼關係？」

「找人幫忙而已，而且半路還遇到你恐怖的前任老闆。」

「靠！女爵嗎？」

「對啊，她老人家很關心你的說。」我故意模仿那個老太婆的口音。

「哈哈很好笑。」蘇洛巴了我肩膀一下。「喜歡這座動物園嗎？你總該看見這堆動物了吧？」

「你是指那隻半透明鴨子嗎？」

「對啊，林子裡還有熊和老虎幽靈喔。」

「聽起來真像吉卜林[60]的小說。」

「牠是少數會跑進家裡的禽鳥。」戴爾蹲下身搓揉鴨子鬼的墨綠色腦袋。「野生動物不常進入大宅，但這傢伙不知為何整天都窩在這，尤其是浴室。」

「我之後該留意牠嗎？」那隻鴨子現在跑到我的腳邊咬著褲管不放。真是的，明明這麼多年來牠們都不曾騷擾我，還是我都沒感覺而已？

「你要當管家了喔？」蘇洛看起來非常幸災樂禍。

「連試用期都還不算，但我相信他能過關。」戴爾愉快地倚在我身旁。「對了蘇洛，你那些迷幻藥還帶在身上嗎？」

「怎麼突然提起這個？」蘇洛驚訝地看著他。

[60] 吉卜林（Rudyard Kipling，1865-1936）是《叢林奇譚》（*The Jungle Book*，1894）的作者，一九六七年被迪士尼改編為動畫電影。

「對於揭開我父母的死亡之謎，榭爾溫有個提議，也就是在我冥想時使用那些藥物。」

「別鬧了我會被希金斯幹掉！」

「話說他人呢？」

「在溫室整理蘭花，今晚不回來了。」

「我母親的最愛。」戴爾向我解釋道。我只知道那是格姆林睡覺的地方，沒想到他母親喜愛的植物至今仍在那裡生長。

「阿福真是個念舊的人。」

「只有跟我父母有關的事情而已。」

「或者該說是個忠心的僕人？」蘇洛莞爾一笑。

「或是過於在乎主人的僕人？」戴爾瞄了窗外一眼。「總之蘇洛如果身上帶著那些藥的話就來試試吧，我應該已經能承受它們帶來的副作用。」

「我身上是有些大麻菸啦……」蘇洛翻攪行李箱。「就這些而已，已經很少抽了。」他拿起一根點燃。

「我突然想到一件事，如果通靈者會被藥物嚴重影響，那我現在會不會起很大的反應？」天啊！我怎麼會蠢到沒先考慮這件事！

「安啦沒希金斯講得那麼誇張！你看我都抽幾年了！」蘇洛吸了一口說道。

戴爾猶豫一下，最後決定拿起蘇洛手上那根菸，瞇起眼感受煙霧灌入喉管。

「感覺就像在集體犯罪。」他吐出一團煙霧後把菸遞給我。

「但願我不會太懷念這滋味。」

（一九八二年十二月二十五日，深夜，霍特伍德別墅）

「你知道我這時喚你來的原因吧？」馬修對走進主臥室的阿爾弗雷德問道，翠西亞摀臉坐在床邊。

然而在哭泣的卻是馬修。

「你該不會……」阿爾弗雷德早已預見這種結果，但沒料到會這麼快。

「我多麼信任你你竟然這樣對我！」馬修破口大罵，淚水不斷從臉頰滾落。「我要你受苦！骯髒的叛徒！」

「這都是我的錯，殺了我也行。」阿爾弗雷德張開雙臂，他願意接受任何結果，只要翠西亞和小少爺不受到任何傷害。

「你在說什麼？」翠西亞快尖叫了。

「不不不，你們不懂我的意思。」馬修冷冷一笑。

「你想做什麼？」阿爾弗雷德警覺地看著他。

馬修從口袋拔出手槍。

「看著她！看著她死！這是你應得的懲罰！」馬修把槍管對準翠西亞讓她發出駭人哀號，卻在極度恐懼下無法擠出尖叫。

「你瘋了嗎？」他抓住馬修的手，一發子彈擊中窗戶。「放下它！你會傷害無辜的人！」

「無辜？那個賤女人會先死再來是你！」馬修用手肘拐他一記，阿爾弗雷德慘叫一聲後再度撲上試圖奪槍，但一道濕潤的巨響讓他的心跳幾乎停止。

鮮血和說不出名字的東西噴上牆壁，馬修倒了下去。

「馬修！」他只能眼睜睜看著主人仰躺血泊中。

「別碰他！」翠西亞突然跳了起來。「別沾到血！你有沾到嗎？」

「為何這麼問？」不祥的預感爬上心頭。

「他……死了？」翠西亞聽起來像一縷哀戚的幽魂。

「恐怕是的，頭部被擊中……我真的……真的非常抱歉……我只是想救妳……」

「你必須隱藏真相。」翠西亞若有所思地望著丈夫的屍體。

「不！我是殺人兇手！我應該殺了自己！」

「殺了我，報警說是搶匪入侵，他們不需要太多證人。」

「什麼？」

「你得這麼做。我已經沒有活下去的理由，馬修不該因我而死，你也一樣。」

「妳在說什麼？」阿爾弗雷德擔心連夫人也發瘋了。「翠西亞，妳瘋了不成？」

「我好的很，我愛你們，但我已經失去活著的意義。」翠西亞走向他。「是我害了馬修。」

「不不不，翠西亞，別這樣子……」他揮舞著兇槍哀號。

「你必須活著，只有你才能引導戴爾，他仍需要幫助。」

「不！求求妳！翠西亞！不要這樣！」

「幫助他成為堅強的人，成為他的雙翼。」翠西亞看著他。「我愛你，阿爾弗雷德。」

阿爾弗雷德絕望地望著這一切，接著舉起槍管。

他最初是為了誰才踏進深若汪洋的豪門？

「我知道。」他扣下扳機。

我站在大理石地板上，四周燈光昏黃，戴爾在我身旁看著滿牆保險箱發愣。

「這是……這就是你冥想時的內心狀態？」我快要驚訝地說不出話。「還有你是怎麼把我弄進你腦袋的？」天啊，上預備學校的有錢少爺果然都還在學古典文學然後把記憶宮[61]那種希臘羅馬的老古董拿來用嗎？我真看不出來！

「我已經好一陣子沒到這兒了。」戴爾皺眉看著四周。「我們不是正在抽菸而我在冥想嗎？蘇洛呢？他跑哪去了？」

「沒跟著一起進來或迷路了？」這地方超大，搞不好他真的迷路了。

「我平常冥想時櫃子不會這麼清晰，現在根本摸得到它們。」戴爾示意我拉開面前一格刻了「狂歡」字樣的保險箱，金屬門竟然輕易就被我打開。

一堆影像噴了出來，看起來像我們大學時的某場派對。

「靠……那根菸未免威力太強。」我真擔心自己瘋了。

「阿福向來用保險箱的比喻教我想像記憶宮，甚至比後來在預備學校教的還有用。」戴爾看

61 記憶宮（memory palace）是種記憶術，在古希臘時代的修辭學訓練中已被使用，用視覺化的方式組織資訊以便隨時喚起，例如想像一個空間或是清單放置想記得的資訊。

著我喝醉的影像不禁搖頭。「啊，你看這是宅詹。」

「他看起來比現在還不宅，真神奇。」

「然後你看看你，醉成這樣，嘖嘖。」戴爾指著我在一旁晃來晃去的樣子。

「好了別看了……噁，至少我現在知道我在派對上就被畫了一堆屌。不過……保險箱的比喻？這有沒有可能意味著有些記憶被你自己或外力鎖住呢？」

「我會試圖封鎖一些記憶，那種感覺就像你隱約想得起卻又看不清楚，除非必要時才會解鎖。」戴爾走向刻了「告白」的櫃子將它打開。

「那個該不會是……噢……拜託別把那段放出來……」我終於看到自己拒絕戴爾時的嘴臉。

「我平常都把這段鎖住，但不是完全遺忘，總會讓心頭隱隱作痛以資紀念。」

「我很抱歉。」

「沒關係。」戴爾笑著把門關上。「那個，我一直打不開那道門。」他拉著我的手走向大理石地板的盡頭，那裡有個鑲在牆上的巨大保險箱。

上面沒有任何文字。

「為何打不開？」我好奇地望著那扇黑色鑄鐵大門。

「代表有段我完全想不起來的記憶。」戴爾嘆了口氣。「我在進行記憶宮訓練時就發現它了，大概是你所謂的外力影響。」

「還是說這就是你當時因為經歷崩潰而失去的記憶？」我走向前用力拉著保險箱把手但徒勞無功。

「我試過了，那沒有用。」戴爾坐在地上看著我滿頭大汗又拉又踹地對付那扇大鐵門。

「總有辦法吧！畢竟這是你的記憶！」我懊惱地蹲下來尋找任何像密碼鎖的東西，但所有保險箱裡唯獨這個黑色大傢伙沒有任何門鎖，而且無論如何就是弄不開。「這鬼東西總不會要用聲控開關吧！」

「我腦袋可沒那麼先進。」戴爾自嘲道。

「總是不無可能吧！」我對保險箱大吼。「欸！塵封的記憶！失憶！忘記！凶殺案！霍特伍德夫婦凶殺案！霍特伍德別墅！噢……該死吃我雞巴毛啦！」我又踹它一腳。

「好了榭爾溫別吼了，我們應該思考如何離開這裡繼續尋找摸得到的線索，而不是對著保險箱鬼吼，你吼到我都開始頭痛了。」戴爾焦躁地看我一眼。「你現在做的事我以前也做過，就算在記憶宮裡弄傷手腳那扇門也不會打開。我本來只是想帶你和蘇洛看看這裡的情況，但顯然毫無幫助，我真是大錯特錯。」

「別沮喪了，總會有辦法，你一向對自己很有自信不是嗎？」我把他摟進懷中吻著。「但如果不是密碼也不是指紋辨識，那不就剩下聲音嗎？而且這裡看起來也沒那種會掃描眼珠之類的雷射光，那些門的開闔總有機制吧。你的心靈一定為它製造了什麼機關，只是你想不起來。」

「當我想尋找某段記憶時會默想儲藏那段記憶的保險箱文字，但偏偏這個保險箱門上就是沒有文字註記。」

「假設裡面真藏了你目擊謀殺案的記憶，那會不會和那起案子裡的物件有關，畢竟當時你看到了什麼……對了！那個！」我猛然想起飛機上的惡夢、戴爾在別墅地下室昏倒時看到的影象，還有伊本以舍的證詞，它們都有一個相同的東西！「你還記得你在別墅地下室昏過去時看到的那個殺手嗎？他穿了什麼衣服？」

「嗯……藍色襯衫？」戴爾不解地看著我。

巨大鑄鐵門噴出灰塵並緩緩打開。

蘇洛在亂成一團的記憶中沒命奔跑，彷彿一秒內吸收榭爾溫．哈雷近三十年的人生精華（不幸附贈一堆瘋狂性幻想），他邊跑邊咒罵又嗑藥又大開濫交派對的該死運動員。

「你們到底跑到哪去了？啊啊啊噁心死了！」他跌跌撞撞把那堆裝滿記憶的大泡泡推開，最後還是不幸跌進一顆顏色黯淡的泡泡中。「哇靠別再來了——」

他摔進一間病房，裡面有張嬰兒床、一盞蒼白日光燈和幾個看不見容貌的人圍繞在旁。床前的黑色身影正念念有詞，嬰兒床發出白光吞噬一切。

「對不起，我的帝亞哥。」

那是蘇洛並不熟練的葡萄牙語卻格外熟悉，他想不起在哪聽過這個聲音，然而雙眼所見隨即被刺眼光芒佔據。

我滿身大汗醒了過來，旁邊躺著戴爾和蘇洛，他們也如惡夢驚醒般滿臉駭然。

「真是的，你們這群小笨蛋就不怕出亂子嗎？」喵喵不快地瞪著我們。

第十章　Non Volerli Vittime

「你進入戴爾的腦袋，然後蘇洛又進入你的腦袋。」喵喵搔著耳朵說道。「老天，你們簡直譬喻上來了場三人行。」

「拜託別說我都快吐了。」蘇洛把差點燒到地毯的菸掐熄。

「你還好嗎？」我輕拍戴爾的臉頰。

「還活著。」他眨了眨眼。「你也看到了吧？剛才那些東西？」

「對，但那又把謎團帶向更難解的方向……」那道門打開後並無影像浮現，保險箱裡只有一件染血藍色襯衫和一張貌似與別墅地下室那座梳妝台裡一樣的信紙，不過是空白的。「還有一道聲音。」我想起那些東西出現時，有道人聲在我耳邊迴盪。

「『我知道。』是這句對吧？用氣音說的？」他轉而不安地看著我。

「對。」

「話說你們到底發生了什麼事？」蘇洛瞪著我們發愣。「還有哈雷你腦袋裡裝那什麼猥瑣東西？」

「你剛才看到什麼？」喔不，蘇洛跑進我腦袋時到底看到什麼啦？

「一堆亂七八糟的幻想，比方說你想在大宅裡所有家具上面上老爺一遍。」

「拜託別說出來！」

歡迎光臨愛貓社區

「原來你這麼愛我。」

「戴爾你也是……」很好，我的紳士形象全毀了。

「你們還是去休息好了，畢竟也累了好幾天身上又都是傷口，被阿福發現會完蛋喔。」喵喵不置可否地望著我們。

「榭爾溫，可以抱我回房間嗎？」戴爾坐在地上看著我。

「你這是在撒嬌嗎？」

「不然我叫蘇洛幫忙。」

「好啦好啦。」我只好把他拎起來。

「保險套在床邊櫃第一格抽屜。」蘇洛幸災樂禍地對我說。

「閉嘴！」

當然，我腦袋裡的確想著這件事，但梳洗完畢我和戴爾就直接癱在床上了，醒來時太陽正緩緩升起。

「榭爾溫？」戴爾瞇眼看著趴在他身上的我。

「喔嗨……早安。」我在他額頭上親了一下。

「我們很少一起起床。」

「是啊，不是我一早去練球不然就是你徹夜未歸。」

「說得我像什麼夜行動物一樣。」他半躺在枕頭上看著我，我吞了口口水湊向他，雙手摸索起睡衣鈕扣想要解開它們。「對了，昨天我因為太累少講一個東西。除了聲音外，你那時有聞到一股味道嗎？」他止住我不安分的手指。

「味道？經你一說我有點印象。跟那張信紙類似，就是寶玲說的焚香味吧？等等，我想起來了，那味道在我祖母的香水裡也有！」我想起祖母生前總是散發一股類似的氣味，某天在機場免稅店才知道那是款叫「一千零一夜」[62]的法國香水。

「我猜那是乳香沒藥之類的味道，經常出現在香水原料裡，但為何會出現在信紙上？」戴爾皺起眉頭喃喃自語。

「曾有香水沾在信紙上？甚至浸泡過香水？」我不禁伸手想撫平那些皺紋。

「這倒可提醒你前女友在分析時考慮這個可能性。」戴爾輕戳我的臉頰，隨即看著我的胯下笑出來。「沒阿福在場就不會把你的晨勃嚇到軟掉嗎？」

「你也不相上下喔。」我也笑著把他推回床單上熱吻，但偏偏就在我終於摸到他的內褲時，有人朝門板用力敲了幾下。

「早餐外送！」蘇洛沒好氣地闖進來。

「喔幹你是在戴爾房間裡裝監視器不成？」該死！蘇洛一定擁有打斷別人親熱的超能力！

「順便而已，不吃拉倒。」他把早餐擺在窗邊。「哎呀，該不會是打斷你們的好事才這麼生氣？」

「我們在幹嘛你看不出來？」我用棉被裹住戴爾。

「竟然用我說過的話嗆我。」他遞給我一個馬克杯。「拿去，你總知道老爺喜歡吃什麼，自己幫他弄，管家先生。」

62 「一千零一夜」（Shalimar）是嬌蘭（Guerlain）在一九二一年推出的女用香水。

歡迎光臨愛貓社區

「你們怎麼一早就這麼有精神？」戴爾從棉被裡鑽出來。「一起吃吧，蘇洛，我們三人竟然會一起吃早餐，這還真特別。」

「是啊，希金斯通常一早就把我挖起來做苦工了。」

我們三人就這樣窩在床上吃早餐直到那隻半透明鴨子跑進來搗亂，牠顯然會試圖闖入大宅裡的所有衛浴設備。接著是動物本能不幸戰勝理智這檔老戲碼，吃完早餐我們還是轟轟烈烈幹上場，連蘇洛都加入了，幸好阿福還沒回來不然他鐵定會氣到再死一遍。對不起了喵喵，這已經不是譬喻上而是實際上的三人行。事實上我並不介意蘇洛和戴爾的關係，我甚至沒資格批評，畢竟情感事業像沼澤一樣軟爛的人是我，我甚至要向戴爾和珍妮好好道歉才對。但承諾呢？我仍想把承諾給予戴爾，我不能再繼續這樣下去。或者他也不在乎承諾？該死！我到底在想什麼？

「搞得像在打分手炮。」蘇洛拎起剩下的培根塞進嘴裡。「不過也是啦，我想認真追一個女人，你們就好好照顧彼此吧。」

「你終於有這個念頭了？」戴爾嘲諷地看著他，手指仍在我的胯下摩娑。

「我……我其實很傳統。老婆、小孩、一個安全的家，親眼看我的孩子活著從高中畢業。」蘇洛有些怯弱地回應他。「我很抱歉，老爺。」

「你不需要道歉，你對我的付出我完全無法等值回報。該道歉的人是我，我把我們的關係變得這麼複雜……是我搞砸了一切。」戴爾看了我又看他一眼。

「別這麼說，戴爾，你沒有做錯任何事。」我抓住他的手吻著。「我愛你。」

「我愛你……」他看著我覆述那三個字，淚水在眼眶匯聚。

「嘿！別哭啦！」我連忙把他拉進懷裡摟著。

「我真的很高興！我從來沒這麼高興！」戴爾蹭著我的臉頰嚷嚷。

「噢……真是可喜可賀，不過我也該離開了，有事在身無法久留，下次要開道歉大會請選我有空的時間。」蘇洛爬下床撿起衣服。

「話說你最近到底在幹嘛？一副神祕兮兮的樣子。」我好奇地看著他。

「頗麻煩的事。你最好照顧好老爺，不然會被阿福鬼壓床喔。」

「好啦，但……」

「哈雷聽好，我不能告訴你們，但不是壞事就對了，有空再見！」他匆匆走出臥房。

「就聽他的吧。」戴爾撫著我的臉頰說道。

「我很擔心他，畢竟蘇洛到你家之前的經歷是……」

「希望那反而成為他的保護傘。如果是與黑幫對抗，我想他沒什麼理由這麼做，他搞不好已經被警方吸收了。」

「線民？你是指這個意思嗎？」

「很有可能，但他會想辦法活著，他向我保證過。」

「說到保證，我想問你一個問題。」我看著他的冰藍色雙眼，內心不斷湧現對自己，甚至是對他的懷疑，但我努力壓下這些想法。「這不是必要，但我能和你承諾對彼此的情感嗎？」

「雖然聽來諷刺，但我並不是喜歡多角關係的人。對你我情感的承諾，那是絕對不變的。」

戴爾期待地看著我。「這算求婚嗎？」

「謝謝你……我真的非常感激……」現在變成我在哭了。

這幾天寶玲依舊沒有消息，而戴爾再次嘗試冥想記憶宮也沒新線索出現，但他似乎抓到如何把我一起弄進腦袋的訣竅，我們每晚就像兩隻血獵犬在記憶宮裡搜索，然而什麼都沒找到。冥想後我們通常會做愛，他的身體真的非常柔軟，我才是那個該勤練瑜伽的人吧。喔對，還有聲音，那簡直讓人升天，我感覺自己變回對海報打手槍的好色高中生。

「林子和溫室那邊是格姆林的工作，你平常管好大宅的日常所需就行了，光這項就能讓你忙得七上八下。」一大清早阿福帶著我在大宅裡邊逛邊交代工作事項，咪咪跟在後頭悠閒地漫步。

「這代表我不用修剪草皮吧？」我看著不常經過的長廊上一幅幅的肖像畫。

「有位姓史密斯的老園丁定期會來，他和我是舊識而且不怕鬼魂。」

「太好了，不然我還真好奇之前是誰在整理花園。」我駐足在一幅年代久遠的畫像前，裡面是個戴清教徒頭紗的女人。「這是誰？她看起來……和其他西裝男很不搭調。」

「據說是一六九三年被指控為女巫的茹絲・霍特伍德（Ruth Hautewood），但油畫是十九世紀末的作品。」阿福看著窗外回應道。「你聽過撒勒姆獵巫審判[63]嗎？」

「歷史課本有教，根本沒有壞女巫，那是過去無知與集體恐慌造成的悲劇。」

「對……也不對，但行使巫術之人不一定是邪惡的。」

---

63 撒勒姆獵巫審判（Salem witch trials）為發生在一六九二至一六九三年位於現今美國麻州的一系列宗教審判，造成二十多人遭到處決與監禁。

「就像你們通靈者嗎？」我看著油畫裡的年輕女性發愣，她留著淺栗色長髮，和戴爾有類似的眼神但更為銳利。

「巫師通常是通靈者，也是治療師和經驗老到的接生人，在西方世界基督教化的過程中吃盡苦頭，許多長久存在於民間社會中的知識被貶為無知與迷信，即便它們有些是對的。」

「我知道，所以這位霍特伍德女士當時也遭到審判嗎？」

「她被私刑燒死，在他們的家族傳說中過程極為殘忍，連她的寵物貓都被一起活活燒死。」

「你是指畫裡這隻貓嗎？」我指著畫中窩在地上形似喵喵的大黑貓，在我看來黑貓都長一個樣。

「是啊，可見那位畫家非常重視細節，把貓也一併畫進去了。」阿福示意我繼續往前走。

「你應該已經搞懂之後的工作內容了吧？」

「大致上。」

「很好。這裡是主書房，我的起居室被安排在原本是吸菸室的隔壁間。」阿福打開灰塵滿布的木門，一扇巨大落地窗映入眼簾直通大宅門口，房裡的陳設看起來從十八世紀末就沒更動過，而且牆上還掛滿動物頭和蟲魚鳥獸的標本（天啊那是大象嗎？我不想被幽靈大象踩過去啊）。

「這是歷代主人的書房，但老爺並沒有繼續使用。」

「你是指戴爾嗎？」我快被一堆老爺搞混了，我可不想每天對著戴爾老爺來老爺去的，那有夠詭異，搞不好會變成「老爺別這樣阿福正在看」的荒謬劇碼。

「如你所見，他只使用大宅東翼。」

「原來那叫東翼。」

「圖書室有很多建築方面的書籍，身為新任管家你必須多加閱讀，不然年度整修時會被海削一頓。」

「感謝提醒喔……」

「隔壁以後就是你的起居室，裝備齊全而且空間寬敞，你總不能一直睡在客房，那是要留給客人用的。」阿福盯著我說。「成為管家就像成為雇主的家人，家人擁有自己的空間。」

「但那不是你的房間嗎？我可不想和你擠同張床。」我真的很想提醒阿福我的稱謂還要加上戴爾的男友這項。

「我已經死了，墓園才是我的家，只是放不下心才留在這，我平常都待在廚房。」阿福飄出書房。「你是老爺未來的家人，請好好照顧他，接著我們去林子巡視一下吧。」

「你對戴爾父母的了解如何？」我在溫室裡看著梳理空氣鳳梨的阿福問道。

「我和他們相處四年左右，雖然不長但擁有許多珍貴回憶。」阿福把一截枯葉扔給格姆林，但馬上就被咪咪抓去咬著玩了。「我剛到霍特伍德家時三十九歲，戴爾的父母才三十初頭，而戴爾只有四歲。大老爺馬修事業有成但個性其實很衝動，這點和戴爾頗為相似，比較不同的是馬修喜歡打獵，雖然槍法不太好。」

「我聽戴爾講過這件事。」嗯，除了槍法不好這段。

「可能是因為家中沒有兄長的關係，馬修把我當哥哥一樣對待，甚至老叫我別用老爺稱呼他，這讓剛從戰場回來受大眾異樣眼光看待的我非常感激。」阿福揚起悲傷的笑容。「馬修私底下像個被寵壞的小孩，連夫人都有點受不了，其實他在家庭方面不是個負責的男人，而且有輕微酗酒的情形。有次我們整晚都找不到他，直到清晨才發現他睡在車庫，手上還拎著酒瓶和海涅（Heine）詩集。」

「聽起來你們是很親密的朋友。」我莞爾一笑。「那戴爾的母親呢？」

「她嗎？她是個優秀的植物學家。你看這些蘭花，都是她大學時環遊世界帶回來繁殖的……翠西亞是個難得一見的女人，她仁慈寬厚，接納我的存在並允許我教導戴爾如何操控他的能力，我實在無法用言語形容。」

「呃……阿福，你要哭了嗎？」

「沒，只是你突然問起這個而我們又在溫室，有點觸景傷情罷了。」阿福飄下來把我手上的盆栽放回原位。

「他們能有你的陪伴真的很幸運，我覺得不該只用管家稱呼你。」我敬畏地看著他。

「不，哈雷先生，我沒那個資格，我甚至沒能保護他們。」阿福聳了聳肩。

「那不是你的錯，是車禍殺死他們不是嗎？」

「是……是的，哈雷先生。」他輕輕點了頭。「你先回大宅吧，我還會在這兒待上好一陣子。」

傍晚我把行李搬到阿福生前的起居室，開始整理數年沒使用的房間。我把一箱文具從床上搬下來想塞進床底，卻不小心把它打翻了，我一邊咒罵一邊收拾那些掉出來的東西，但一個花俏紙袋馬上吸引了我的注意力。我看著上面奇怪的文字發愣，好奇心驅使我把裡面的東西倒出來瞧瞧。

「什麼嘛只是一疊白紙？收集白紙塞在花不溜丟的紙袋裡，原來阿福有這種嗜好喔。」我模

歡迎光臨愛貓社區

仿他的口音嘲諷著，但紙張上的氣味讓我瞬間寒毛直豎。

那張信紙的味道。

手機響了起來，我掙扎著從地上爬起來一把抓住它。

「嘿大帥哥，分析出來了。」原來是寶玲！太好了真是謝天謝地！

「如何？妳發現了什麼？」我對她大喊。

「安息香樹脂！那張信紙浸泡過高濃度的安息香樹脂，用酒精做為溶劑！」

「哇喔寶玲講慢點！什麼東西？」我著實愣了一下。

「安息香，常見的香水原料和宗教儀式使用的焚香材料。」

「怪不得聞起來像東方廟宇。」

「對，這種產自熱帶植物的樹脂在東西方都被廣為使用。」翻閱紙張的聲音從手機傳出。

「但做為紙張添加物的確不太常見，我稍微尋找一下為何安息香會出現在製紙原料中，但找到比較常見的做法是香紙[64]，例如法國產的亞美尼亞香紙（papier d'Arménie）。」

「香紙？」

「燃燒型芳香劑。如果我把這一小段信紙拿去燒就會飄出更濃的安息香氣味，十九世紀末的法國便有人生產這種紙張做為居家芳香劑，我也是查到這段資料時才想起以前聽過的一首香頌就有提到這東西。」

「我想起來了，妳後來到法國念書。」

---

64 香紙（Armenian paper）是用紙浸泡香料製成的燃燒型芳香劑。

「是比利時啦你記性真差……」她哼起那首歌的片段。「意思大概是『燒些小紙條吧，米紙或亞美尼亞香紙，讓它們同夜裡的香菸溫暖你』[65]。」

「原來，但信紙呢？」

「我猜可能有工匠用相同方法製作香氛信紙，你們找到的這張就是證明。它的產地則可能是東南亞，信紙剛好沾到一些熱帶植物的花粉，但很遺憾我無法確定製造時間。」

我看著紙袋上的奇怪文字發愣，該不會這些白紙和那張信紙來自相同地方？

「我問你喔寶玲，我念一段文字給妳聽，妳查得出這是哪國語言嗎？」我對著手機問道，她的笑聲馬上從裡面爆出。

「拜託榭爾溫，有種東西叫網路！」

「好啦我知道啦！我唸給妳聽……」我一個字母一個字母把奇怪的文字唸出來。

「我查一下……應該是越南文，你要知道這幹嘛？」

「我在戴爾家找到一包可能裝著相同紙張的袋子，上面寫了那段文字。」

「真假？那我的分析可能就沒錯了，越南曾經是法國殖民地，可能有人將生產香紙的技術傳過去。」

來自越南的香紙？該不會寫信給戴爾母親的人其實是阿福？天啊……

「真是太感謝了！我該怎麼報答妳？」我對她問道。

[65] 這首歌是法國歌手黑琴（Régine，1929-）的〈小紙條〉（"Les petits papiers"），文中歌詞原文為「Laisser brûler / Les p'tits papiers / Papier de riz / Ou d'Arménie / Qu'un soir ils puissent / Papier maïs / Vous réchauffer」。

「不用謝我，我喜歡這種天外飛來的挑戰，有空再多給我一些吧。」她笑著說。「我還有事要忙，你們有空能來找我聊天我就感激涕零了。」

我看著那堆白紙發愣，決定拿起它們衝出大宅，跳上勞斯萊斯火速趕往博物館。

「你還真的跑來？」寶玲見到我時嚇了一大跳。

「這個！」我把那疊紙連同袋子掏出口袋。「如果燒下去和那張信紙有一樣的味道是不是就代表它們是相同的東西？」

「真的可以燒嗎？但這不是你室友的東西嗎？」她遲疑了一陣。「可惡好想燒！但這樣真的OK嗎？」

「只燒一點點應該沒關係吧……」我指著放在她桌上的那一小角信紙。「而且我有這麼大包。」

「話是你說的喔，別到時惹那小子生氣。」寶玲從抽屜掏出打火機。

信紙一角接觸火焰時散發一股比先前更濃烈的香氣，我手上的白紙在燃燒後也竄出相同氣味。

「應該是相同的……材料。」我不安地看著燃燒中的紙張。

「你要告訴你室友嗎？你們總是在做些神祕兮兮的事情，別跟我說你們暗地裡開了家徵信社。那信紙上寫了情書對吧？我那天有拍照。」

「是也不是啦……不過我和戴爾的確……唉沒錯！我們兩個現在是私家偵探，專門幫人處理狗屁倒灶的鳥事！」我只好撒了個與事實差距不大的謊。

「事業未免也做太大，他不是大老闆嗎？」

「大老闆都是很神祕的，像布魯斯・韋恩（Bruce Wayne）一樣。」

「那你是羅賓還是阿福？不管是哪個你也未免太大隻！」寶玲差點笑倒在地上。

「可能都有吧……」我真是個不會比喻的笨蛋。

戴爾走出公司時驚訝地看著我。

「榭爾溫？這就是你打給我的原因？」他快步走向我。

「寶玲已經分析出信紙原料和那股香氣的來源了。」我把風衣披在他身上。「我也在大宅裡找到一些東西，能載你回家嗎？」

「當然，老朋馳就讓它停在公司裡吧。」他開心地笑著。

回到大宅後我把信紙的事情告訴戴爾，也順便燒了一張我在阿福房裡找到的紙給他看，他訝異地直瞪著我。「阿福？喔……老天……」他摀住臉倒回沙發。

「我知道這會讓你很難受，但……」

「是的我很難受，他們竟然……我一直把阿福當成父親一樣，這真的難以置信。」戴爾咬住下唇，我搓揉他的後頸試圖安撫他，他像隻被嚇壞的小狗在我身上竄動。「我無法親自問他，我做不到。」

「或許我們不用這麼做，但是……你父母死亡的謎團還是沒有解開。」我深怕此時提起這件事會激怒他。

「總不會我父親知道這件事和他打起來導致阿福不小心殺了他們？或是倒過來，那其實是寫給我父親的然後我母親抓狂？」戴爾揪著我的衣領碎念。「我竟然想得出這麼荒謬的劇情？這種劇本鐵定票房超差！」

「滿像歌劇會有的劇情，就像你把我抓去看的那些。」

「的確。」他抬頭親吻我，舌頭在我的唇邊試探地舔著。「榭爾溫，今晚你能留在我房間嗎？我一定會睡不著。」

「求之不得。」我已經迫不及待伸手搓揉他的跨下。

「但我們還沒吃晚餐……」他努力擠出句子。

「等會叫外賣如何？」我把他拎起來快步走回房間。

「那就太好了。」

當我踢開戴爾的房門將他放下時，床上有隻玩具熊躺在那裡，我們不敢置信地看著那東西，四周氣溫彷彿降至冰點。

戴爾倒了下去，我連忙抓住他，卻被一陣暈眩擊倒在地。

當我回神時，我發現自己又和戴爾回到他的記憶宮。

「這是怎麼回事？」我驚訝地看著他。

「我不知道……怎麼會這樣？」他也同樣驚訝地看著四周。

大保險箱突然自行打開，裡頭已無襯衫與信紙。

保險箱裡走出身穿藍襯衫的年輕版阿福舉槍對準我們。

我連忙抓住戴爾閃躲可能飛來的子彈，但阿福就像看不見我們一樣盲目前進，直到戴爾的母親出現在他面前。

「幫助他成為堅強的人，成為他的雙翼。」槍響前她如是說。

「不！」戴爾摀住臉拒絕看見之後的畫面，我緊緊抱住他，那些早已成為影像的血液噴濺各處。

翠西亞・道蘭・霍特伍德仰躺在地，胸口不斷湧出鮮血，馬修・霍特伍德眼神空洞的屍體則倒在一旁。

「我知道。」那句話再次出現，但已是阿福的聲音。

「我不相信……不……」戴爾在我懷中嗚咽著。

我們已經離開記憶宮，仍然躺在戴爾的房間裡。我立即跳起來查看床上那隻玩具熊還在不在，但它已經不見了。

戴爾沉默地起身。

「你還好吧？」我握住他冰冷的雙手。

「保險箱的意象……難怪出院後他就開始教我了，他暗示我讓我以為那只是崩潰下產生的幻覺。」他悄聲說。「我聽見他們最後的對話……」

「但我們看到的該不會是因為我的推論而產生的投射？」我試圖抹去他臉頰上的淚水。

「我不認為……難不成一切都是因為那封信？」他的眼神轉為極度的憤怒。

「嘿……戴爾……老友，你沒事吧？」我突然感到一股寒意。

「阿爾弗雷德・希金斯！馬上給我過來！」他厲聲大吼。

大宅外傳來各種動物的聲響，那不是一般啼叫而是出於恐懼的哀號，無論死的或活的動物都同樣驚駭地發出震天巨響。

撒勒姆。

獵巫。

歡迎光臨愛貓社區

為何我腦海浮現的是這些字詞？

阿福從窗戶穿進來緊張地看著我們。

「怎麼了？你們發生了什麼事？」他站直身體但隨即倒下。

「阿福！」我衝向他，但戴爾看了我一眼後我便無法動彈，他的雙眼比平常更藍近乎發光。

「我這麼相信你！為什麼？」他看著劇烈扭動的阿福，一些液體從半透明身軀滲漏。「你這個叛徒！」他無助地對老管家哭喊。

「聽我解釋！老爺！求求你！」阿福艱難地吐出句子，被口中湧出的液體嗆得不停咳嗽。

「我不想聽！你這骯髒的叛徒！」淚水從他的眼角流下。

「求求你！老爺！」

阿福看起來快解體了，但在他貌似要爆炸前，戴爾突然停下了動作。

那隻玩具熊就站在房間門口。

玩具熊和兩個全身是血的人這兩種影像在我面前不停快速切換。

胃部傳來劇烈翻攪迫使我跪地乾嘔。

「……母親……父親？」戴爾顫抖地看著全身是血的男女。

「你是……阿爾弗雷德？」頭顱冒血的男人開了口。

「馬修！」阿福發出嗚咽。

女人的鬼魂飄向我，血液在地上匯聚成半透明小溪，我驚慌地想逃離她卻無法移動寸步。她來到我面前盯著我看，嘴角露出微笑，隨即轉頭凝視正在哭泣的戴爾。

「母親……媽媽！」戴爾抱住她大哭。

「別哭，媽媽在這裡。」翠西亞搓揉他的淺金色髮絲。

「我很抱歉，我真的很抱歉！」阿福仍然不敢起身。「我很抱歉，馬修！」

「她告訴我了，阿爾弗雷德，關於你的計畫。」馬修笑著拉起他。「你總是認為我會心碎，對吧，你從來不告訴我。」

「我想帶著你們，所有人，離開這座金銀打造的牢籠！我始終無法背棄你！」阿福緊緊握住他的手。「但你會永遠無法原諒我……還有翠西亞。」

「是的，而現在我們都死了，爭吵這些似乎都失去意義。我之所以會那麼生氣是因為你不願告訴我，但我當時失控了。」

「你那時喝了個爛醉。」翠西亞瞪他一眼。「我們花了二十年在別墅底下吵這件事，馬修已經被我狠狠教訓過了，現在乖的像隻小貓。」

「我們的靈魂不知為何無法離開那裡，但前幾天莫名就行了。」馬修對我們說，頭上的傷口已經消失。他給我的感覺像戴爾的陽光版本，但戴爾除了眼睛外幾乎和他母親如出一轍。

「難不成是抹滅者的力量所致？牠們消失後，社區就失去阻擋靈魂出入的功能？」我對戴爾耳語，那裡似乎只有喵喵能自由進出，這真是詭異。

「很有可能，但為何是玩具熊？」他擤擤鼻子回應我然後看著他們。

「那是我死前看到的最後一樣東西，它掉在地上，我和馬修鑽進裡面後就被一股力量束縛無法出來。」翠西亞對我們說，手指不經意地撥弄她的淺金色捲髮。「那是我們當時能找到和你唯一的連結，但我們再也見不到你，直到那位臉上有疤的年輕人把箱子打開我們才有辦法離開別墅，但的確是幾天前才有辦法離開那一帶。」她指著我說。

「它被收進地下室，我再也沒看過這隻玩具熊。」戴爾撿起玩具熊將它抱在懷裡。「我不知該如何面對你們。還有阿福，我也不知道該拿你怎麼辦。」

「說來話長啊兒子，他不是故意的。」馬修開玩笑般地回應他。「但我們的確需要時間面對這一切，一出門就發現世界變了是件很可怕的事，我和你媽花了好一陣子才找到回家的路。」

「說得好像你不是始作俑者一樣。」翠西亞白了他一眼。

「對不起嘛老婆！我沒有要射死妳……好啦頂多射腳而已！我只是想嚇嚇阿爾弗雷德然後就……」

「噢我的天啊……」戴爾惱怒地扶著額頭。

「妳在別墅底下到底是怎樣教訓馬修的？」阿福擔心地看著他們。

「所有想得到的方法都試過了，那隻玩具熊這麼小也沒啥空間好用，親愛的阿爾弗雷德。」翠西亞愉悅地回應他。

「我還是別想像好了。」

「那隻貓還要在那偷看多久？」馬修瞄了窗戶一眼，喵喵叫了一聲鑽進房間。「牠就是你的幽靈寵物？」

「對……牠就是喵喵。」戴爾輕拍跳到我身上的喵喵，接著就摟住我不放。「這是我的男友榭爾溫・哈雷。」

我總覺得大宅裡的鏡子好像全都啪鏘一聲破掉了。

「別擔心，他們只是暫時無法接受我的選擇而已。」戴爾在車子裡笑著對我說。「不會天天找你麻煩。」

「不，戴爾，你爸前天從我房間的天花板浮出來，昨天還擺著一副『你看不見我』的表情亂調電視。」我實在不想回想戴爾他父親這幾個禮拜以來的豐功偉業，好在他母親不會這樣亂來，那位高貴的女士經常待在溫室，頂多偶爾從我身旁飄過露出不信任的眼神，但光這樣就足以把我這個通靈新手嚇得屁滾尿流了，難怪他爸這麼愛嚇我。

「他私底下就這麼幼稚，況且他不敢離開大宅，外頭有一大群被他殺掉的動物他哪敢出門，你就忍耐一下吧。」

「話說回來，你父母和阿福真的能接受那種三角戀嗎？」我想到蘇洛對於上流社會的評論。

「他們高興就好，不干擾活人的生活我都沒差。」戴爾嘟嘴回應道。「我可不想活得像他們一樣痛苦。」

「比起多角關係，我們的社會更無法接受兩個男人或女人在一起。」

「是啊真是諷刺至極。」

我們在午夜抵達射擊場，感謝道蘭－霍特伍德企業董事長莫名其妙的特權，這時候才來練習是絕對通行的。

「你槍法越來越好了。」結束一輪後戴爾把耳罩拿下來。

「保護慾使然。自從愛貓社區的事情後我發現自己經常這麼想，尤其是為了保護你的時候。」我放下槍等待新靶。

「你會為了我殺人？」戴爾笑了出來，我很少看他笑得這麼高興。

「為了你。」

「說到殺人，你還記得兩年前被槍擊那件事吧？」他望著靶子的方向發愣。

「怎麼可能忘記？我多希望那些傷害珍妮的混蛋被繩之以法。」

「但受傷的是你。」

「我還活著就已經足夠，天知道是不是以前在轟趴上惹到什麼牛鬼蛇神。」顯然很多麻煩是我咎由自取，但我從未參與非法賭博，到底還有哪些人渣在搞這種飛機？

「洛文警官終於找到線索了，加上我的暗中調查。」

「你？別再這樣，戴爾，那很危險！」我暗自為他捏了把冷汗，畢竟他曾因此差點被那兩個混蛋警察強暴！

「槍擊你的人可說是群地下傭兵，被有權有勢的罪犯雇用，那場槍擊並不是要殺死你，而是經營非法賭博的人要毀了你用來殺雞儆猴，包括在你藥檢時的檢體上動手腳。」戴爾拿起新彈匣，我聽見靶子送過來的聲音。

「所以到頭來還是黑幫？」我也重新填補槍隻。

「對，但因為行跡太囂張已經被當局清算了，所以我和洛文的人馬才有辦法追查到那群地下傭兵。」

「我真的不知該如何感謝你，戴爾，我實在欠你太多。」

「你愛我，會為了我殺人，這樣就夠了。」他挑挑眉。「或許我不用再孤軍奮戰，你願意成為我的副業搭檔嗎？」

「那是當然的，不過用你的說法是繼承祖業才對吧。」

「哈哈是的！」

新靶子就定位時，我的下巴驚訝到差點掉下來。

那不是靶子而是一排被五花大綁的人，他們在掙扎、在哭泣、在發出痛苦呻吟，每個人看起來都像被飽以老拳。

「數百件綁架、謀殺、性侵、銀行搶案和數量不明的暴力行為，這都是那天槍擊你和珍妮的人幹的好事。是這些人嗎？還記得他們的長相嗎？」

「是的就是他們，囂張到連臉都不遮，我永遠都忘不掉……等等，你打算怎麼做？」我感覺汗水浸溼衣領。

「不是我而是你。你說你願意為我痛下殺手，但為你自己呢？你會怎麼做？」他面無表情看著我。

「但他們沒要殺死我不是嗎？」我舉起槍管。「他們傷害太多人，我能為所有受害者替天行道嗎？」

「這都由你決定。」

我看著那群人渣，想起戴爾剛才指出的罪行。我能代替所有受害者，無論無辜與否，殺死罪犯嗎？他們會知道嗎？這能彌補什麼？

我放下槍。

「或許你會覺得我很懦弱，但我不會殺死他們，而我這麼做也不是要辜負你的付出。」我走向他。

「你想把他們交由體制處理？」戴爾翹起眉毛。

「讓受到傷害的人們親眼見證罪犯逃不過法網，讓他們活著公諸於世，活著接受懲罰。」我直盯他的冰藍色雙眼。

「我果然沒猜錯，你真的會選擇不殺他們。」他抱住我。「你依然沒變，榭爾溫，你這天真的傻蛋。」

「戴爾……那些犯人會看到……」

「也是。」他臉紅起來。「洛文警官你也該出來了，肥皂劇已經結束了！」他對角落大喊，一群警察突然從四面八方竄出。

「哇靠這哪招！」這下變成我抱住戴爾尖叫了。

「感謝你依然信任體制。」拄著拐杖的洛文警官瞟了我一眼。

「但願它不會有讓我絕望的一天。」我無奈地說。

「如果你選擇開槍還是會觸法，看來你同學相當信任你。」洛文得意地指揮部下把犯人帶走。

「戴爾？」我皺眉看著戴爾。

「我真的相信你不會開槍啊。」他對我吐吐舌頭。

「你知道你男友差點變成殺人犯嗎？」我的臉快皺成一團了。

「對不起嘛……」他滿臉歉意地挨著我。

「欸哈雷你很不知感恩耶！」蘇洛從洛文警官背後冒出來。

「我有跟他說謝謝好嗎！還有你怎麼在這？」我瞪著他。

「老爺要我瞞著你呀！」

「噢戴爾！拜託不要再有祕密了！」我捏住戴爾的臉頰哀號。「拜託你保證會這麼做？我求求你！」

「我保證就是了……」他嘟起嘴。

「我現在為洛文辦事，之前有太多豐功偉業無法脫身。」蘇洛走過來拍著我的肩膀說。「那批犯人下午被抓包時差點被他們給逃了，是老爺制服他們的喔。」他指指窩在我身上的戴爾。

「原來你下午離開公司是為了那件事？」虧他的祕書還告訴我什麼董事長去找客戶打球了，這下我得嚴加注意戴爾的行程表。

「他們已經繳械了，只是想溜走而已。」戴爾一臉無辜地看著我。

「唉，還是小心點吧。」我搓揉他的頭髮。

「我會好好獎賞這小混蛋。」洛文白了蘇洛一眼然後死瞪著我。「還有哈雷，當上新管家最好管管你老闆，他簡直像條瘋狗，我當時超擔心他徒手幹掉嫌犯。這次可沒那堆聯邦調查局的怪胎善後，別再讓我擦屁股了好不好？」

「好啦！」我開始擔心未來的除靈工作了，希望戴爾能對死人寬容點。

告別洛文和蘇洛我便載著戴爾回家。出於對他隱瞞危險事情的惱怒，我在車庫裡著實訓了他一頓，得到他淚眼汪汪的道歉和……好吧，完美的車上性愛。他很訝異我口袋裡為何有保險套，我只好誠實解釋其實今天本來就有此意，只是沒想到會發生這麼多事。

「像個好色青少年一樣。」戴爾在我身上喘息著說，我伸手抽幾張衛生紙清理一片狼藉。

「沒辦法，忍不住。」

歡迎光臨愛貓社區

「我是在說我自己，還有我保證不再隱瞞危險的事情，榭爾溫。」他親我一下。
「我認真求你別再這麼做，不然我會整天擔心個沒完沒了。」我一邊幫他整理衣物一邊碎念。
當我們看起來沒那麼狼狽後便偷偷摸摸回到大宅，搞三角戀的老人家貌似在遙遠的溫室，謝天謝地連馬修都被拖出去了，不料才剛踏進門就被一隻嘎嘎亂叫的灰鸚鵡幽靈嚇了一大跳，後面還跟著追趕鸚鵡的咪咪。
「入侵者！入侵者！入侵者！」鸚鵡對我們尖聲怪叫。
「你爸連鸚鵡都殺？」我快抓狂了。
「那是以前的人養的！」戴爾把鸚鵡撥到一旁。「大概是我曾祖父的寵物！」他摔進沙發。
「入侵者！入侵者！入侵者！」唉，這傢伙根本不會區分這裡的住戶吧。
「夠了給我走開！」我揮舞外套想把牠趕走時猛然想起主書房的確有整排鸚鵡標本。真糟糕我不喜歡鸚鵡，小時候去寵物店差點被咬掉手指。
「老爺爺！陌生老爺爺！入侵者！」灰鸚鵡鬼魂依然在我們身旁打轉，戴爾警覺地爬起來。
「榭爾溫，有人闖進大宅……不是活人。」他抓住我的衣角。
「我感覺到冷颼颼的氣息逼近，是這種感覺嗎？」我也開始緊張了，但這種感覺好像在哪遇過。
「來了！」戴爾緊盯樓梯口，一團人影在那逐漸成形，看起來好像是……
「呃？」我吃驚地看著那團人影。
「哈定先生？」戴爾惱怒地倒回沙發。
「俺想請你們幫個大忙……」哈定先生扭扭捏捏飄了下來。

「你確定這是杜立德女士的租屋處？這裡根本是鬼屋吧！」我狐疑地瞪著蘇洛。

「我查到的地址就在這啊！」蘇洛用白眼回敬我順便揍飛一隻長相噁到不行的鬼魂。魏斯・克拉文[66]應該來這考察看看。

哈定先生給我們出了個大難題，他想在被拖下地獄（是的沒錯是拖下地獄，大概壞事幹太多）前和情人見最後一面，無奈杜立德女士和之前的我一樣是顆超級大石頭，不管怎麼大鬧她就是感覺不到，況且哈定還無法移動東西，所以只好跑來找我們求救了。

「我們再不走會被惡靈纏身！」我瞪著看熱鬧的鬼魂們。

「他們只是好奇而已，靠太近的話打下去就好了。」蘇洛依然努力不懈地一邊敲門一邊毆打鬼魂。

「我的手穿過一個爛掉的裸女！這正常嗎？」

「正常，因為你沒認真想趕跑她。」

「這棟公寓到底死過多少人啦！」

拿著菜刀的杜立德女士終於打開門，不敢置信地望著我們。

「原來是你們！我還以為是上次的小混混！」

[66] 魏斯・克拉文（Wes Craven，1939-2015）是《半夜鬼上床》（*A Nightmare on Elm Street*，1984）、《驚聲尖叫》（*Scream*）系列與《魔山》（*The Hills Have Eyes*，1977）的導演。

「我想您該擔心的不只是小混混……」我想盡辦法遠離菜刀。
「你是指幽靈嗎，哈雷先生？」杜立德女士抱起對門口嘶嘶叫的金金問道。
「呃……是的。」
「怪不得房租這麼便宜，貓咪整天都在炸毛。」由於哈定先生慘死和華特一家家破人亡的關係，五隻貓現在都住她這。
「洛文說這棟房子槍戰時死了好幾打人又遭過火災。」蘇洛放下手機。
「難怪……」我差點哀號。「總之，杜立德女士，我那位有通靈能力的朋友見到了哈定先生，哈定先生說想見您一面。」我努力振作自己對她說，最後終於成功踹開一隻抱住我的腳的鬼東西。好吧，他們似乎真的沒啥惡意，只是閒閒沒事做而已。
「那個漂亮男孩嗎？聽說他是個靈媒？」
「原來戴爾的名氣已經傳開了？」我笑著問她。
「不，是那個臭臉警官說的。」
「噢。」
「但雅各他想做什麼？要我參加降靈法會嗎？」杜立德女士轉為擔心地看著我們。「我希望他能夠安息，他還有什麼事情想交代？」
「他……只想見您最後一面。」我實在無法告訴她哈定即將要下地獄這件事。
杜立德女士緊鎖的眉頭鬆了開來，眼淚如潰堤般流下臉頰。
「我不該哭，但實在忍不住。」
戴爾已在大宅等候許久，舞廳裡只有一台留聲機和站在喇叭上的格姆林。

「這是你多年來第一次『正確』使用舞廳？」我輕撫他的後頸。

「嗯哼，之前都是拿來練武的。」他抬頭用鼻尖蹭著我的臉頰。

「我記得，我可是在這裡領教過你的震撼教育。」每個人都有發神經的時候，我以前曾冒著整學期不能打球的危險跑來找阿福學格鬥技，但往往在練習時被戴爾打得落花流水，這小子比阿福還不留情。

「哈定先生在那。」戴爾指著躲在窗邊的灰色身影。「如果你不介意的話能讓他短暫附在身上嗎？」

「會有副作用嗎？」一聽到附身我不禁寒毛直豎。

「他雖然擁有形體但不是多強大的鬼魂，不會讓你太不舒服，如果有問題我會把他趕出去。」他友善地對杜立德女士點頭致意。

哈定先生聽完戴爾的指示後飄向我，我感到一陣暈眩，沒多久就看見哈定的一生在我眼前上演彷彿錄影帶倒轉，有的畫面令人髮指，有的卻讓我不斷思考罪犯能否重新來過，即便是窮凶惡極的罪犯。我能聽見四周聲音也看得見大家在幹嘛，但就是無法使喚身體。格姆林非常故意地放著《第六感生死戀》主題曲，哈定先生用我的身體抱著杜立德女士痛哭，他們邊哭邊跳著慢舞，我還隱約瞄到戴爾的爸媽和阿福也在吊燈上跳起舞來，這真是天殺的有夠浪漫。

不過戴爾低估了靈魂附體的副作用，這讓我在床上足足躺了一星期，期間還得忍受所有人和鬼的嘲諷。

「我該怎麼補償你？」戴爾捏著酒漬櫻桃梗把櫻桃塞進我嘴裡。

歡迎光臨愛貓社區

「別再叫我給人附身，實在太可怕我受不了。」我嚼著櫻桃向他抱怨，他笑著窩在我身上，我把他拉向自己吻了一陣，但就在我忙著吸吮他的耳垂時，我感覺阿福似乎在門外偷看。「戴爾……阿福好像在偷看……」

「阿福……」戴爾轉頭瞪他一眼但隨即發出驚呼。「噢……你變年輕了。」

「真假？」我掙扎著爬起來。

「挺帥的，難怪我媽會被你吸引。」戴爾歪嘴笑著。

「事實上是大老爺的要求，他覺得這樣在床上看起來比較順眼。」阿福不甘示弱地回應並成功獲得我們的哀號。

「夠了阿福別再說了……」戴爾一臉噁心地瞪著他神清氣爽飄出臥房的背影。「榭爾溫，你覺得他是在氣我差點宰了他嗎？」他在我耳邊嘆息。

「大概吧，你那時超可怕，連眼睛顏色都變了。」

「或許我真是女巫後代吧。」

「不管你是什麼我都會愛你，戴爾。」

「真肉麻。」

我背著瑜伽墊走進電梯，一群西裝筆挺的白領奴隸直盯著我。

「運動對身體很好喔。」我愉快回應他們的目光問候。

「他就是那個被開除的職籃選手吧？」果不其然他們開始討論起我了。

戴爾坐在辦公桌後頭對我露出笑容，音響傳來《諾瑪》的劇終段落[67]，女祭司準備和羅馬來的負心漢走入火堆，每次戴爾抓我去看這齣時總讓我想起同樣也有活人祭的《異教徒》[68]。

「這段是諾瑪懇求父親收留她和羅馬將軍生的小孩嗎？」我一邊鋪瑜伽墊一邊問他。

「對，每當我聽到他們的二重唱總會莫名感動。」戴爾脫下西裝背心走向我，我讓他躺在墊子上，拉著他的雙臂讓它們摟住我的脖子。「這是什麼新姿勢啊，哈雷老師？」他故作天真看著我。

「從頭到腳都能舒展的暖身操。」我磨蹭他的下腹回應道。

「包含不需要暖身的地方嗎？」

「如果你需要的話。」

「變態。」

「你最愛的變態。」我們看著對方傻笑，隨即聽見宅詹的聲音從門縫飄出。

「超豪華的地方，還以為我走錯路跑到拉斯維加斯了。」宅詹依然老樣子穿著原力T袖，手裡拎著一個文件夾。「我代表特殊部門前來談徵招的事情。」

「你和你那堆復仇者[69]難道會人手不足？」戴爾從我身下爬出來。

67 《諾瑪》（*Norma*，1831）是貝里尼（Vincenzo Bellini，1801-1835）歌劇，劇終前的詠嘆調與大合唱即是本章標題"Non Volerli Vittime"（中譯：別讓他們受苦）。

68 《異教徒》（*The Wicker Man*，1973）是英國驚悚電影，改編自小說《祭儀》（*Ritual*，1967）。

69 復仇者（The Avangers）為漫威漫畫公司（Marvel Comics）的漫畫標題與英雄團體名稱，同名漫畫於一九六三年首次出版。

「我又不是尼克．福瑞[70]，但我們的確有一卡車怪胎隨時準備拯救世界。」宅詹一屁股坐上辦公桌。「經過這堆鳥事別期望特殊部門會放著你們不管。」

「意思是我們要被監視了？」

「老大哥隨時都在看著你。」

「真可怕，不過你的徵招任務恐怕要失敗了吧。」我對他揶揄道。

「想也知道不可能，但上級有時就是勸不聽。」宅詹伸了個懶腰回應我。「不過你們的表現確實讓受過專業訓練的探員十分驚艷，還有蘇洛也是，幫我跟他說聲謝謝。日後若又有怪事發生也請多多指教，國家需要你們。」

「你真的很適合演尼克．福瑞。」

「我還是比較喜歡蘇魯，親愛的艦長。」宅詹晃出辦公室。「別忘記你欠我兩台機車的維修費。」

「我會幫他還清。」戴爾瞇眼笑著。

「看來我真變成被你包養的小狼犬了。」我環住他的腰。

「不，那會從薪水扣掉。」他慵懶地輕咬我的下巴。「能繼續你的瑜伽課嗎？我可是認真的。」

「樂意之至。」

（全文完）

70 尼克．福瑞（Nick Fury）是漫威漫畫公司的人物之一，一九六三年首次登場。

歡迎光臨愛貓社區

前傳

（一九九三年十二月，明尼亞波利斯，明尼蘇達州）

今天天氣不錯，自從經歷三月的超級風暴[71]，沒什麼比得上那場世界末日般的大雪，但我現在卻只能呆坐客廳乾等難得的客人。

「你室友應該不會出現了吧？他已經遲到兩小時了。」老媽端著蘋果派從沙發後頭經過。

「誰知道？可能塞車或高速公路被封住，也許晚點戴爾就會打電話說他被抓去哪裡參加上流社會派對無法來了。」我的視線飄向窗外，依稀看見一台平常不會出現在這兒的轎車停在門口。

「呃，媽，他來了。」

「那就去接他啊，我還沒準備飲料。」她扭著屁股走進廚房。「還有不要邊看電視邊玩球，昨天把球弄進火爐沒記取教訓嗎？」

「好啦我知道！」

我披上外套出門，看見戴爾已站在積雪甚深的花園裡，老朋馳駕駛座坐著去年被他海扁一頓的拉丁人正在抽菸。說到這件事不得不提，人類都是視覺的生物，當我和戴爾走在一起而你想攻

[71] 一九九三年三月發生影響美洲東部，從加拿大至宏都拉斯均受影響的暴風雪「93 Superstorm」，造成兩百多人死亡、超過一千萬戶停電以及航班大亂。

歡迎光臨愛貓社區

擊我們時自然會先挑戴爾下手，不幸的是你絕對會後悔，就像坐在車裡抽菸的蘇洛一樣。

「你終於來了！」我對戴爾大喊。

「沒辦法，這種天氣很難開車。」戴爾把行李箱遞給我。

「欸哈雷！我下個月會到同個地方接他！你最好把老爺看好不然我會找你算帳！」蘇洛的聲音從老朋馳傳來。

「這一點也不像去年你想打劫我們的樣子啊蘇洛，你何時變成霍特伍德家的奴隸了？」我靠在車窗上對他露出頑劣笑容。

「去你的哈雷，總之回來記得打給我。」他扮了個鬼臉就開著車子跑了。

「我家可沒多豪華，你就暫且忍耐一下吧。」我領著戴爾走回家，老媽已經在桌上放了兩杯熱可可，她告訴我們她晚點要跟老爸去參加慈善晚會。

「順便尋找新合作廠商，你們兩個大男孩就自行打理一切吧，亞當明天會載你們到機場。」她悠閒地晃回樓上準備打扮。

「亞當？」戴爾從馬克杯抬頭。

「我爸。」我躺回沙發繼續看電視。

「榭爾溫，為何空氣中有股塑膠味？」

「我昨天不小心把籃球拋進火爐。」

「很像你會做的事。」他的臉頰泛起紅暈，至少比剛才一臉蒼白站在院子裡好看多了。

「我先幫你放行李。」我拎起他的行李箱。「對了戴爾，我住地下室，你不會介意吧？」

「為什麼你要住地下室？」戴爾用一副看到尼安德塔人的表情瞪著我。

「該怎麼解釋呢……因為這樣私人空間比較大，晚歸也不會吵到父母，還有我已經高中畢業了。」我很難向他這貴公子解釋這件事，也許我們真的有些無法橫越的代溝。

「噢，我不介意，聽起來挺有趣。」

「房間有電動和迷你籃框，晚上絕不會無聊。」我扭開電燈向他展示老爸多年前親手製作的溜滑梯。「你應該沒裝什麼會撞壞的東西吧，我就讓它直接滑下去囉。」

「沒。」戴爾驚訝地看著我的起居空間。「真神奇，我從沒進過這樣的屋子。」

「很榮幸能讓你體驗文化衝擊。」我把行李箱送下去後搭上他的肩膀。「要走樓梯還是跟著滑下去？」

「當然是溜滑梯。」他看起來像第一次走進迪士尼樂園的小孩。

我們在地下室消磨大半個晚上，直到接近午夜才想起老媽放在廚房的晚餐。戴爾一反平常的正經樣和我大玩特玩，甚至在玩扭扭樂時摔到我身上笑得像個瘋子一樣。

「我爸媽恐怕要明天才回來，看來他們找到新盟友了。」我掛上電話後向他說明。「外國人，他們在趕時間只好帶他們到店裡逛逛。」

「你父母還真忙碌。」戴爾順手拿起床上的雜誌翻閱。

「欸你不要拿那個！」我發現那是忘記收進床底的成人雜誌。

「抱歉。」他連忙把雜誌還給我。

「沒關係，那東西有點髒。」

「內容嗎？」

「呃不……當然內容一點也不乾淨，我是指我會拿雜誌來……算了我不想解釋，你知道的。」

「噢，那我需要洗個手。」戴爾白了我一眼走進浴室。「你房間有股香味，剛才就想告訴你了。」他在浴室裡對我說。

「什麼香味？」我對他毫無頭緒的句子感到困惑。

「說不上來，類似香水的味道。」

「大概是我媽，她下午有來洗衣服。」我指指門外的洗衣機。

戴爾・道蘭・霍特伍德躺在單人床上不安地扭動，他從沒睡過這麼難睡的床，就連宿舍裡的稻草堆（這是他給寢室床墊取的綽號）都遠比榭爾溫・哈雷那團快要發黴的舊床墊好上百倍，如果那東西還有資格用床墊稱呼。但那股香味並不尋常，他暗忖著，進屋後就聞到了，幾乎要掩蓋籃球掉進火爐的塑膠味。他痛苦地睜開眼睛，看見天花板逐漸浮出一道人形降了下來。

一個枯瘦老女人正逐漸接近，東方調極重的香水味也越來越濃。

「您是榭爾溫的長輩嗎？火爐上有個骨灰罈，我剛才有看到。」戴爾近乎無聲地對她低語。

「你看得見我？」老女人露出驚訝笑容，她的聲音在戴爾腦中響起。「我是他祖母。你不用開口，我聽得見你在想什麼，死人有很多附帶福利。」

「您知道我在想什麼？」他感到一陣燥熱，她如果知道自己剛才做了什麼夢準沒好事。

「你愛他對吧？我孫子還真幸運。」她輕撫戴爾的臉頰。

「我會讓這念頭消失，哈雷老太太，那只是一時狂想……噢！這樣好冰！」

「雖然我們一家都是天主教徒，但我是個開明的老女人。」她瞄了睡在地板上的榭爾溫一眼。「我大哥愛上軍中同袍，最後自殺了，像我家死鬼一樣用獵槍把腦袋開了個大洞。」

「我對您兄長和丈夫的死感到非常遺憾。」

「他們只是缺乏和這世界搏鬥的勇氣罷了，但誰說人人都要有這股勇氣？人總是會膽怯，我多希望害怕活著不是種罪。」她再度浮上天花板消失。「不過別太輕信會找你玩扭扭樂的男人，他們需要時間長大。」

戴爾想挖個洞把自己埋了。

「沒事吧？」榭爾溫的大頭從床邊冒出。「你剛才在說夢話又扭來扭去。」

「只是惡夢而已。」戴爾發現自己已被汗水浸濕。

「一定是很可怕的惡夢，你看起來糟透了。」榭爾溫爬到衣櫃旁挖出一條浴巾。「擦一擦，別著涼了。」

「謝謝……」他露出感激的微笑。「可能只是太冷讓我不舒服。」

「真假？天啊戴爾我真的很抱歉！地下室暖氣向來不夠強！」榭爾溫滿臉歉意地看著他並爆出緊張的笑聲。「我讓你覺得自己來到貧民窟對吧？」

「別這麼說，快回去睡覺吧。」戴爾輕拍他的肩膀，順便打從心底銘記千萬別在冬天時睡在哈雷家的地下室。

歡迎光臨愛貓社區

老爸載著我們到機場一邊向我們抱怨難以溝通的合作對象，不過我看他倒是挺高興，畢竟那間搖搖欲墜的超市總需要經濟來源。

「你還是沒睡好吧？」我在飛機上擔心地看著眼神渙散的戴爾。

「你的床很難睡。」戴爾向空服員多要一條毛毯把自己裹住。

「對不起，我的床比稻草堆還糟糕，我也不該訂商務艙讓你痛苦不堪。」拜託，我從來沒坐過商務艙，這裡簡直像天堂。

「我沒那麼嬌貴。」

「你除了身手不凡外還是個大少爺。」我把外套順便蓋在他身上。

「好嘛……」他瞇起眼抱住我的外套。

「你根本就累壞了。」他從惡夢驚醒後整晚都在床上蠕動，這下弄得連我都沒辦法睡好。

「那就安靜點讓我睡覺好嗎？」他賭氣似地瞪我一眼，我只好有一搭沒一搭翻著課本，那些老古董完全沒放水的意思，再不努力鐵定會完蛋。

然後我就睡著了。

「先生需要點什麼嗎？」幾小時後空服員友善的聲音把我從睡眠中喚醒。

「噢……可樂，感謝。」我連忙擦掉臉上的口水順便把戴爾搖醒問他想不想喝點什麼。

「不用，只需要起來走走。」他推開我走向廁所。

「你有點奇怪，我說不上來。」我說。

「只是有點累，別擔心。」

「你們終於來了！」瑪姬姑媽抱著寵物吉娃娃對我們揮手。
「好久不見啦瑪姬！」我興奮地衝向她。
「你又長高了？唉呦，看來哈雷家有望出個球星啊！」她輕捏我的臉頰。
「到時一定讓妳免費入場！」我把她舉起來讓她咯咯笑著。
「而且還是個大力士！這位是……」她好奇地看著戴爾。
「大學室友，想說他沒什麼事就把他一起抓來了。」
「您好，我是戴爾・霍特伍德。」他馬上被熱情的瑪姬一把抱住。
「真是漂亮的男孩，遠看還以為他是你女朋友。」
「喔瑪姬別這樣說！」
「不過得先跟你們說聲抱歉，今年農場狀況特別多，我和你姑丈無法在城裡過聖誕節，但已經先幫你們訂好旅館了。」上車後瑪姬把吉娃娃一股腦兒放在我腿上。「不是豪華大飯店但也滿舒服的，像座夢幻城堡，我第一次到英國就住那兒，我還在想乾脆哪天把農場賣掉去法國買座城堡算了。」
「別想不開，依妳的個性準會打掃到天荒地老。」我努力不讓那隻變態吉娃娃騷擾大腿。
瑪姬姑媽載著我們來到目的地，車子熄火時我只能望著那棟房子乾瞪眼。
「瑪姬……這的確像座城堡，這是古蹟嗎？」我指著旅館問道。

「超浪漫對不對？」瑪姬快樂地回應。「這地方原本是貴族宅邸後來變成旅館，你們一定會喜歡。」

「這地方真的很美。」戴爾對她露出禮貌微笑，我猜得出他正在觀察旅館乾不乾淨，不是衛生上而是另一層意涵，屬於我完全陌生而且毫無天分的領域。

大廳只有一位死氣沉沉的胖女士像雕像般瞪著我們。

「瑪格麗特・洛伊德（Margaret Lloyd）訂的房？我找一下……」她戴起老花眼鏡翻閱名冊。「需要幫你們把兩張雙人床改成一張加大雙人床嗎？」

「當然是兩張雙人床啊。」我總覺得這老女人在盤算什麼。

「拿去，你們的鑰匙。」她交給我鑰匙時順便瞅了我一眼。

「真不友善。」我在長廊上對戴爾抱怨。

「至少環境不錯。」他興味盎然看著掛在牆上的畫，在轉角處差點被一個冒失的傢伙撞上。

「嘿！」我護住戴爾。

「抱歉！忙著趕路！」花襯衫平頭男連忙向我們道歉。

「這麼急幹嘛啊湯瑪士？」他身後傳來女人的聲音，看來是他老婆。

「我丈夫是個急性子就饒了他吧。」哇噢是火辣人妻。「我是莎曼沙・韓森（Samantha Hanson），和我老公在這裡度一個月的假。」

「我們也是來度假的，我是榭爾溫・哈雷，這是我朋友戴爾・霍特伍德。」我真是個見色忘友的混蛋。

「霍特伍德？道蘭・霍特伍德嗎？」韓森太太驚訝地上下打量戴爾。

「怎麼了？」戴爾不安地看著她。

「你舅舅去年買過我的畫，我那時在茶會上還和你過握手！」

「我想起來了！妳那時用莎曼沙・皮爾森（Pearson）這個名字。」

「那是我的娘家姓，我嫁給這有錢傢伙，畫也不畫了。」她指著看起來像典型暴發戶的湯瑪士說道。

「真可惜。」戴爾聳了聳肩。

迷路一陣子後我們終於找到房間，期間還跟一個也在這裡度假的老頭巧遇，他的口音真令人不敢恭維，不過進房第一件事當然是進廁所好好撒泡尿。

「褐色大波浪長髮、灰色眼睛和火辣身材，似乎是你的菜，不過她卸妝後我根本認不出來。」戴爾躺在床上對我說。「她長得真像你女友。」

「你說寶玲嗎？我們已經分手了。」寶玲・考夫曼是某次逛博物館認識的女孩，她當時在實習，但我們個性不太合所以還是拆夥了，據說她之後要到紐約找工作。

「這麼快？你們才交往半年。」

「個性不合，連床都沒上過幾次。」我拉上拉鍊走出浴室。

「不太意外，但依你的戰績來看已經夠久了。」

「忘記她吧，我們有兩個禮拜的時間。」我坐上床沿看著他。「你想從哪開始？西敏寺？大英博物館？柯芬園？蘇活區的小酒館？」

「柯芬園？去看些演出？」戴爾自顧自解開襯衫鈕扣。

「我就知道，但我可沒帶正式服裝。還有你在幹嘛？現在變成會熱了嗎？」我抓住他的手把鈕扣扣回去。

「有點，這裡暖氣太強了。」

「你還真難伺候。」

隔天一早我們在樓下吃早餐一邊強迫收聽韓森先生的高分貝抱怨。他身旁坐著一臉不置可否的韓森太太，附近還有桌看起來飽受驚嚇的法國人（雖然我懷疑是韓森先生造成的），窗邊則坐著那位怪口音老頭，據說是個詩人。胖女士的老公推著餐車進餐廳時還在咕噥有兩個德國人不愛下來吃早餐，而且還嫌棄他的招牌燉豆。

「這裡鐵定有鬼！浴室一直傳來沖水聲！」韓森先生用堪稱喜劇演員的德州腔繪聲繪影地描述半夜的奇怪聲響。

「夠了湯瑪士，那只是排水管。」莎曼沙白他一眼。

「你覺得呢？」我湊向戴爾，他才剛從外頭散步回來正在咀嚼燉豆。

「灰女士沒什麼威脅性，她只是以前在這工作的女僕。」

「所以真的有鬼？」我差點哀號。

「別講太大聲，那個暴發戶很神經質，簡直一副會用手榴彈對付蟑螂的樣子。」他皺起眉頭示意我閉嘴。「相安無事就好，給死人一點尊重。」

「我總覺得這旅館有好多妖魔鬼怪！前天我還在走廊撞見一個綠色小矮人！」韓森先生像故障水龍頭試圖用靈異經驗淹沒所有人。

「是嗎？你要是遇上綠色小矮人怎麼不問他金罈子放哪？」莎曼沙終於受不了地掐住丈夫的耳朵。

「這我倒沒感覺到。」戴爾聳了聳肩。「綠色小矮人？我敢打包票那傢伙喝多了。」

「他看起來就一副酗酒嗑藥的樣子。」我瞥了吵鬧的韓森先生一眼，順便貪婪地瞄了韓森太太的胸部幾秒。

我們肯定會花上不少時間在劇院欣賞演出，不過在那之前我先被拖到薩佛街（Savile Row）[72]打理一番。

「這樣真的好嗎？你要幫我付這些費用？」我不好意思地捏著西裝外套。

「就當作是感謝你為我們安排這趟旅行吧，要不是你邀請我，我冬天根本不想出門。」戴爾滿意地看著我。「聖誕快樂，榭爾溫。」

「那就太感謝了！不過這套衣服也太合身了吧，我看我爸穿西裝根本和布袋沒兩樣。」我看著鏡子不禁頗為自豪，原來我也能這麼體面。

「訂製服。或許你哪天變職業選手也會經常踏進這裡。」

不過韓森先生的胡言亂語可能是真的，某天深夜我和戴爾從西敏寺回來時聽見那三個法國佬在壁爐前窸窸窣窣地交談。

「他們在說什麼？看起來很緊張。」我拉住戴爾的手臂。

---

72 位於倫敦梅費爾（Mayfair）區的薩佛街擁有許多著名裁縫店，訂製服一詞bespoke tailoring誕生於此，電影《金牌特務》（*Kingsman: The Secret Service*，2014）中的西裝店場景即是在此取景。

「似乎也看見不該看的東西，或許我們也能加入順便實踐國民外交。」戴爾從紙袋拿出剛買的櫻桃甜酒走向他們。我看著戴爾和他們馬上就能攀談起來的樣子感到有點忌妒，他的法語聽起來比那群法國佬更讓人渾身酥軟。沒一會兒他把我也拉進壁爐前的小圈圈，而之前一直尚未現身的兩個德國房客也終於在半小時後露面。

「你們說的我也有聽見！」名叫伊迪絲（Edith）的中年德國婦女用生硬英語告訴我們。

「不只沖水聲，還有金屬敲擊的鏘鏘聲。」她的旅伴海嘉（Helga）也睜大眼比劃著。

「那有人像韓森先生一樣看見綠色小矮人嗎？」我好奇地看著眾人，畢竟我對這種東西完全無感，就算在白宮住上整晚附贈甘迺迪在耳邊大唱國歌恐怕也不痛不癢。

「他說什麼？」伊迪絲戳了戴爾一下。

「他說你們有沒有看見綠色小矮人，美國暴發戶說他看見了。」戴爾用流利德語回應她。天啊我室友到底是人還是翻譯機？

「喔喔，那個倫腥的韓森先生。」海嘉笑了出來。「背著老婆亂來呀，哈雷先生！」她的英語比伊迪絲好，她愉快地向我翻譯剛才那句話。

「妳怎麼知道？」

「我和伊迪絲最早住進旅館，接著是韓森先生，他原本戴著戒指，但過幾天戒指就從他手上消失了，我坐在吧檯時看到的。」海嘉神祕兮兮地說。「沒多久那個化妝前後差很多的美國女人也來了，他們是不同時間入住的而且根本住不同房，幾天後我們就看見他們成雙成對出入。」

「但妳要怎麼證明他們真的不是……」

「那女人一開始跟我說她姓皮爾森啊，但法國人來了之後她卻改口說自己是韓森太太，簡直把我和伊迪絲當空氣，因此我們才刻意避開那兩人。」

「看來人的八卦比鬧鬼精采多了。」法國人雷諾（Renauld）感嘆道。「雖然我也有聽見怪聲，但是是半夜聽見廚房那頭有鏘鏘聲傳出。」

「如果我們都聽見了……那應該是真的吧？」海嘉不安地望著他。

「拜託不要！」住另一間房的法國人克萊蒙（Clément）皺起臉哀號。「有天半夜我和希蒙（Simone）溜進廚房想找點東西吃，然後就聽見暗處傳來鍋子乒乒乓乓聲，那真是有夠可怕！隔天胖女士竟然說那只是老鼠！」他指著女友希蒙說。

戴爾狐疑地翹起眉毛。

「沖水聲和金屬敲擊聲。」回房後他分析剛才的談話。「除了韓森先生的小矮人，其他人都宣稱聽見這兩種聲音，而金屬敲擊聲佔多數。」

「經你一說的確是這樣，但我們這間什麼都沒啊。」我攤手回應。

「也許沒被納入騷擾範圍？」他把剩下的甜酒倒進玻璃杯。「沖水聲是有點潔癖的灰女士，我在入住的隔天清早和她聊了一下，她其實滿友善的。」

「所以你沒把我叫醒就溜去散步是因為這件事？」

「沒辦法，整棟旅館只有她一個鬼魂，她的存在感太強烈我總得搞清楚狀況，但金屬敲擊聲？這我倒沒什麼異樣感覺。」

「我完全無感。」

「其他房客和你都差不多遲鈍，只有韓森先生比較敏感。然而，只要有一人開始緊張，其他人就會跟著產生錯覺。」

歡迎光臨愛貓社區

「集體幻覺？」

「還沒到那麼嚴重。」戴爾喝著櫻桃甜酒回應我。「來一點？」

「你在寢室也喝，連度假時也在喝這種甜滋滋的東西？」我接過酒杯啜飲一口。「唔……像酒漬櫻桃的杏仁味。」

「酒漬櫻桃就是這樣做出來的。」他拿回杯子把酒一口飲盡。

「你喝得有點多，快去休息吧。」我實在很擔心他這幾天的詭異行為，比方說超出平常範圍的飲酒和清醒時不自然的臉紅，甚至是花更久時間洗澡，這真是太奇怪了，他不像會水土不服的人。

胖女士依然有如屹立千年的雕像端坐櫃檯，不過面前卻多了新訪客。

「我不能洩漏房客隱私。」胖女士繼續板著老臉回應對方。

「我可是他的妻子！」她氣急敗壞地拍著桌面。

「他現在不在房內，妳不能就這樣闖進去。」

「要告訴她實情嗎？感覺會變成八點檔。」我和戴爾正巧在樓梯口聽見她們的談話。

「還是不要好了，局外人恐怕只會把事情搞得更複雜。」戴爾搖搖頭。

我為那個一臉挫敗的女人感到不捨，但那的確是別人的私事不該隨意插手。「那今天要到哪晃晃？蘇活區？」我試圖改變話題。

「聽起來不錯。」

出於好奇，我們在出門前瀏覽旅館的歷史，老照片和說明看板像缺乏管理的廢墟掛在餐廳牆上。這地方是十九世紀初興建的貴族宅邸，之前原本是片林地，兩次大戰結束後那個家族逐漸凋零，胖女士的父母便趁機買下宅邸作為旅館經營。

「她就是灰女士。」戴爾指著一張舊照片。

「原來，不過她看起來和照片一樣嗎？」我好奇地瞧著照片裡的老婦人。

「是啊，與其變回年輕面貌，她似乎更喜歡以老年姿態出現。」他轉頭看著窗外發呆。「她很年輕就來這工作，晚年擔任這家人子弟的家庭教師，不過那些孩子幾乎都在戰場上死了。」

「看來你那天和她聊了很多。」

「她大概很少遇到能看見她的人所以特別健談吧，她深深愛著這裡，眷戀與那些戰死沙場孩子相處的時光，即使那家人早已離去。」

「但死去的貴族呢？他們為何不留下來？」

「多數人死後無法保有意識，成為失去形體只剩世俗慾望的鬼魂，除非執念強烈才能保有生前的樣貌與記憶。」他優雅地舉起茶杯。

「原來如此，不過還好我沒你那種能力，不然生活中會多出許多困擾。」我拿起司康塞進嘴裡，咀嚼幾口才想起我把最後一個吃掉了。「抱歉。」

「沒關係，我喝茶就好。」他露出悲傷的微笑。

「沒事吧？是那位灰女士的故事讓你感到難過嗎？」我興起想擁抱他好好安慰他的念頭，但那個屎臉怪老頭還坐在附近。

「大概，這麼令人感傷的故事。」他看著茶杯說道。

我們花了整天在蘇活區閒逛，晚上坐進小酒館後每個人都像搖滾歌手上身一樣搶著大顯身手，就連今晚表演的樂團也忙著慫恿賓客上來唱歌跳舞。酒精進入腦袋後的人們對台上瘋狂鼓掌或噓聲連連，就連戴爾也被熱鬧氣氛感染而難得地開懷大笑。

「尖叫吧小妞們！」一群瑞士小夥子唱完比吉斯的〈祕密戀情〉[73]後把襯衫脫下來往台下扔讓眾人笑得前翻後仰，餅乾和衣帽在空中亂飛。

「欸你們！有興趣嗎？」滿臉醉意快摔下台的吉他手對我們大喊。「來點耳熟能詳的老歌？大衛・鮑伊和米克・傑格在街上跳舞那首[74]？」

「這樣就算老歌！」我爆笑出來。

「對對就這首！」吉他手根本就嗨茫了。

「可以嗎？就像之前在學校那樣？」我看著戴爾。我們曾在兄弟會派對耍寶合唱這首，不過得先把戴爾灌醉才有辦法讓他負責鮑伊的段落。

「好啊！」很好，他醉了。

我們就像那兩位搖滾巨星跳上舞台，眾人如雷歡呼，歌曲結束時戴爾摔進我懷裡大笑，眾舞女像看到偶像一樣把我們團團圍住。

「我們做到了！我們他媽的做到了！」我對他尖叫。

「是啊他們愛死了！」他興奮地抓著我的衣角。

73 〈祕密戀情〉（"Secret Love"）是比吉斯合唱團在一九九一年推出的專輯*High Civilization*中的歌曲。

74 這首歌是大衛・鮑伊（David Bowie，1947-2016）和米克・傑格（Mick Jagger，1943-）在一九八五年翻唱的"Dancing in the Street"，也是當時募款救濟衣索匹亞的慈善歌曲之一。

過了午夜我們才吵吵鬧鬧回到旅館，這讓正在跟一臉緊張的法國佬雷諾談話的胖女士很不高興，不過誰要鳥她呢？我們一邊唱跳回房間一邊哀嘆著真該把那些小妞帶回來續攤，半途還被吃驚的海嘉和伊迪絲問候然後獲得戴爾在她們臉頰上的親吻。要是讓阿福知道他鐵定會氣死，他向來注重寶貝大少爺的品格教育，在他眼裡我根本是個壞朋友，不過我樂得見到戴爾這樣，這才是正常大學生該有的樣子啊。

更精采的是韓森先生的祕密戀情終於被揭穿了，他的房間現在傳出吵架和東西亂丟的聲音。

「雷諾還在講鬧鬼的事情！」我倒回床上打開電視。「那群法國人恐怕比韓森先生還神經質！」

「可不是？連我都感覺不到灰女士了！」戴爾又拿出櫻桃甜酒。

「小心別醉倒，你剛才已經喝夠多了！」我笑著回應他，這傢伙要是不說沒人知道他是個大酒桶。

我一邊看電視一邊享受酒精逐漸麻痺腦袋的薰陶感，戴爾則逕自在沙發上啜飲櫻桃甜酒。一會兒他走向我的床爬了上來，我騰出空間讓他窩在一旁，不過沒一下他就倒在我腿上了。

「看吧你醉倒了。」我幸災樂禍地提醒他。

「我沒醉……」他嘀咕著努力用手肘撐起上半身。

「會這樣說就代表喝醉囉！」我把他扶起來讓他靠在肩上，修剪完美的手指在我的襯衫抓耙著。「要是累了就睡吧，我會記得把你踢下去。」我輕拍他的臉頰。

「不！別這麼做！我想要……」他緊張地看著我，手指滑上我的臉。

「怎麼了老友？不舒服嗎？」我感到身體不自然地發燙，視線不斷飄向他輕微顫抖的雙唇。

「別把我扔下去，我……」他張開嘴發愣，臉頰呈現絢麗的緋紅。

他瞇眼湊向我，甜膩杏仁味竄進我的鼻腔。

「你在幹嘛！」我猛力推開他讓他差點摔下床。「清醒點！」

戴爾害怕地看著我，我第一次看到他如此驚慌。

「我真的很抱歉……原諒我……」他摀住臉。

「我沒有生氣，只是……」

一陣淒厲尖叫讓我瞬間醒了過來。

我衝下床盯著貓眼，發現是身著薄紗睡衣的莎曼沙站在外頭。

「發生什麼事？」我開門看著她。

「小矮人……綠色小矮人！」她驚恐地指著走廊盡頭。

「啥？」

「你看我真的沒騙人！」哎呀是韓森先生而且後面還跟著他老婆。

「你他媽當然在騙人！」真正的韓森太太踩了他一腳。

「哎喲！我是說綠色小矮人啦！」他哀號著答腔。

所有人都衝出房間看著我們。

「吵死了現在是怎麼回事？」怪老頭瞪著大家。

「八點檔還沒結束嗎？」伊迪絲臉上還有幾片小黃瓜。

「有人大叫小矮人嗎？」希蒙不安地發問。

「怎麼回事？」戴爾也走出房門。

「她……她看見韓森先生說的小矮人。」我發現他的鼻子有點發紅。

「那恐怖的東西往樓下跑了！」莎曼沙現在哭得像個小孩，海嘉露出同情的眼神並脫下外套罩住她。

「等等……這是什麼？」戴爾彎下腰看著掉在地上的一截玉米。

「看起來才剛被啃過。」我把那東西撿起來。

「我想起來了……小矮人手裡好像拿著什麼！」莎曼沙嗚咽道。

「廚房。」戴爾示意我樓下的方向。

「你想這會是他們聽見廚房傳來怪聲的原因嗎？」我跑下樓梯時拚命盯著他。

「很有可能。」他顯然在閃躲我的視線。

「我先說我沒生氣，戴爾，喝醉的人什麼事都做得出來，球隊上有個傢伙也會這樣。」我打從心底銘記戴爾會在喝醉時意圖和所有人來個法式接吻。

「我很感謝你沒動手打我。」

「何必呢？」我很怕他突然哭出來。「嘿……戴爾，我不會這樣做。」

「你會討厭我嗎？」戴爾不安地問道。「你會疏遠我……對吧？」

「不！我是你的朋友！忘記這件事！就當沒發生過一樣！」

「謝謝你，我剛才真的失態了。」戴爾靠在廚房門邊嘆息。「有聽見什麼聲音嗎？」

「只有那群人跑來的腳步聲。」我看了現在才趕到的房客們一眼，隨即聽見廚房傳來鍋碗瓢盆掉到地上和玻璃破掉的聲音。「該死！有夠可怕！」

「你們這是在搞什麼鬼？」胖女士和她老公果然也來了。「噁！你們聞起來像間酒吧！」

「廚房裡有東西，可能有動物闖入，而且剛才還在走廊亂跑嚇到房客。」戴爾站直身體回應她。

「是嗎？」她狐疑地看著手拿雨傘釣竿手杖船槳作為防衛的眾人。「把燈打開。」她向丈夫吩咐道。

燈火通明後我們全都瞪大眼睛，廚房裡食物碗盤散落滿地，流理臺前的窗戶破了個大洞。

「浣熊，絕對是浣熊。」胖女士看著一片狼藉搖頭。

「怎麼可能？」怪老頭對她大吼。

「而且還是綠色的浣熊。」韓森先生嘲諷道。

「附近有人養了隻調皮的浣熊，我能證明。」胖女士的老公努力安撫我們。

「那對夫妻似乎在隱瞞什麼。」回到臥房後我趴在床上看著戴爾。「或許你能問問你的好朋友灰女士。」

「我試試看。」

「欸等等戴爾，我是開玩笑的別當真！」

「雖然你看不見鬼魂，但還是迴避一下免得不舒服，去浴室待著好嗎？」他無視我的哀號把窗戶推開。

我突然有種他會從陽台跳下的預感。

「不，我沒問題，讓我陪你。」我快步走向他。

「我不會有事，你不需要這樣。」他緊張地看著我。

「我只是很好奇。」

「唉，好吧。」他閉上眼睛。我感到一股寒意，希望只是刺骨寒風的關係。四周安靜下來，連風聲都難以察覺，我緊抓陽台扶手想壓下顫抖，但沒任何東西在眼前浮現。戴爾的嘴唇抽動幾下，雙眼半張似乎在注視陽台外某個我無法看見的物體，幾分鐘後踉蹌倒向我。

「沒事吧！」我抓住他的肩膀。

「只是很累而已……灰女士還叫我要保重身體。」

「的確，你這陣子真的喝太兇了，但她有透漏什麼嗎？」

「『祕林之子正在消亡。』她這樣告訴我。」他皺眉說道。「我不懂那是什麼意思，年代久遠的鬼魂通常喜歡出些難解的謎語。」

「祕林？我只想到這間旅館原本是座森林而已。」我想起餐廳裡的介紹看板。

「但那又有什麼關聯？半夜偷吃的東西該不會和那座森林有關？」

「我們明天就待在旅館裡尋找線索吧。」我看著他越漸蒼白的臉不禁擔心起來。「先休息吧戴爾，你看起來氣色很糟。」

「好……謝謝你。」他倚著我呢喃。

他被我攙扶回床邊，我跪在一旁不安地看著他直到天亮才睡去。我想起他的吻，雖然他堅持那只是一時失態的結果，但我感覺絕非如此。

屬於家人的回憶逐漸湧現，我努力壓下害怕他會自我傷害的念頭。

韓森先生和冤家們在隔天離開旅館，至於那群法國人和怪口音老頭也終於受不了夜晚的怪聲而悻悻然退房，只剩我們和那兩個德國人。房客出門後，我和戴爾便在旅館裡四處亂鑽，觀察胖女士夫婦的行動範圍讓我們找到一些他們極少經過的地方，例如通往閣樓的樓梯他們似乎從未涉足，於是那裡就變成我們尋找線索的第一站。

「又是玉米。」戴爾用衛生紙捏起一截乾掉的玉米梗。

「這東西似乎是吃素的。」我看著地上的蔬果殘骸。

「而且體型不大。」他小心翼翼走向窗邊指著灰塵上的小腳印。

「好像青蛙腳……」我不禁寒毛直豎。「難不成我們發現什麼妖魔鬼怪嗎？」

「放輕鬆點，榭爾溫，往好方向想或許我們發現了新品種生物。」戴爾愉快地看著窗外。

「要是如此就好了。」我發現地上還有一些細碎毛髮，看起來有點像老鼠毛但是是綠色的。

「嘿，戴爾，還有這些，看來是動物沒錯。」看到有實體留下讓我鬆了口氣。

「而且感覺挺聰明……或是擁有未知力量。」他拿起窗台上的一個小牛奶瓶，裡面有朵小雛菊。

「這似乎是我們來的那天樓下花瓶裡的花，夜晚的溫度應該會讓它結凍才對。」

「但現在是白天。」

「如果它在晚上結凍又融化不可能還這麼鮮嫩。」戴爾把花拿到我面前。「就像把水果冰進冷凍庫再拿出來退冰後的樣子。」

「嗯……會糊掉？」我想起之前幹的蠢事，我把芒果放進冷凍庫被老媽臭罵一頓。

「對，組織會被冰晶破壞。」

「你的意思是那個偷吃食物的傢伙能讓這朵花保鮮？」我狐疑地看著小雛菊。

「不無可能。」

把線索寫進筆記本後我們便返回客房分析，順便從樓下書櫃尋找能提供幫助的書籍，胖女士夫婦的書櫃裡還真多跟生物有關的書，大概是他們的興趣吧。

「無解，找不到相似東西。」我扔下一冊動物圖鑑讓它掉回地上。

「別這樣摔書。」戴爾白了我一眼。

「抱歉。」我連忙把書疊好。

「如果從腳印和食性來看牠可能是爬蟲類，兩棲動物很難在這種乾燥寒冷的地方活動，況且也沒人看過接近一呎長而且還用兩隻腳走路的青蛙或蠑螈吧。」他繼續翻閱圖鑑。

「除非是《柳林中的風聲》[75]裡的蟾蜍先生跑出來？等等……用兩隻腳走路的青蛙或蠑螈？小矮人的形象？我想到一個東西！」我充滿不營養流行文化的大腦突然運作起來。「戴爾，你看過《小精靈》[76]嗎？」

「那是什麼？」他一時反應不過來皺著一張臉。

「你沒看過？就是半夜不能吃東西或噴到水不然就會變成怪物的毛茸茸小妖精啊！」我把雙手伸到頭頂模仿小精靈的大耳朵。

---

[75] 《柳林中的風聲》（*The Wind in the Willows*，1908）是英國作家肯尼思・格拉姆（Kenneth Grahame，1859-1932）的童書。

[76] 驚悚喜劇電影《小精靈》（*Gremlins*，1984）的內容環繞在魔怪（mogwai）這種神奇生物身上。

歡迎光臨愛貓社區

「啊，經你一說我好像有印象。」他搔搔頭笑了出來。「如果從腳印、留下來的毛髮和目擊者的形容來判斷，那東西似乎和電影裡的小精靈有點相似，但應該是變成怪物時的樣子吧？」

「對，我正在擔心這個。」我回想起電影裡有如惡夢的小妖怪軍團。

過了午夜我們躲過胖女士丈夫的巡邏溜進廚房埋伏，通常他確認壁爐前沒人聚集就會熄燈回臥房，只剩胖女士坐在與餐廳隔著一道門的大廳守夜，因此她是很難發現我們的。然而，一陣突如其來的腳步聲害我們嚇得摔成一團。

「你們是……同性戀？」海嘉瞪大眼看著壓在戴爾身上的我。

「噓！」我連忙豎起食指。

「別擔心，我們也是。」伊迪絲露出燦爛笑容。

「我不是那個意思啦……」我低聲回應她們。「妳們跑來幹嘛？」

「找宵夜。你們又在幹嘛？」

「我們是來抓那個偷吃東西的小矮人！」

「但胖女士不是說是浣熊嗎？」

「我們發現那似乎不是浣熊。」戴爾把我推開。「妳們如果願意的話能先安靜下來嗎？」

「好吧，感覺很刺激。」海嘉和伊迪絲只好嘟嘴窩在一旁。

半小時後廚房依然毫無動靜，地板冷得像結冰湖面害我不停扭來扭去，萬一屁股凍傷我可不知道要怎麼跟爸媽交代。

「好冷……」伊迪絲小聲抱怨。「要巧克力嗎？我有帶一點出來。」她遞給我一片用鋁箔紙包著的巧克力。

「真是太感謝了。」我接過巧克力把它捏成兩半順便問戴爾要不要分一點，他對我露出緊張的微笑，我把一片塞進他嘴裡。

「謝了……」他咕噥著回應我。

「感情真好！」海嘉差點笑出來。「什麼時候在一起的？」

「我們不是情侶，親愛的海嘉。」戴爾紅著臉回應她。

「我們是大學室友。」我在一旁小聲補充。

「原來。」海嘉也向伊迪絲要一片巧克力。「我和伊迪絲是七〇年代末認識的，當時我們都在柏林念書。」

「東柏林還是西柏林？」

「聲色犬馬的西柏林。說唸書也不是，年輕人總想做點瘋狂的事情例如成為搖滾巨星，我們也是，結果就惺惺相惜在一起了。」海嘉愉快地回憶起冷戰結束前在西柏林的瘋狂事蹟。

「我們當時有個小樂團，會在其他團演出前暖場。」伊迪絲咯咯笑著。「我們還遇過喝掛嗑茫的尼克・凱夫[77]想邀我們來場三人行！我們真像群瘋子！」

「天啊！那有成功嗎？」我不得不佩服這兩個瘋狂的女人。

「沒，因為吉他手不喜歡我們！」

「真可惜！」

[77] 尼克・凱夫（Nick Cave，1957-）是樂團尼克・凱夫與壞種子樂團（Nick Cave and the Bad Seeds）主唱，樂團知名歌曲包括成為《驚聲尖叫》系列配樂的〈紅色右手〉（"Red Right Hand"）。

「我本來不想說，但妳們長得還真像紅心樂團[78]的主唱和吉他手。」戴爾對她們說。

「真的嗎？那真是太棒了我喜歡這稱讚！」海嘉把戴爾摟進懷裡。「但成名之路一點也不容易，尼克他們大紅大紫，我們默默消失。搖滾樂對女人一點也不友善，我們遇過不少危險，最後只好流淚放手。」她輕揉他的頭髮說道。

「不太意外，音樂產業不喜歡女人。」戴爾在她懷裡笑著。

「有主見的女人、不符世俗期待的男人、同性戀和變裝癖，是啊，我們都經歷過，就像《陰性終止》[79]裡說的一樣，從古至今西方音樂都憎惡甚至害怕女人。」

「那是什麼？」我好奇地看著她。

「兩年前的書，值得一讀。」她聳了聳肩，隨即皺眉抬起頭。「有聽見什麼聲音嗎？」她緊緊抱住戴爾。

我聽見一陣細碎腳步聲，像雞鴨之類的動物在地上踩踏。

廚房大門緩慢打開，我們全都緊張地屏息，視線不約而同集中在門口的一小道陰影上。牠看起來……還真像電影裡的小精靈，但是是變成怪物的版本而且滿身綠毛，頭頂有叢火焰般的橘紅色冠毛。

這下可好，希望電影都是演假的。

那東西的所在位置湊巧看不見我們，牠躡手躡腳走進來，在往我們的方向前進時，牠的注意

78　紅心樂團（Heart）是活躍於一九七〇至一九九〇年代的美國樂團。

79　音樂學者蘇珊・麥克拉蕊（Susan McClary，1946-）在一九九一年出版的論文集《陰性終止》（*Feminine Endings*）中將性別研究帶入傳統音樂學西方/男性中心的美學分析中。

力被廚房中島上的一籃水果吸引而跳上去，那是戴爾一進廚房就從冰箱裡拿出來擺在上面的。

噁！這傢伙吃相真難看！葡萄碎片都噴到我臉上了。

戴爾抓住我的手示意我拿起漁網，我憋著氣小心翼翼地抓住握桿，他緩慢地從海嘉懷裡爬出，試圖用腳勾住掉在附近的布袋。

「一……二……」他用唇語對我說，我點點頭準備跳上中島。「三！」

我不顧一切跳上去把網子往那東西身上甩，戴爾也隨即用布袋罩住拚命尖叫的不明生物。

「打開燈！」我對海嘉大喊，就在她開燈前，布袋裡的那隻東西竟然開口說了話，尖銳嗓音從袋子穿出。

「我只是餓壞了！」

所以牠只是隻餓肚子的怪異生物？如果讓牠被世人發現的話牠會遭遇什麼樣的命運？慌亂中我不小心把網子提起，那東西像閃電竄出布袋從還沒修好的破窗跳出。

「榭爾溫！你在做什麼！」戴爾對我大叫。

「抱歉！我鬆手了！牠只是……肚子餓，你也有聽見，我們真的該抓住牠嗎？」我放下漁網看著他。「我不認為牠心懷惡意，而且抓到牠又該怎麼辦？」

「我也有聽見，但那東西既然會說話總能溝通吧……雖然用網子抓好像不是多和平的溝通方法。」他懊惱地捏著布袋。「牠大概嚇壞了。」

「你們到底在搞什麼？」胖女士夫婦衝進廚房。

「浣熊。」戴爾轉頭回應他們，我們全都驚訝地看著他。

「什麼？」胖女士的丈夫差點尖叫。

「很抱歉懷疑你們，那東西真的是浣熊。」戴爾指著滿桌狼藉並看了我和那兩個德國人一眼。

「對對對剛才真的是浣熊！我們本來抓到牠但被牠逃了！」我連忙舉起網子。

「對啊，好大一隻浣熊（Waschbär）[80]！」伊迪絲在一旁幫腔。

「既然這樣你們就請回吧，廚房不是房客能擅自闖入的地方，別再像浣熊一樣跑進來偷吃東西了。」胖女士搖了搖頭。

「你們怎麼看？」驚魂未定的海嘉和伊迪絲跟著我們回到房間。

「牠似乎住在閣樓，半夜才會跑下來偷吃東西，也許我們白天能再上去看看。」戴爾窩在床上回應她。

「那東西看起來真的很詭異，而且胖女士夫婦好像也知道牠的存在，瞧他們剛才驚訝的表情。」我把熱茶遞給他們。

「他們可能知道那生物的存在，所以才會編造浣熊的說法。」戴爾接過茶杯看著我。

「我想應該是這樣，不過牠又和『祕林之子』有什麼關係？該不會牠就是祕林之子？」我在他身旁坐下。

「恐怕只能親自問牠了。」戴爾試圖從我身旁挪開。

「青春真是美好。」海嘉感嘆道。

「不，拜託別誤會了。」我只能對她猛翻白眼。

[80] 浣熊的德文。

可憐的海嘉似乎在昨天的廚房探險中著涼了，她女友伊迪絲只好跑來向我們的探險計畫告假。我們在出發前繼續翻閱書籍，期望能找到任何可能的解釋。

「我能告訴你一件事嗎？」我從厚重書頁中抬頭。

「怎麼了？」戴爾顯然還沒從那天的「意外」恢復，依然會閃躲我的視線或是對我在他身旁感到不自在。

「我並不在意你那晚的失態，就算你那時還說了句『我愛你』。」我想起他吻我之後還說了這句話。

「我真的很抱歉，我不該濫用我們的交情。」他再度陷入慌亂。「回國後我會搬出宿舍……我應該要離你遠一點。」

「你他媽在說什麼？」我惱怒地走向他，跪在沙發前直盯著他的冰藍色雙眼。「忘記這件事！我還是你的朋友！」

「就算這樣你還想當我朋友？你知道我是什麼！難道你也喜歡趨炎附勢嗎？」

「我幹嘛這樣做啊？別鬧了戴爾我有這麼心胸狹窄？有人曾經傷害你嗎？」

「有！」他皺起眉頭。「我不想再受到傷害，所以想在你反擊前先發制人，就這樣。」

「聽我說，戴爾，我不會這樣做。即使我無法接受你的愛，但我們仍然可以是朋友，就像兄弟一樣。」我握住他的手。

「你能保證？」他不信任地看著我。

「沒有人該為愛而受傷，我是指真正的愛，不單只是肉體關係……好啦戴爾不要笑！我知道我最沒資格說這個！」

「你真的很沒資格談愛啊！」他嘟起嘴。

「你願意聽我說個故事嗎？關於我的家人。」我搓揉他冰冷的雙手，他突然睜大眼好奇地看著我。

「我洗耳恭聽。」他從我的手中抽出，把蓋在身上的毛毯拉得更緊。

「我舅公……是個同性戀。」我想起祖母英年早逝的大哥。「其實我從沒見過他，他在韓國打仗時就自殺死了。當時軍方並沒有詳細告知他自殺的原因，直到他信任的同袍回國後我祖母才收到由他轉交的遺書。」

「這和他的性傾向有關嗎？」戴爾抿著嘴唇問道。

「他在遺書上說他曾向另一位同袍告白被拒絕。他的私事迅速在隊伍中傳開，人們不會對他寬容，他最後選擇自殺。」

「是他告白的人做的嗎？」

「他在遺書只想要我們……原諒他的作為，雖然十之八九是那人說出去的，但沒人知道那個人是誰。」我感覺眼眶一陣濕熱，我實在難以將這場悲劇繼續述說。「我祖母失去了大哥，沒多久也因為意外失去雙親，走投無路的她選擇和鎮上同個教堂的小夥子結婚，那傢伙也剛從韓國回來沒多久。他們婚姻美滿，開了間小超市經營得有聲有色，直到我七歲時祖父有天在超市後頭殺了自己，用獵槍把腦袋給轟了……我剛好進倉庫想找他，只看見滿地血肉。」

「他……他為何……」戴爾的手指在我的眼角輕撫。

「我一直到八年級才知道。」我抓住他的手。「那時是同志驕傲月，我聽了演講者的故事回家向父親分享，沒想到他卻突然邊哭邊說起祖父自殺的事情甚至拿出遺書給我看，搞得一副我們家很愛自殺寫遺書的樣子。我祖父背負一輩子的罪惡，那個因為性傾向而自殺的年輕人的告白對象就是他，他當時因為好玩而向其他人洩密，就是他害死我舅公！」

「這……我不知道該怎麼說，世界也未免太小。」

「他娶了我祖母就是為了贖罪，他始終無法原諒自己……」我轉身用手背擦拭眼淚。「我不想失去你。」

「我不會想不開，就算你想傷害我。」他的體溫逐漸貼近，修剪完美的手指覆上我的肩膀，細軟的淺金色短髮在我的後頸摩擦。「而我也不想失去你這個珍貴的朋友，樹爾溫。」

「……謝謝你。」我感覺自己彷彿解除一道惡毒詛咒。

他抱著我好一陣子，直到一陣怪風把窗戶吹開才猛然跳了起來。

「灰女士？」他看著空蕩的陽台。

「啥？怎麼了？」我連忙倒退好幾步。

「牠就要死了？這是什麼意思？」他自言自語著走向陽台。

「哇噢等一下！」我連忙衝到他旁邊。

「『祕林之子生於大地，失去家園即步向緩慢而痛苦的死亡。』」他再次痛苦地瞇起眼。

「她是這麼說的……抱歉，她力量有點強我受不了。」

「她不是這世紀才死掉的人嗎？這時間並沒有很久吧？」我連忙扶住他。

「執念。那股執念不只是對她以前服侍的家族，還有那隻奇怪的生物，她想保護那生物卻束手無策，牠已經快不行了。」他披上外套。「走吧，得看看到底發生什麼事。」

我們朝通往閣樓的樓梯跑去，但胖女士的老公正巧走了過來。

「不准隨意亂闖。」他嚴厲地瞪著我們。
「那東西就要死了！」我對他大吼。
「浣熊嗎？」
「你知道那是什麼！」
「哈雷先生你最好冷靜點，有些東西只能當它不存在，因為我們也束手無策。」
「總是有辦法！」我和戴爾衝上樓梯。
當我踢開閣樓大門時，那東西正坐在地上對我們發愣。
「……你為什麼不逃走？」我害怕地看著牠。
「我就要死了。」牠指著窗台上枯萎的小雛菊。「我的力量沒了，沒那片森林我就會慢慢消失。」
「你是從這棟房子所在的森林中誕生的對吧？」戴爾在牠身旁蹲下。「你就是祕林之子？」
「小妖精是森林的孩子，我們守護森林，這裡是我們的家，現在只剩我。」小妖精看著窗外的銀白世界緩緩說道，牠的口音有股濃重腔調，就像之前那個怪老頭一樣。「已經一百年了，我的行動越來越緩慢，知覺也越來越遲鈍，甚至不能讓這朵花繼續綻放。」
「你能離開這裡到別的森林嗎？」
「我們離不開家鄉的樹，樹死在這裡，我們也會死在這裡。」
「這下該怎麼辦？」我看著戴爾。
「牠非常絕望。」戴爾難過地望著呆坐地上的小妖精，胖女士和她老公這時也跑了上來。
「該死！」胖女士瞪著我們。「買下房子後那東西就一直在這搗亂！」

「牠才是這裡最早的住戶吧？牠已經快死了！」我對他們怒吼。
「就讓牠死吧，我們無能為力。」胖女士的老公攤手說。
「你他媽竟敢這樣說！」我衝向前想揍他一拳卻被戴爾擋下。
「不要動用暴力，榭爾溫。」他冷靜地站在我們中間。「瓊斯（Jones）先生和瓊斯太太，我知道你們經營旅館很辛苦，但這小東西和我們一樣都是活在地球上的生物，甚至可能比我們早幾百年就住在這，我想你們在書櫃裡放那麼多生物書籍不是偶然吧？」
「我們曾試圖理解牠但仍然找不到答案，只好不理牠當作沒這回事。」胖女士嘆了口氣。
「沒想到牠就要死了，但生命總會消逝不是嗎？」
「其實我能活更久。」小妖精不滿地嘀咕。
「你是什麼時候出生的？」我詢問牠。
「大約六百年前，有人從高地帶了樹苗種在這。」牠伸出青蛙般的手指數著。
「高地？」
「蘇格蘭。」
噢，這解釋了這個小傢伙和那老頭的奇怪口音是怎麼回事。
「說到這個……」戴爾瞄了我一眼。「我家有片林地的樹最初也是從蘇格蘭帶來的，它們這幾年不知為何被線蟲感染到快要全軍覆沒。」
「如果現在有棵家鄉的樹在我面前，我一定能馬上恢復力量治好它。」小妖精惋惜地說。
「你還能撐多久？」
「恐怕不到一星期就會化成灰，就像我家人一樣。」

「欸……戴爾……我們要怎麼把牠運回美國？」

戴爾對我們露出頑皮的微笑。

「親愛的你不是說明年才回來嗎？瑪姬姑媽怎麼說你們提早離開了？」老媽在電話另一頭喊著。「我妹我哥全家都來了所以你也別想睡地下室！整棟屋子都是人！連車庫都滿了！」

「別擔心，我室友得了流感只好提早回來，我現在住他家！」我扯了個謊便繼續窩在霍特伍德大宅的壁爐前喝著啤酒，順便欣賞在窗外一邊剷雪一邊咒罵的蘇洛。

「那假期結束後你就自己回學校吧，我和亞當今年有得忙了！還有你的成人雜誌我全都回收了，讓你表妹看到那堆髒東西真是有夠丟臉！新年快樂啦！」

「欸？老媽——」

「怎麼了？」戴爾一邊啃著阿福端來的炸雞一邊看著我。

「我媽把我的收藏全扔了。」我倒回沙發。

「別跟我說是那堆成人雜誌。」

「對啦怎樣？」我不滿地轉著遙控器。「不過話說那小東西還活著嗎？」那隻虛弱的小妖精被裝進行李箱用一堆衣服做為掩飾帶回來，天知道牠是怎麼通過海關的，X光機好像照不到牠，牠身上最好不要有什麼傳染病，否則我們會吃不完兜著走。

「牠恢復活力了，生病的樹林竟然也復原了。」戴爾愉快地窩在我身旁。「早上我請阿福找園藝師來看，他們都很驚訝，不過有個還差點在花園裡迷路就是了。」

「你家根本是個迷宮，我第一次看到這麼大而且還有森林的花園。」我抓起一塊炸雞啃著。

「那叫景觀花園（landscape garden）。」

「你是指一進門那個？」

「那是法式花園（jardin à la française），大宅後面那片是景觀花園。」

「每次聽到名字裡有『à la』總會讓我想到法國菜。」我笑了出來。「你家園丁鐵定很辛苦。」

「當然，我有請阿福記得幫他們保險。」

「不過我們都還不知道那隻小妖精叫什麼名字？」

「牠說牠沒有名字，所以我就幫牠取名格姆林（Gremlin）了。」戴爾心不在焉地回應。

「你直接用電影裡的小妖怪幫牠命名？」我笑到差點滾下沙發。

「牠似乎很喜歡新名字。」

「好吧。」

客廳音響突然飄出〈朋友還會是朋友〉[81]的旋律。

「格姆林？」戴爾瞄了音響一眼，一叢橘紅色從音響後頭鑽出來對我們傻笑。

「窩洗翻這個！音樂！搜音機！皇后！」這傢伙的口音越來越可怕了，簡直像個酗酒老船長。

「我也很喜歡。」戴爾笑著回應牠。

「你喜歡皇后合唱團？我記得你整天都在寢室聽華格納。」我驚訝地瞪著他。

---

81 〈朋友還會是朋友〉（"Friends Will Be Friends"）是皇后合唱團（Queen）在一九八六年推出的歌曲。

「搖滾樂不錯啊，還有那不是華格納是貝里尼，我不喜歡華格納。」
「我想起來了，你那時還說海嘉和伊迪絲長得像紅心樂團成員。」
「這讓你很驚訝嗎？像我這個機掰大甲炮？」戴爾故作被冒犯地看著我。
「能多了解我的朋友當然很好，這樣我就有藉口把你抓去聽演唱會了。」該死！他竟然還記得我一開始幫他亂取的綽號。
「感激不盡。」
我們看著彼此笑了出來，阿福在一旁無奈地搖頭，一邊知會我們等會兒有客人要來晚餐。
「誰啊？我出現在這會很突兀嗎？」我看著阿福。
「是老爺的表妹珍妮佛・特伯雷小姐一家人，她其實也是你們同學。」
「真是稀客，他們很久沒來了。」戴爾翹起眉毛。
「她很正嗎？」我果然都用下半身思考。
「非常。」他露出微笑。

（全文完）

黑色通靈板

（一九九四年六月九日，劍橋，麻薩諸塞州）

今天是許多人的大日子，校園充斥極度的歡愉與茫然，就連在學生都被深深感染。

「原來今年是副總統[82]致詞，難怪陣仗這麼大。」榭爾溫坐在窗邊說道。

「要去聽嗎？」我頭也不抬地問他。

啊，抱歉忘記自我介紹，我是戴爾・道蘭・霍特伍德，榭爾溫的室友，現在正坐在空調壞掉的寢室裡看書。

「才不要。」

「那你這麼早回寢室做什麼？」

「在等寶玲。」

「你又開始和她約會了？」我不禁搖頭。

「餞別老情人而已，她要去紐約工作了，你也一起來吧，我有訂餐廳。」榭爾溫一屁股坐在我身旁，熟悉的香水味讓我更加燥熱。「還有可以把音樂關掉嗎？我已經受夠尖叫了。」他瞄準收音機出擊，像隻大猩猩撲來。

[82] 那年哈佛大學畢業典禮演講者是美國第四十五任副總統高爾（Albert Arnold Gore Jr.，1948-）。

「這樣很熱，榭爾溫。」真是的，露琪亞[83]才剛要發瘋，就不能讓我把歌聽完嗎？

「終於！吵了整個早上！」那傢伙關掉收音機愉快地看著我。「怎麼了會熱嗎？」

「原來你還會讀心術。」我不滿地瞪著他。

「用看的就知道。」他伸手抹去我額頭上的汗水。

「別這樣榭爾溫，你已經越線了。」我連忙推開他。自從倫敦之旅後他便知道我對他的情感，雖然他明確表示拒絕但還是很喜歡這樣逗弄我。「如果不介意就去找個女友，我相信你絕對辦得到。」

「你竟然在勸我找女友？」榭爾溫笑了出來。

「是的，這樣你就會把那堆不聽話的手指放在別人身上。」

「我沒對你動歪腦筋的意思啊！」榭爾溫滿臉歉意看著我。「抱歉讓你覺得不舒服，我只是在和你鬧著玩。」

「鬧著玩總有界限，喜歡男人並不代表喜歡成天被男人騷擾，就算是帥哥也一樣。」唉，我不該加上最後一句。

「好啦我知道，但你真的需要去沖個涼。」

「我等會兒會去，但願你選的餐廳空調沒壞掉。」我丟下他走向衣櫃。「還有你也沒好到哪，你才剛從球場回來。」

83 戴爾這時正在聽董尼采第（Gaetano Donizetti，1797-1848）歌劇《拉美莫爾的露琪亞》（*Lucia di Lammermoor*，1835）中女主角的瘋狂段落〈甜美的夢〉（“Il dolce suono”）。

「對了，我上週看到你和一個藍頭髮正妹走在一起，那是誰？」樹爾溫的大臉在鏡子裡看起來真可愛。

「某堂課認識的，她是個雙性戀。」

「你和她該不會……」

「她想嘗鮮，我們只是萍水相逢沒再聯絡。」

「別勉強自己，戴爾。」

「我僅只好奇自己能否像個正常人。」我好想緊緊抱住他。

「你很正常。」

「我多希望全世界的人都像你一樣。」

「我愛你，你知道的。」

「我知道。」或許埋葬這份情感是對的，我們都不是能輕易負責的爛人，能與他為友我已心滿意足。

喵喵仍在走廊閒晃，牠跳上我的肩膀告訴我之前那隻煩人的鬼魂已經被牠趕走了。

「小東西用不著你出馬。」牠用尾巴騷著我。「不過你和那傢伙現在是怎樣？」

「樹爾溫嗎？」我走進浴室後輕聲回應牠。

「不然還有誰？」

「你那時應該一起到倫敦，他簡直把我當女友一樣。」我故作扭捏地比劃著。

「他不是拒絕你嗎？」

「是啊，說會把我當兄弟看待。」其實我對樹爾溫的那些小動作並不反感，但還是很害怕他會突然反悔……甚至是我自己，哪怕一次的擦槍走火都會讓彼此受傷。他會成為職業運動員，我要為數千人的飯碗負責，我不能這麼自私。

「需要我迴避一下嗎？」喵喵狡猾地笑著。

「噢……真抱歉，我的確需要獨處一下。」我看著不是時候的生理反應苦笑。

踏出浴室時榭爾溫正在外頭洗臉，他定睛注視我的浴袍。

「又是酒紅色，你真的很喜歡這顏色。」

「酒紅色很低調。」

「是的，酒紅色很低調，親愛的假掰騎士。」榭爾溫模仿我的口氣說道。

「我可不想跟你一樣只穿內褲在走廊亂跑，親愛的種馬爵爺。」這兩個新綽號來自我們在飛機上開的玩笑，榭爾溫對於「機掰大甲炮」感到很抱歉但又閉不上那張愛亂說話的大嘴，於是就演變成這樣了。

我看見喵喵在一旁作嘔。

原來死掉的動物還是會嘔吐啊。

「記得常來找我，每天只能跟老古董相處多無趣啊！」寶玲．考夫曼誇張地對我們說。說來奇怪，榭爾溫總能和分手對象相安無事甚至變成好友，這大概是他的專長吧。

「記得為我們導覽喔。」榭爾溫滿嘴食物回應她。

「當然沒問題！還有你，霍特伍德，你怎麼跟來了？」寶玲轉頭看著我。

「他邀請我。」我指著樹爾溫。

「你們再這樣下去會被當成情侶。」

「我倒不介意。」我故意瞄樹爾溫一眼。

「妳實在不懂男人的友情啊寶玲。」樹爾溫用叉子指著她。真沒禮貌，那些女孩到底是怎麼被他吸引的？

「好好好我不懂，但你們真的太親密了不是我在說。」她繼續和盤子裡的中式沙拉奮戰。

「對了霍特伍德，我倒有問題想問你。」

「怎麼了？」

「聽說你在幫人驅魔而且還帶著樹爾溫當助手，這是真的嗎？」

「妳從哪聽來的？」我馬上看了樹爾溫一眼，他連忙舉起雙手否認。

「不是樹爾溫，是我同學說的，他曾親臨現場。」

「糟糕！我大概知道妳在說誰……」我倒回椅子上。「我應該把他請出去才對。」那是上個月在恩姆赫斯特[84]的事情，其實也只是另一位不幸的精神疾病患者，那些基本教義派權貴總是喜歡否認家人生病的事實，簡直和他們從五月花號裡走出來的祖先沒兩樣。

「那只是精神病患而已，不過我還真不知道那小鬼的哥哥是妳同學。」樹爾溫驚訝地看著寶玲。

「世界很小對吧？我聽他說你們後來又接了他親戚的委託，在學校附近，而且就在今天晚

84 恩姆赫斯特（Amherst）也是位於麻州的城鎮。

歡迎光臨愛貓社區

上。」

「那不關妳的事，寶玲，我恐怕得這麼說。」我皺起眉頭。

「我激怒你了？真是奇蹟。」

「好了寶玲別這樣，我們先聊聊妳之後何時有空吧。」樹爾溫試圖改變話題，接著突然抓住我的肩膀讓我不自在地看著他。「戴爾，寶玲只是好奇而已，別對她這麼兇。」

「好奇心經常引來麻煩。」我輕拍他的手背，感覺他的視線如野火般在肌膚上燒灼，但願這只是錯覺。

我們三人的小小餐敘直到傍晚才告一段落，送走寶玲後我們開始為今晚的任務做準備。

「我很感激你能空出時間幫忙，但你這次該不會又請假了？」我深怕樹爾溫的好意會讓球隊討厭他。

「今天沒練習。」他從衣櫃翻出一條比平常更厚的牛仔褲。「這次也要準備聖水之類的嗎？」

「不用，那只是虛張聲勢，根據上次情況來看，這次十之八九也是精神病患，那家人真的需要一位好醫生。」

「保險起見？」樹爾溫拋給我一個小布袋。「聖本篤牌[85]，瑪姬姑媽從羅馬帶回來的禮物。」

「謝謝你。」我感到臉頰一陣燥熱。他的氣息在我的後頸燃燒，雙臂纏上身軀試探性地摸索，慾望與恐懼同時將思緒劇烈翻攪。「……樹爾溫？」

「啥？」他依然坐在床邊試圖把自己塞進牛仔褲。

---

85 聖本篤牌（Saint Benedict Medal）是天主教常見的宗教飾品，在民間傳說中具有驅趕邪惡的力量。

一切都是我的幻想，我真是個變態。

「即使派不上用場，宗教物品還是能安撫他們，幫我跟瑪姬說聲謝謝。」我深呼吸後對他說。

「我會的。不過話說回來，那些人即使只是生病但看起來還是超可怕，天知道會不會哪天遇上真的惡魔？」

「想要上演《大法師》（*The Exorcist*）的機率大概和中樂透頭獎差不多。」

「那我就放心了，走吧！」他搭上我的肩膀。

這才是我認識的榭爾溫，他的愛不會讓我害怕。

榭爾溫一邊聽著瑪丹娜一邊開著他的老爺車，我則坐在副駕駛座上看著街燈發愣，十幾分鐘後我們在一棟樸素的小白屋前停下。

很好，房子非常乾淨，連松鼠靈魂都沒幾隻。

「很有貴格派風格。」榭爾溫甩上車門對房子讚嘆道。

「根據我得到的資訊，這家人是後期聖徒會支派信徒，和他們住在恩姆赫斯特的清教徒親戚差異甚大。」

「但還是一樣不太理智。」

「家族遺傳。」我示意他跟在身後。

電鈴響起後，一位面容枯槁的中年人把門打開，背後站著彷彿得了黃疸貌似是他妻子的女人。

「克倫威爾（Cromwell）先生？」我低頭看著他。

「你就是我堂哥推薦的驅魔師？未免太年輕。」他不信任地看著我。

「我是馬修・道蘭（Mathew Dolan），這位是我的助手亞當・泰勒（Adam Tyler）。」雖然

歡迎光臨愛貓社區

使用化名毫無意義，但保險起見還是得這麼做，這是阿福不停告誡我的，他自己也有從事這種「副業」時使用的名字。「年齡不是問題，這一行重視的是別種資歷。」

「你們看起來活像萬聖節扮成福爾摩斯和華生的小孩。」克倫威爾先生露出嘲諷的笑容。「進來吧，我女兒需要幫助，之前請來的人都失敗了。」

我們沉默走過長廊，其中一個房間傳出尖叫。

「是這間嗎？」我看著行跡詭異的男人。

「不是，願主保佑惡靈遠離她。」克倫威爾先生指著長廊盡頭的房間。「這間，我們需要待在現場嗎？」

「家人的陪伴很重要，你們在場能堅定她擊退誘惑的意志。」這種B級片般的台詞我竟然說得出口，榭爾溫現在看起來根本就在憋笑。

「我們花錢請你來不是要當你助手，道蘭先生，我也不想接近那個被邪惡玷汙的東西。」

「她是你的女兒。」我好想把他撂倒狠打一頓。

「她現在已經不是我的女兒。」克倫威爾先生把門打開就和妻子走回客廳。

「王八蛋。」榭爾溫小聲啐了一句。

「我有同感，但救人要緊。」

我們走進房間時那女孩正躺在床上悲慘地呢喃，雙腳被繩子拴在床框上，床邊散落衛生紙、血跡、嘔吐物與一股似曾相識的惡臭。房裡掛滿十字架，幾本聖經躺在窗邊和地上。

典型的宗教狂熱者，寧願相信自己的狂想也不願接受現實，如果上帝存在恐怕會對他們猛搖頭。

「妳還好吧？」我彎腰看著她。

「走開！」女孩約莫十初歲，她需要醫生而不是驅魔師。

「妳父母請我們來幫助妳，親愛的，妳叫什麼名字？」我握住她的手但馬上被賞了一巴掌。

「馬修！」榭爾溫衝了過來，好險他還記得我的假名。

「我沒事！」她力氣真大，看來她父母還沒試著餓死她。

「他們才不是我父母！」她嘶聲低吼。

「把門關上，亞當。」我指著房門說道。

「你們都是壞人！」她試圖撲向我但隨即被榭爾溫牢牢抓住。「你們會對露西做一樣的事！你們全都是壞人！」

「露西是誰？」直覺告訴我在另一間房裡尖叫的可能就是她說的露西。「之前有人這樣對妳嗎？」

「他們把血塗在我身上！他們拿聖經打我還扒光我的衣服！他們還把手指插進……」

「摀住她的嘴巴！」我連忙對榭爾溫大叫。

「啥？」

「做就是了！」

「你要幹嘛？」榭爾溫露出不敢置信的表情。

「她需要醫生……還有警察。」我只好自己動手。

「你到底想怎樣？」榭爾溫現在一定以為我想非禮小女孩。

「她可能遭到性侵，她父母顯然在隱瞞什麼。」

「你怎麼知道？」榭爾溫張大眼瞪著我。

「她的說詞很不對勁，還有房間裡的味道……噢……這家人是白癡嗎！」我真的很想殺了那些傷害小孩的人渣。

「呃……其實我剛才有注意到……像精液臭掉的味道。」他看起來快吐了。

「是的，所以我才請你讓她別再大聲嚷嚷。」我不斷在腦中尋找如何從這處境逃脫的方法。

「但現在麻煩來了，我們該怎麼辦？」當我說出這句話時，外頭傳來巨響和玻璃破裂聲，聽起來像一群人闖進屋內和克倫威爾夫婦扭打起來。

房門被踹倒在地，一群警察拿槍指著我們。

🐾

「道蘭—霍特伍德企業小開和大學明星球員？」一道銳利眼神正在掃視我們。「從沒看過這種組合。」

「我的人生毀了對不對？」榭爾溫一臉如喪考妣看著那位警官。

「我倒是要跟你們說聲謝謝。」眼神銳利的臭臉警官在我們面前坐下，廂型車裡只有我們三人和另一個戴眼鏡的老警察。「我們追查這起綁架案已有一段時日，直到你們的前一組客戶向我們報警，我們才發現克倫威爾夫婦就是半年前擄走雙胞胎女孩的犯人。」

「所以不是他們的小孩？」我感到頭痛。

「那對夫妻是宗教狂熱者，但我給他們的正式名稱是兩個喪心病狂的綁架強暴犯。你們之前服務的那家人，也就是克倫威爾的堂哥，他接到克倫威爾的來電希望他提供人選為他女兒驅魔，但克倫威爾根本沒小孩，所以他堂哥感到相當疑惑，一問之下才知道他『收養』了一對雙胞胎。由於克倫威爾之前有些前科，他堂哥轉而報警，因此我們就先把你們當成誘餌了。你知道我們衝進屋裡時他們手上拿著什麼嗎？兩把菜刀！他們可能會攻擊所有不願合作或發現真相的人，我們上個月才在克倫威爾夫婦的舊居發現一具被刺死的屍體，據說是個驅魔師，但那嗝屁王八蛋的前科告訴我們驅魔師和劫財騙色的罪犯根本是同種人。」

「他們根本沒資格被這樣稱呼！」我站了起來，隨即被榭爾溫拉回椅子上。

「冷靜點！」他抓住我的肩膀，過於溫暖的氣息在耳邊環繞。

「抱歉，我失態了。」我瞥見臭臉警官懷疑的眼神。「我真的很生氣，對那兩個犯人……和那些垃圾。」

「不過根據我們的私下調查，這點我恐怕要跟你說聲抱歉，我們發現你在這方面相當優秀，霍特伍德先生。」臭臉警官從老警察手裡接過一包文件。

「哪方面？」我不信任地看著他。

「超自然方面。」

「噢。」

「至於哈雷先生，很抱歉讓你受驚了，我們會把你送回學校，有些事我們需要和霍特伍德談談。」

「我是他的搭檔！」榭爾溫狠瞪臭臉警察。

「但願他不是什麼通靈者。」老警察這時開了口。

「為何要這樣說？」榭爾溫轉為不安地看著他。

歡迎光臨愛貓社區

「警方向來和怪力亂神絕緣，但世間往往充滿混沌不明的難題，我們偶爾必須和人類外的東西正面交鋒。」臭臉警官拿起對講機吩咐同僚發動廂型車。「尋求所有可能的幫助，如此才能保護國家。」

「聽起來挺矛盾，萬一你們害到所有人怎麼辦？」我笑著問他。

「我們是專業人士。」臭臉警官瞟了我一眼。「小痞子。」

「我該如何稱呼你？」我伸出右手。

「洛文。亨利・洛文。」他不屑地握住我的手。

廂型車沒回到警局，約莫四十分鐘後，鹹濕氣味開始在空氣中瀰漫。

「波士頓到了。」洛文警官示意我們下車。

「我們好像惹上了大麻煩。」榭爾溫看起來快哭了。

「你真確定我能處理警方的難題嗎，洛文警官？」我很想痛扁幾個人發洩情緒，但榭爾溫在這，我不能這麼做，我不想讓他知道我是個毫無EQ可言的人，雖然我懷疑他老早就知道了。

「除了你整個麻州都找不到適合人選，我們必須請你評估情況，之後再決定是否要由你處理。」他指著海邊的一排倉庫，門口站了兩個一眼就會被認出來的便衣警察，穿著有形的帥哥便衣大概只會在電影出現。「這裡，走快點！」

紅色大門打開後，空蕩的倉庫裡只有一個大木箱躺在地上。

我感到一股惡意襲來。

「我們不能把那東西放在局裡，其他人已經嚇壞了。」老警察對我們說。

「箱子裡裝了什麼？」榭爾溫睜大眼看著他。

「一起連續殺人案現場發現的物件，是嫌犯的所有物，嫌犯會帶著那東西到處殺人並在受害者屍體旁使用它。」老警察緩緩解釋。「那是一塊通靈板。」

「通靈板？」我聞到麻煩的味道了。

「而且不是孩之寶賣的騙人小玩意[86]，那東西連我女兒都不信。」洛文警官聳肩說。「局裡那些神經質的同僚總說這板子會招來厄運，我們起初不相信，直到鑑識組摸過板子的人突然都生了大病不然就是發生車禍我們才開始感覺不對勁。」

「人的運氣有時就是這麼差。」我不禁嘆口氣。

「不只這樣，有些人聽見通靈板傳來說話的聲音，大家開始害怕起來，於是只好把它先扔在這，那天載板子來的人竟然都進了醫院。」

「現在倒滿安靜的。」我走向散發惡意的木箱，洛文警官衝向前阻止我把箱子打開。「洛文警官，這樣我看不見那鬼東西。」

「由我動手就好，沒禮貌。」他白了我一眼。「據說對超自然世界越敏感的人越容易被這種怪力亂神影響，你需要站遠一點嗎？」

「不用擔心我，請讓我們瞧瞧它吧。」

86 以發行變形金剛和GI喬聞名的孩之寶（Hasbro）公司在一九九一年買下過去販售通靈板的公司帕克兄弟（Parker Brothers），並以Ouija此商標繼續生產通靈板。

「戴爾，這樣真的不要緊嗎？」榭爾溫對我耳語。

「我能應付，雖然感覺有股惡意從箱子傳出。」其實我已經開始冒冷汗了，但我遇過更糟糕的情形，尤其是被阿福帶去墳場和各種鬧鬼地點訓練的時候。就算是詛咒，現今也沒多少能真正能害人的，巫術施咒的黃金年代已逝，該被解除的也早都被處理掉了。

「惡意？」他的手指依然緊扣我的肩膀。

「那種感覺就像你遇到一隻不友善的狗在對你低吼，要你滾開不然就會跳過來咬人。」

「這樣會造成傷害嗎？我是指對你而言？」

「還好，我還撐得住。」暈眩感逐漸增強，但在場其他人都只是一般人，即使那位老警察似乎有能力感受超自然存在。我必須保護他們，天知道那東西會不會主動出擊。

「這個。」洛文把板子拿出來放在木箱上，看來他的遲鈍程度和榭爾溫有得比。「你有看出什麼奇怪的地方嗎，霍特伍德先生？」

「這裡氣氛有點糟。」我拿出手帕擦拭額頭，一邊向榭爾溫投以「我很好不用擔心」的眼神。「對了，你們分析過這塊通靈板的年代嗎？還有它的乩板[87]在哪？」

「乩板沒什麼問題所以還放在局裡，摸過的人都沒出事，但上面沾滿受害者組織需要化驗。」洛文警官指著漆黑的通靈板說。「至於通靈板本身並沒多古老，是二十世紀初威廉・福

---

87 乩板（planchette）是使用通靈板時將手指放在上面的小板子，就像玩碟仙時使用碟子一樣，也有玩法是將鉛筆插在乩板上讓它寫字。

德[88]的產品但經過嫌犯改造，板子被塗成全黑，文字和圖案則被塗改成白色。」

「我能摸摸看嗎？」糟糕，我快撐不下去了。

「戴上手套。」洛文警官吩咐老警察遞給我一副塑膠手套。

我戴上手套走向通靈板，惡意越來越強烈。

我輕撫黑色木板並感到一陣噁心。

玩我，問我，挑戰我。尖叫般的嗓音直衝腦門。

「它在說話！」我小聲呻吟。

「什麼？我什麼都沒聽到！」洛文緊張地大吼。

你的玩法不對，小鬼，給我酬勞我就回答所有問題。那塊板子依然在我腦中發出懾人尖叫。

「你的酬勞是什麼？」我深吸一口氣發問。

血！更多的血！我的乩板呢？快回答我你這小婊子！那聲音彷彿刀劍不斷穿刺我的思緒。

「洛文警官！那塊乩板也有問題！」我使勁力氣將手指從通靈板提起，眼前只有一片黑暗。

當視線恢復正常時，榭爾溫的大頭就在我面前晃著，他發出狂喜的尖叫將我緊摟懷裡。

「感謝上帝你終於醒了！」他哭了出來。「我以為我會失去你！」

「……發生了什麼事？我昏了多久？」我揉著發疼的太陽穴。

「你突然對洛文警官大叫就暈倒了而且連呼吸都停了！」

88 威廉・福德（William Fuld，1870-1927）是美國商人，在十九世紀末註冊商標並開始商業生產通靈板，其後人在一九六六年將專利賣給帕克兄弟。

「這傢伙緊張得要命，還為你做人工呼吸呢。」老警察一臉促狹看著我們。「你在五分鐘前倒地，洛文才剛打電話叫救護車。」
「我沒事。」我摸了摸嘴唇。
「你現在看起來像個死人怎會沒事？」洛文瞪我一眼。「看來就連你也不能應付這玩意。」
「這東西要被使用才能知道是何方神聖，畢竟是塊通靈板。」我努力挺直身體。「恐怕有惡靈附在上面而且年齡遠大於板子本身，只有親自使用才能確認身分……也許才能被摧毀。」
「你辦得到嗎，小子？」洛文不信任地看著我。「光是摸到就昏倒我可不太相信你有辦法和它聊天。」
「那個嫌犯呢？也許我們能請教他。」榭爾溫看著他們。
「已經被擊斃了，還有不是他而是她。」
「該死！」他惱怒地搔著頭髮。
「還有一個辦法。」我拉住榭爾溫的手站起來。「你們在哪殺死嫌犯？」
「普利茅斯（Plymouth）的一間旅館。」
「死者通常會在最初死去的地方徘徊一陣子，如果幸運的話我能見到那位嫌犯並問她一些問題。」
「你也要用通靈板嗎？還是降靈法會？我們碰過一個靈媒要求在案發現場舉辦降靈法會，害我們得拚命把小報記者支開。」洛文指著已被關回木箱裡的通靈板說。
「我能直接看見他們，你應該調查得更仔細。」說來奇怪，附近的鬼魂都刻意避開這間倉庫，看來通靈板裡的傢伙並非等閒之輩。

「聽起來不錯，不過我需要先和局裡溝通一下，還有救護車已經到了。」洛文指著倉庫外閃爍的紅光。

「你真的沒事嗎？有沒有弄傷哪裡？」榭爾溫在救護車上不放心地搓揉我的手臂。「我在你倒下時就衝過去了，幸好沒讓你直接撞上地板。」

「應該沒什麼大礙，但他們堅持要送我去醫院檢查。」我看了坐在對面的洛文和老警察一眼。「剛才真的很感謝你，你救了我。」

「這是我該做的，我可是你的搭檔。」他把我身上的毯子裹得更緊。

「這是很危險的事情，榭爾溫，我很感激你願意協助我。」我實在無法親口告訴他別再幫忙了。這不是他的使命，我不能讓無辜的人受到牽連，但心中卻總有一絲醜陋狂想希望他能永遠陪在我身邊。

我憎恨自己的佔有慾。

「你們該不會是情侶吧？」老警察像是明白什麼似地噗哧一笑。

「我們不是情侶！」我連忙對他大叫。

「為何每個人都這樣說啦！」榭爾溫皺起臉。

「哎呀亨利你贏了！我欠你十塊！」老警察掏出鈔票塞進洛文手裡。

「謝啦！」

這兩個警察簡直是《警網雙雄》[89]的雙倍討厭版！

---

[89]《警網雙雄》（*Starsky and Hutch*）是一九七〇年代的美國警匪影集。

「顯然你插手太多無法負荷的事啊，戴爾。」珍妮佛・特伯雷脫掉面罩說道。「竟然弄到住院，要是讓阿福知道還得了。」

「這次的麻煩是莫名其妙從天上掉下來的，可不是我沒事找事做，親愛的珍妮表妹。」我放下劍回應她。

「從你第一次出現在我家我就覺得你會是個大麻煩，沒想到連你室友都是，你們以為自己在演《X檔案》？」珍妮翹起眉毛看著我。

「所以榭爾溫告訴妳通靈板的事了？」

「他認為我會擔心你。」

「真是個老好人。」

「他是啊，而且遠遠勝過那男人，看來我有希望推辭長輩的無理取鬧了。」珍妮坐上板凳把水壺遞給我。

「那男人？和洛克斐勒[90]家族關係匪淺的那個小子？」

「未婚夫。」珍妮不屑地說出那個字。

「那就像個活在二十世紀的女人一樣奪回自由吧。」老實說我也不喜歡珍妮的未婚夫，但他們的父母似乎很喜歡對方，搞得像老人家想大玩換妻遊戲。「還有……妳喜歡榭爾溫對吧？」

---

90 洛克斐勒（Rockefeller）家族創辦第一個現代石化公司標準石油（Standard Oil）。

「這會讓你忌妒嗎？」她歪嘴一笑。

「不會。」

「你的眼神洩漏了祕密。」

「我不是自私的人，珍妮。」

「那無關自私，是你缺乏勇氣面對自己，不過還真讓我意外，你在比賽時明明像個驍勇善戰的騎士。」她起身走向體育館門口。「或許榭爾溫也缺乏勇氣面對自己，要是你不主動出手我可要先下手為強了，畢竟你們沒有一個油嘴滑舌的未婚夫追在屁股後面。」

「我不會出手，我會祝福你們。」

「那就太感謝了，也祝福你和榭爾溫早日脫離那個詭異的案子。」珍妮對迎面而來的未婚夫露出燦爛笑容，那男人也一臉愉悅搭上她的腰。

真是對好演員。

過了幾分鐘，身穿紅球衣的榭爾溫出現在體育館門口對我招手。

「軍刀（sabre）？」他指指我身上的袋子。

「銳劍（épée）。」

「又猜錯了，我總是分不出來。」

「就像我永遠看不懂你們一群人搶那顆塑膠球一樣。」

「那叫籃球，親愛的假掰騎士。」榭爾溫搭上我的肩膀笑著。「話說我下午跑了趟圖書館找到一些書。」

「關於通靈板？」

「大致上，館員還提供一些參考方向，比方說……」他在背包裡翻攪一陣。「唯靈論[91]、神祕學、阿萊斯特・克羅里[92]之類的東西。」

「聽起來我們需要一堂魔法課程。」我接過他手上的書隨意翻閱。

「我還以為我們要去聽場奧齊・奧斯本的演唱會。」他哼起〈克羅里先生〉[93]的旋律。

「那首歌的確在講克羅里。」

「我開始感謝你會聽搖滾樂了，不然我會無聊到死。」

回到宿舍後榭爾溫像個魔法師的菜鳥學徒瘋狂翻閱書本，我則坐在一旁焦急等待洛文警官的通知。已經快一個禮拜了，天知道警方打算如何處理那塊通靈板。喵喵在床上興味盎然看著滿地書本一邊用心靈感應和我聊天，以免榭爾溫擔心他室友開始自言自語起來。

「維多利亞時代的雕蟲小技。」喵喵發出不屑的笑聲。「整天只會玩說話小板子[94]和自轉的桌子，還弄出一堆瘋狂的神棍，在我那個年代早就通通被送上火刑柱了。」

「你活得夠久所以不需要用這種方法和靈魂溝通。」我不置可否地回應這隻聰明過頭的大黑貓。

「因為我很特別，就像你一樣。」牠打個哈欠飄出窗外繼續追逐小鳥。

---

91 唯靈論（spiritualism）是風行於十九世紀至二十世紀初英語系國家的宗教理論，相信能與死者靈魂溝通以及死後世界。

92 阿萊斯特・克羅里（Aleister Crowley，1875-1947）是影響二十世紀神祕學發展的重要理論家。

93 〈克羅里先生〉（"Mr. Crowley"）是英國重金屬歌手奧齊・奧斯本（Ozzy Osbourne，1948-）於一九八〇年發行的專輯《奧茲暴雪》（*Blizzard of Ozz*）中的歌曲。

94 說話小板子（talking board）也是通靈板的一種說法。

「你似乎有點緊張？」榭爾溫爬到我身旁。

「洛文還沒通知我們。」

「或許他認為我們不夠格處理那塊板子？」他看著我的眼睛發愣。「它們……真的很美。」

「我的眼睛？」一陣窒息感襲來。

「讓我想起珍妮。」

「這是種暗示嗎？」

「不，只是剛好想到，她真是個大美人。」

「可不是？」

「但她已經有未婚夫，那個臭屁的傢伙。」他像顆洩氣的皮球靠在我身旁。

「告訴你一個小祕密，珍妮其實不喜歡他。」我真是個糟糕的人。

「那就頗有勝算了。」他露齒而笑，隨即垮下臉看著我。

「怎麼了？」我擔心自己的表情是否洩漏一切。

「你會接受嗎？如果我有機會成為你的家人？」

「那不是我有權決定，你應該直接問珍妮。現在是二十世紀，我們可不是珍・奧斯汀小說裡的人物。」是啊，就算是二十世紀我還是找不到真愛。

「我很害怕……你會疏遠我。」他試圖搓揉我的頭髮，雙手猶豫地停在空中。

「不，榭爾溫，如果真是這樣我們就會成為無比親密的朋友，不再需要擔心任何的擦槍走火。」連我自己都不相這番話幹嘛還要浪費唇舌？

「你是我相當重要的朋友，我不想失去你。」他鼓起勇氣將我摟進懷裡。

歡迎光臨愛貓社區

「我也是。」我感覺自己已瀕臨崩潰。「你抱得這麼緊，恐怕會破壞現在寧靜美好的和諧氣氛。」

「你在引用《莫里斯的情人》[95]嗎?!」他無奈地大笑。

「類似，我記不起休・葛蘭那句台詞。」

「我不喜歡休・葛蘭，簡直比你假掰。」

接近午夜時，一位神祕訪客敲了昆西館[96]的大門，嚇得大家以為我和樹爾溫惹上了天大麻煩，雖然事實是這樣沒錯。

「讓我搞清楚，戴爾，唯靈論相信活人能和死人靈魂溝通？」樹爾溫在警車上好奇地問我。

「對，透過降靈法會等媒介，這種融合宗教論述與偽科學的思想被許多十九世紀末的中產階級相信並影響至今。」

「比方說福爾摩斯的創造者柯南・道爾爵士？」

「沒錯，他對此非常著迷。」

「而通靈板也是那時風行的室內遊戲？」

---

95 《莫里斯的情人》（*Maurice*）是英國作家E・M・佛斯特（E. M. Forster，1879-1970）在二十世紀初完成的同志小說，一九七一年首次出版，於一九八七年翻拍成電影，由詹姆斯・威比（James Wilby，1958-）與休・葛蘭（Hugh Grant，1960-）主演。

96 昆西館（Quincy House）是哈佛大學的宿舍之一。

「通靈板在其他文化中也存在相似形式，例如中國的扶乩[97]和各種招魂儀式，維多利亞時代的確因為唯靈論興起而廣泛使用通靈板，甚至被註冊成商品販售，就像洛文警官他們發現的那塊板子。」我捏著裝有聖本篤牌的小布袋回應他，看來這幾小時的閱讀讓他進步神速，他應該把這股熱情發揮在課堂上。

「但你為何不需要通靈板也能和鬼魂溝通？」

「因為我能直接看見他們啊，有些靈媒不需透過物品就能看見靈魂。」

「你簡直比克羅里還深不可測。」榭爾溫感嘆道。

「感謝你的讚美，但我還想要我的頭髮。」

「上頭說我瘋了，但不這麼做恐怕局裡的同僚不會放心。」洛文警官在駕駛座抱怨著。「他們現在像群驚嚇過度的吉娃娃。」

「你們有把乩板帶來嗎？」

「有，霍特伍德先生，那東西上沾了至少十個人的組織。」老警察的臉在後照鏡裡看起來快吐了。「那位嫌犯……會在殺死受害者後將他們剖開，把乩板塞進腹部再拿出來使用。」

「酬勞是鮮血……」我想起那可怕的尖叫聲。

「這是那塊通靈板告訴你的？」洛文皺起眉頭。「噁心至極。」

「我有同感。」榭爾溫呻吟道。

「不過噁心歸噁心，為求保險我們還是準備了一桶豬血和一隻死豬放在倉庫以備不時之需。」

97 扶乩（或稱扶鸞）是宮廟中向神明問事的一種管道，由廟方人員操作鸞筆等器具寫下神明的答覆並進行判讀。

老警察無奈地說。

「今晚恐怕會很難熬……」榭爾溫很怕血，希望這次別換他被送進醫院。

「我是第一次見到附在物品上的靈魂，而且只能聽到聲音無法見到樣貌，看來會比那種到處亂飄的還難處理。」我萬般希望能在普利茅斯見到嫌犯靈魂並好好詢問她。

我們約在凌晨一點抵達普利茅斯的一間小旅館，洛文領著我們從後門走進破敗建築。空氣中瀰漫房屋封閉過久的陳舊空調味與人體代謝酒精時散發的惡臭，甚至飄盪著一股交媾後的鹹腥。客房打開後，一片暗紅和窗外閃爍的霓虹燈映入眼簾。

我們站在浴室門口，那裡依然留存些許彈孔。

一團灰色半透明的煙霧蜷伏在浴缸裡。

「這地方還有人敢住？」榭爾溫皺著一張臉。「有人在這裡被槍殺欸。」

「人總要過活。」洛文聳了聳肩。

「有看見任何東西嗎，霍特伍德先生？」老警察指著裡頭問道。

「她在槍戰時躲進浴室？」我蹲下身打量煙霧，那東西抬起頭茫然看著我。「手無寸鐵而且全身赤裸？」

「她試圖抵抗，沒多久就耗盡彈藥，槍當時被扔在這。」洛文指著水槽下方。

「但你們還是把她射死了？」榭爾溫瞪大眼睛。

「我們必須將傷害降到最低。」

「我真搞不懂你們警察在想什麼！」

「辦案比你想像中危險，哈雷先生，就像我剛才說的，人總要過活。」

「但你們殺死一個已經失去武力的人！」

「你所謂失去武力的人至少殺死十位無辜民眾。」

「你們能等事情結束再辯論嗎？」老警察無奈地搖頭。

「她是非裔美籍人士？」我輕撫那團灰色煙霧中貌似是頭髮的部位。

「是的……等等，你看過新聞？」洛文驚訝地看著我。

「沒，因為她就在這裡。」我指指浴缸，他們三人瞬間倒退好幾步。

「該死！」洛文立即拔出配槍。

「子彈無法再度殺死她，洛文警官。」我轉身安撫受到驚嚇的亡魂。「別緊張，我們只是有些事想請教您。」

「我沒什麼好回答。」被槍殺的女人幽幽開口。

「我們只是想知道您使用那塊黑色通靈板的意圖。」我對她悄聲說。我想起潛伏板子裡的惡靈，如果嫌犯被迫殺人，我們或許能為她奪回一絲清白……是嗎？

「好了你們兩個別吵了，霍特伍德已經在跟她對談了。」老警察連忙把洛文和榭爾溫分開。

「我只是在替天行道，犧牲之血都來自極惡罪人。」

「她說了什麼？」榭爾溫緊張地看著我。

「她說受害者都是罪人。」我不解地覆述她所說的話。

「那些受害者的確都擁有麻煩前科，還有一個是通緝犯！」老警察驚呼道。

「這並不表示嫌犯能自居正義使者。」洛文看起來快七竅生煙了。

「您是怎麼知道的？」我繼續詢問她。

歡迎光臨愛貓社區

「通靈板裡的靈能看清罪惡，殺死一個就能看見下一個。」

「那塊板子裡的靈魂和您是什麼關係？」我擔心問了太過私人的問題。

「心靈導師。」她聽起來尚未被激怒。

「我方便請教心靈導師的尊姓大名嗎？」

「我無法告訴你，年輕人，除非你願意為他效忠。」

「感謝您。」我起身遠離那團灰色人形。

「情況如何？」洛文警官不耐煩地看著我。

「自以為是的正義使者，靠通靈板裡的傢伙尋找獵物。」我無視那團灰色煙霧的怒吼回應他，老警察突然露出難看的表情彷彿目睹她的面容。

「那板子裡到底躲了什麼？」

「她不願說，我們恐怕得親自使用。」

「那不會很危險嗎？」榭爾溫害怕地看著我。

「要證明她的說詞只能這麼做了。」我抿起嘴唇看著他，剛好瞥見灰色鬼魂憤怒地衝向我們，我連忙推開榭爾溫，但鬼魂卻在撞上他的同時爆出慘叫並開始融化。

浴室鏡子像爆炸般四分五裂。

「快出去！」洛文舉起配槍對我們大吼。

「別開槍！」我眼睜睜看著那女人在哀號中消失。「她……被消滅了。」

「這是什麼意思？」

「我也不清楚……難道是……」我下意識探進榭爾溫的口袋，裡面藏了第二面聖本篤牌。

「就連鬼魂也能消滅？」我困惑地拉出聖牌。

「好險瑪姬帶了兩面回來。」榭爾溫鬆了口氣。「那隻鬼很可怕嗎？」

「還好，她只是被激怒了而已。」

「但聖本篤牌在民間傳說裡不是用來辟邪嗎？有這麼厲害？」老警察也露出困惑的表情，看來他對這類事物有些了解。

「也許那女人已經變成怪物也說不定，殺了這麼多人。」洛文瞪了破鏡子一眼。

「她仍然是被來路不明靈魂誤導的可憐蟲，問題主要還是出在通靈板。」我惱怒地說，思緒依然停留在剛才的事情中。那面聖牌照理說不是這樣使用，難道榭爾溫能在毫不知情下反擊鬼魂？「洛文警官，我們能否馬上趕回波士頓？」

「跟我來。」洛文火速踏出浴室。

倉庫門口依然站著兩個不帥的便衣，血腥味在鐵門敞開時撲鼻而來。

「豬血。」老警察摀著鼻子把裝著豬血和死豬的拖車拉過來。

「希望那東西接受動物血。」榭爾溫嫌惡地看著那車血肉模糊的東西。

「我們現在知道嫌犯為何使用通靈板，但通靈板裡頭躲了什麼傢伙教唆嫌犯殺人還是不得而知。」洛文拉了張摺疊椅坐下，黑色通靈板已被安置在木箱上並散發熟悉的惡意。

「但願我們能發現什麼。」我戴上手套接過老警察遞來的乩板，他向我解釋乩板材質是山羊骨，榭爾溫此時卻拉住我不放。

「我也要加入。」榭爾溫堅定地說。

「這很危險。」我抽出手臂繼續前進。

「我是你搭檔。」

「兩人同時冒險的代價太高了。」

「我知道這聽起來很蠢，但我想保護你。」

「這真的很蠢。」我希望能藉由這次事情讓他徹底收手，我不想讓他的運動員生涯受到威脅。

「哈雷先生想玩就讓他玩吧，他看起來不像對神祕事物敏感的人。」老警察友善地遞給他另一雙橡膠手套。

「說真的你還比較神祕。」我開始對老警察感到一絲質疑，但這或許只是警察從業多年養成的第六感罷了，他們有太多機會與死亡共舞。

我將乩板浸入死豬腹部再將它拿出，把濕潺反射燈光的心型骨板放上通靈板。

「把手指放在上面。」我對榭爾溫說。

「哪一根？」

「都可以。」我開始聽見那道淒厲尖叫。「你有聽見任何聲音嗎？」

「沒，但豬血味好可怕。」榭爾溫把左手食指放上去順便抱怨。

「聽著，榭爾溫，無論如何都不能在結束前把手指從乩板移開。」我提醒他。

「好……」他吞了口口水。

「我們要開始了，洛文警官。」我對兩位警察大喊。

玩我！問我！挑戰我！躲在通靈板裡的東西依然咆哮著這句話。

「你是誰？」我對板子發問，我們的手指開始不受控制隨著乩版移動。

「這是所謂的意動現象[98]嗎？」樹爾溫越來越緊張了。

「我倒很希望是這原因。」我看著乩板尖端指到的字母回應他。「那東西正在拼字。」

「這是什麼意思？」樹爾溫對正在移動的乩板大叫。「V-I-N-T-R……那傢伙想說什麼？」

「我不知道。」尖叫聲開始得意地訴說過往豐功偉業，像是從空杯變出酒水或讓聖餐禮的聖體流血，這塊通靈板裡的靈魂可能並非現代人而且有著奇特口音。

「信仰我！愚蠢的人類！」尖叫聲歇斯底里地笑著。「只要開口我就揭示一切邪惡！」

「VINTRAS！這什麼意思？」樹爾溫對我大喊，但隨即像被人踩到腳似地尖叫一聲還差點把手指從乩板抬起。

「小心點！」我連忙用空著的手抓住他。

「該不會是尤金・萬特拉[99]？我好像在一本書裡讀過這個人！」

「誰？」

「十九世紀的法國靈媒，會用魔術吸引信眾！」

「謊言！那都是謊言！」尖叫聲不斷衝擊我的腦袋。

「你好像激怒他了。」我不得不苦笑。

「真假！」樹爾溫看起來快哭了。「那還要繼續問他嗎？」

---

98 意動現象（ideomotor response）是經由暗示或催眠等方法後引起的肌肉自主活動，科學家認為通靈板、降靈法會等活動產生的物品移動現象可能導因於此。

99 尤金・萬特拉（Eugène Vintras，1807-1875）是法國靈媒、魔術師與預言家，在當時受到許多人推崇。

「他還有話要說！」乩板再次動了起來，心形尖端拼出「騙徒」和「懲罰」，看來事情不太妙。

「你們還好嗎？」老警察擔心地靠近我們。

「板子裡的傢伙好像生氣了！」榭爾溫哭喪臉看著他。

「霍特伍德先生，這是怎麼回事？」洛文警覺地握緊槍套。

「這傢伙似乎是叫做萬特拉的法國靈媒。」暈眩感再次出現，我連忙靠住大木箱站穩腳步。

「你還好吧？」榭爾溫擔心地看著我。

「還撐得住。」我繼續對那塊板子提出問題。「萬特拉先生，是您讓那位女士看見罪人嗎？」

「是的，她做出奉獻，我以真理回報。」乩板拼出幾個關鍵字，但我的腦袋卻持續被萬特拉的尖叫猛攻。

「什麼奉獻？」榭爾溫鼓起勇氣發問。

乩板不停拼出「血」這個字。

「血……什麼血？」

乩板彷彿裝了引擎火速拼出「人類」。

「噢幹該死去你的！」榭爾溫爆出咒罵。

通靈板伸出一隻紅色大手壓在我們兩人身上讓我們動彈不得，但似乎只有我能看見，那隻散發惡臭的手像鉗子牢牢抓住我們在通靈板上拼出一堆憤怒骯髒的字眼，洛文和老警察正在掙扎是否要聯絡外面的同僚或直接對板子開槍。我瘋狂思考所有可能的反擊方法，但在被萬特拉箝制外加旁邊還有普通人的情況下，我實在很難想出有效率而且安全的方法對付這混蛋。

「問他無傷大雅的問題！」我對榭爾溫大叫。

「像是什麼？」

「隨便亂問！」我必須轉移萬特拉的注意力。我們已經用鮮血將他引出，除非我們喊停或是被他殺死，否則這場遊戲就不會結束。然而，我卻有股預感這傢伙必須被消滅，讓他繼續存在只會讓更多人受害。

「欸萬特拉，你知道我身高多少嗎？」榭爾溫恢復一臉頑劣的樣子對通靈版大吼。

「你知道麥當勞的第一份麥香魚是何時販售的嗎？」

「你這個神棍交過幾個女友？」

「你那些騙術和胡迪尼[100]比起來誰比較厲害？」

「住嘴！」萬特拉快要發飆了。

我趁紅色大手放開乩板時用空手在口袋中翻攪尋找聖本篤牌，如果剛才在旅館裡的事情證明聖牌能抵擋惡靈，那或許也能對萬特拉產生效果。我拉出聖牌將它往通靈板上一甩，但萬特拉只發出一陣嘲笑。

「蠢人！你以為我是什麼？當我惡魔嗎？」萬特拉再次壓住我們，聖牌被他打飛差點砸中那兩個警察。

「哇靠這怎麼回事！」榭爾溫對我慘叫。

---

100 胡迪尼（Harry Houdini，1874-1926）是以逃脫術著名的美國魔術師，並揭發當時許多靈媒的把戲，甚至不惜與篤信唯靈論的友人柯南・道爾決裂。

歡迎光臨愛貓社區

「萬特拉伸手壓住我們！」我感覺呼吸越來越困難，難不成萬特拉想掐死我們？「快結束這場遊戲！停下來！快回去！」我對通靈板大喊。

「來不及了！準備接受我的懲罰！」

「一定得想出辦法！」榭爾溫靠在我身旁不讓我摔到地上。「我必須保護你！」

「不，榭爾溫，我快不行了……」情況變得比上次還糟，就算跟喵喵求救也為時太晚，看來我真的插手太多無法負荷的事情。

「戴爾！」他也開始感覺呼吸困難。「該死！」他試圖用右手把手指從通靈板上移開。

「別把手指提起來！」

「只能試試看了！」但紅色大手卻選在這時拍開他的右手害它撞上木箱。「好痛！」

「你流血了！」

「有東西巴我一下害我撞到箱子上的鐵釘！」他連忙甩了甩手。

「快叫外面的人進來！」老警察抓住洛文的肩膀大叫，洛文連忙拿起對講機，就在他準備開口時，一道駭人慘叫嚇得所有人止住動作。

「萬特拉？」我終於無法站立而滑到地上。

通靈板瞬間爆裂成碎片。

「……這是怎樣？」榭爾溫呆愣地看著滿地木屑。

萬特拉的靈魂化為黑色漩渦在空中哀嚎，我隱約聽出他夾雜法語的哀號聲正咆哮著他受不了這股強烈力量，最後像被風吹進天空的灰燼般逐漸消散。

尖叫聲歸於寧靜。

「痛死了！」樹爾溫如釋重負般握住受傷的虎口咒罵著，老警察跑過來確認我們的傷勢。

「你沒事吧？」老警察把我扶了起來。

「還好，只是剛才差點窒息而已。」

「窒息？」

「戴爾說那個萬特拉想壓死我們！」樹爾溫對他抱怨完便抱住我不放。「你還好吧？」

「很好……但萬特拉就莫名其妙消失了。」我在他耳邊嘆息，雙手也染上從傷口流出的鮮血。

「他不見了？聖牌真的有用？」

「大概是……」我瞇眼看著通靈板上的血跡。

不，不是聖牌，或許樹爾溫對超自然事物毫無反應甚至異常遲鈍，但當他害怕或憤怒時，那些鬼魅似乎會被他自身散發的力量反彈甚至消滅。

這真是太神奇了。

其他警察終於衝進來，洛文向他們解釋一番後那些傢伙便用敬畏的眼神看著我們。

「我想我們終於能回學校了？」樹爾溫對我微笑。

「希望，我現在餓得要命。」我倒回他身上。

「你們兩位或許需要一頓大餐。」老警察走向我們。「剛才我聽見你們大叫麥香魚？」

喔不，我只是開玩笑的。

🐾

「想看電影嗎？」樹爾溫的大頭從書桌旁浮出。

「你不是要練球嗎？」我闔上書本瞪著他。
「手受傷需要休養。」
「只有我們兩人？」我露出笑容，但內心卻被罪惡感侵襲著。
「還有珍妮。」
「該不會還加上她未婚夫吧？」
「幸好沒有。」槲爾溫拉著我的手臂說。「走吧，珍妮在樓下等我們。」
「所以……你下定決心追求她了？」
「當然，希望我們能因此成為家人。」他愉快地對我耳語。「我愛你，戴爾。」
「我知道。」我想我大概臉紅了。

（警局，波士頓，麻薩諸塞州）

「那兩個年輕人還有很大的進步空間吧？」洛文警官對站在窗邊的老警察說。「你怎麼看呢，艾倫？」
「霍特伍德的力量仍不受控，瞧瞧他那時爆走把惡靈殺死的樣子，那非常危險。」
「你依然不認為是哈雷的功勞？」
「哈雷根本沒半點通靈能力，至於霍特伍德，依他那副德性，特殊部門還得花很多時間訓練，我們經費很吃緊可不能浪費納稅人的錢。」特殊部門祕書艾倫・圖西（Allen Touche）聳肩回應，他始終堅信自己的判斷。
「教育不也是收稅目的的一部分嗎？」洛文狡猾地笑著。

「他不像部門裡那些孤苦無依的孩子，他家財萬貫並受良好教育，總有一天也會成為優秀通靈者，到時我們再去徵招他。」

「那哈雷呢？」

「特殊部門已經有夠多四肢發達頭腦簡單的大塊頭了。」

「雖然我對這方面很遲鈍，艾倫，但那個籃球小子是極富正義感的人，也能做出合理判斷。當然啦，他還算開明願意相信怪力亂神。」

「那他比較適合當警察吧？」圖西拉上百葉窗。

「……我不知道，也許哪天他們會各自找到志業。」

「我還以為你很討厭那小子。」

「他太像以前的你。」

「我可沒多正派，亨利，別把我想得太崇高。」

「我不想……再對英雄的墓碑痛哭。」洛文瞪著辦公桌上的老照片。「並不是每個人都能像你一樣重獲新生，話說你出現在我面前時我快嚇死了，原來機器戰警（Robocop）是真實存在的東西。」

「特殊部門選上我，我無法拒絕。」圖西絞著手指說道。

「你們會繼續監視那兩個小痞子嗎？」

「我們找到更有價值的目標，就先擱著他們吧。我也該走了，但願我們不會再因為超自然事件碰面。」

「希望如此。」洛文嘆了口氣。

「去吃派如何？我最愛的那間？」圖西把車鑰匙扔給他。
「走吧。」

（全文完）

後記

起初創作《歡迎光臨愛貓社區》是想致敬愛倫坡（Edgar Allan Poe，1809-1849）的短篇小說〈厄舍府的沒落〉（"The Fall of the House of Usher"，1839），藉由一個恐怖故事講述失業籃球員榭爾溫到大學室友戴爾的別墅擔任管理員卻遭遇無法解釋的怪事，最後發現對方意圖陷害他，不過寫第一章時就改變心意打算往其他方向發展。

在故事背景上，《歡迎光臨愛貓社區》牽涉許多歷史事件，時間跨度也頗廣，因此筆者也在寫作期間尋找相關資料並學到很多，在此簡短分享一些寫作期間參考的書籍：

在基督教化的過程中，原本信仰多元的歐洲社會裡的神職人員、占卜者、巫醫除了自願或被迫接受新信仰外，不少男女老少亦遭到迫害，相關研究可參考義大利史家卡洛・金斯堡（Carlo Ginzburg，1939-）的早期著作《夜間的戰鬥：十六、十七世紀的巫術與農業崇拜》（*The Night Battles: Witchcraft and Agrarian Cults in the Sixteenth and Seventeenth Centuries*，1966）。

古蹟軍官這部分除了有被翻拍成電影的《大尋寶家》（*The Monuments Men: Allied Heroes, Nazi Thieves, and the Greatest Treasure Hunt in History*，2003），筆者在小說中主要參考研究義大利戰場文物修復工的著作《搶救維納斯：二戰時期藝術品與古建築的遭遇》（*The Venus Fixers: The Remarkable Story of the Allied Monuments Officers Who Saved Italy's Art During World War II*，2009）。

在描摹3K黨人時，筆者則是參考當代新聞與部分Rory McVeigh的著作*The Rise of the Ku Klux Klan: Right-Wing Movements and National Politics*（2009），此書對於理解美國右翼政治史頗有幫助。

另外則是所謂的邪教（cult）及其儀式，筆者在此主要參考兩本書。第一本是結合歷史學和心理分析等方法書寫的*Speak of the Devil: Tales of Satanic Abuse in Contemporary England*（1998），探討七〇與八〇年代被大量報導甚至成為電影題材的邪教究竟是什麼。第二本則是*Cult and Ritual Abuse: Its History, Anthropology, and Recent Discovery in Contemporary America*（1995），作者從受害者經驗、社工人員與司法界等角度檢視這股從八〇年代興起並被披上神祕面紗的犯罪風潮。

最後，《歡迎光臨愛貓社區》為筆者正在撰寫的奇幻小說系列「紐約驅魔師」之起點，希望未來能順利完成所有故事。

歡迎光臨愛貓社區

釀奇幻20　PG2043

歡迎光臨愛貓社區

作　　者　金絲眼鏡
責任編輯　洪仕翰
圖文排版　周妤靜
封面設計　楊廣榕

出版策劃　釀出版
製作發行　秀威資訊科技股份有限公司
114 台北市內湖區瑞光路76巷65號1樓
電話：+886-2-2796-3638　傳真：+886-2-2796-1377
服務信箱：service@showwe.com.tw
http://www.showwe.com.tw
郵政劃撥　19563868　戶名：秀威資訊科技股份有限公司
展售門市　國家書店【松江門市】
104 台北市中山區松江路209號1樓
電話：+886-2-2518-0207　傳真：+886-2-2518-0778
網路訂購　秀威網路書店：https://store.showwe.tw
國家網路書店：https://www.govbooks.com.tw
法律顧問　毛國樑　律師
總 經 銷　聯合發行股份有限公司
231新北市新店區寶橋路235巷6弄6號4F
電話：+886-2-2917-8022　傳真：+886-2-2915-6275

出版日期　2018年8月　BOD一版
定　　價　350元

版權所有・翻印必究（本書如有缺頁、破損或裝訂錯誤，請寄回更換）
Copyright © 2018 by Showwe Information Co., Ltd.
All Rights Reserved

Printed in Taiwan

國家圖書館出版品預行編目

歡迎光臨愛貓社區 / 金絲眼鏡著. -- 一版. -- 臺
北市 : 釀出版, 2018.08
面；　公分. -- (釀奇幻 ; 20)
BOD版
ISBN 978-986-445-266-8(平裝)

857.7　　107011299

讀者回函卡

感謝您購買本書，為提升服務品質，請填妥以下資料，將讀者回函卡直接寄回或傳真本公司，收到您的寶貴意見後，我們會收藏記錄及檢討，謝謝！

如您需要了解本公司最新出版書目、購書優惠或企劃活動，歡迎您上網查詢或下載相關資料：http:// www.showwe.com.tw

您購買的書名：____________________

出生日期：________年________月________日

學歷：□高中（含）以下　□大專　□研究所（含）以上

職業：□製造業　□金融業　□資訊業　□軍警　□傳播業　□自由業

□服務業　□公務員　□教職　□學生　□家管　□其它_____

購書地點：□網路書店　□實體書店　□書展　□郵購　□贈閱　□其他

您從何得知本書的消息？

□網路書店　□實體書店　□網路搜尋　□電子報　□書訊　□雜誌

□傳播媒體　□親友推薦　□網站推薦　□部落格　□其他__________

您對本書的評價：（請填代號　1.非常滿意　2.滿意　3.尚可　4.再改進）

封面設計____　版面編排____　內容____　文／譯筆____　價格____

讀完書後您覺得：

□很有收穫　□有收穫　□收穫不多　□沒收穫

對我們的建議：____________________

____

____

____

請貼
郵票

11466
台北市內湖區瑞光路 76 巷 65 號 1 樓
秀威資訊科技股份有限公司 收
BOD 數位出版事業部

(請沿線對折寄回，謝謝！)

姓　　名：＿＿＿＿＿＿＿＿＿＿ 年齡：＿＿＿＿ 性別：□女 □男

郵遞區號：□□□□□

地　　址：＿＿＿＿＿＿＿＿＿＿＿＿＿＿＿＿＿＿＿＿

聯絡電話：(日)＿＿＿＿＿＿＿＿＿＿ (夜)＿＿＿＿＿＿＿＿＿＿

E-mail：＿＿＿＿＿＿＿＿＿＿＿＿＿＿＿＿＿＿＿＿